你 忘 了 回 忆，

我 忘 了 忘 记 。

愿 你 安 好 ， 我 随 意 。

翻着我们的照片，想念若隐若现，去年的冬天，我们笑得很甜。

回忆里的人，是不能去见的。

# 爱情往东

## LOVE TO THE EAST

叶紫

———

著

作家出版社

# 图书在版编目（CIP）数据

爱情往东 / 叶紫著. —北京：作家出版社，
2015.5

　ISBN 978-7-5063-8029-4

　Ⅰ．①爱…　Ⅱ．①叶…　Ⅲ．①长篇小说-中国-当代
Ⅳ．①I247.5

中国版本图书馆CIP数据核字（2015）第112685号

## 爱情往东

作　　者：叶紫
责任编辑：丁文梅
产品经理：叶夕夕
特约策划：叶夕夕　舒妍
装帧设计：果丹
内文版式：刘珍珍
封面画师：可可
出 品 方：北京中作华文数字传媒股份有限公司
出版发行：作家出版社
社　　址：北京农展馆南里10号　　　邮　　编：100125
电话传真：86-10-65930756 （出版发行部）
　　　　　86-10-65004079 （总编室）
　　　　　86-10-65015116 （邮购部）
E-mail:zuojia@zuojia.net.cn
http://www.haozuojia.com （作家在线）
印　　刷：三河市北燕印装有限公司
成品尺寸：150×230
字　　数：185千
印　　张：18
版　　次：2015年8月第1版
印　　次：2015年8月第1次印刷
ISBN　978-7-5063-8029-4
定　　价：32.00元

# 目 录

**//  Chapter 01  //**

我和你的爱情，未曾开始便已结束 / 001

**//  Chapter 02  //**

你不是真正的快乐，你的笑只是你穿的保护色 / 017

**//  Chapter 03  //**

年轻总是有点迷茫，当时我们受了伤就太慌张 / 039

**//  Chapter 04  //**

太多人有太好的演技，却不知道在演戏 / 063

**//  Chapter 05  //**

往往心中最爱的那个人，最后却离自己很远 / 083

**//  Chapter 06  //**

我会学着放弃你，是因为我太爱你 / 101

**//  Chapter 07  //**

遥远的距离，都是因为太过聪明 / 119

**//  Chapter 08  //**

其实我心里明白，永远远得很 / 139

## // **Chapter 09** //

证明感情总是善良，残忍的是人总会成长 / 155

## // **Chapter 10** //

你的爱是个梦，却有真实的痛 / 171

## // **Chapter 11** //

最爱的人未必适合在一起，相爱是彼此做自己 / 187

## // **Chapter 12** //

曾经存在的爱情，要怎么证明 / 203

## // **Chapter 13** //

我们最后这么遗憾，我们最后这么无关 / 227

## // **Chapter14** //

全剧终，看见满场空座椅，灯亮起，这故事，真实又像虚幻的情景 / 247

## // **番外一** //

给你最后的疼爱，是放手 / 261

## // **番外二** //

给你我全部的爱 / 273

## Chapter 01

# 我和你的爱情，
# 未曾开始便已结束

-----------------------------------

他就像一潭很深的水，平静清澈，深不见底。
你很容易就被他的外在吸引，但是他永远不会让你轻易触碰到他的内心。

很多年以后，姚晨东还能清楚地记得第一次遇到简西的情景。

初夏的正午，那天营地休息，下午有一场排球赛，政委刘清安排他和卫斯明两个人去外面采买些奖励品，回来的路上，便远远看到一个穿着浅色无袖衬衫深蓝色A字裙的女子站在营地门口的树荫下，不时抬头向里面张望，那背影看上去焦急而无奈。

卫斯明小声在他耳边笑着说："你说会不会是谁的情人找上门来了？"

这小子，总是一肚子的坏水，姚晨东摇头失笑。尽管好奇，他们并没有打算搭理这个陌生的女子，就在擦肩而过的瞬间，她却忽然叫住他们："不好意思，我有点事想问问你们。"

姚晨东这才回过头来，阳光下的女子，干练简洁的装扮，却有着稚嫩生涩的表情，一脸讨好努力示善的笑容——刹那恍惚，姚晨东和卫斯明都想，她笑起来真好看，弯弯的眉眼，柔软细致的五官，说话的时候整个人就像一团软软的棉花糖，在那个初夏的耀目日光下倏忽就钻进了人的心底。

入伍日久，女人就像雨天晚上的星星，不但少见，还很稀有，在清一色的男兵队伍里，陡然蹦出这样一个女子，任谁都会竭力表现几分好感和亲切的。

卫斯明当下就说："有事你就问吧。"那口气，跟正义的警察叔叔安慰迷路的小姑娘似的，其实就是一不怀好意的强奸犯正审视着他要下手的对象——当然，这比喻是严重了，姚晨东兀自失笑，为自己这恶意的揣测。

然后便听见那女子说："你们认识刘清吗？我打他的电话总是没人接。"

她窘迫地笑笑，卫斯明和姚晨东互望一眼，刘清，居然是来找政委。两人的目光里都闪过一丝不良的笑意，转过头，卫斯明很严肃地继续问："你是他什么人？这是特训营，外人一般不准入内。"

"我知道。"她轻轻柔柔地说，"如果你们认识，能不能进去帮忙找找他？就说我是简西，他知道的。"

两人应了，卫斯明还想探些情报，姚晨东找了个理由就把他扯走了，一路上卫斯明不停叹气："那么一个如花似玉的姑娘啊，嫩得跟条刚发芽的春笋似的，政委还真舍得辣手摧花！"

姚晨东受不了地摇头，横他一眼："你留点口德少败坏别人，政委就不像那样的人。"

"我哪里败坏了？我是眼红呢。你说我们这样的出去，到娶媳妇生孩子的时候都属于老光棍一条。还好现在世风开放，赶明儿我也要老牛吃把嫩草，我娶个十八岁的，嫩得刚冒笋尖尖儿的那种，我带过来眼馋死你们！"

最后是卫斯明出来接的简西。

她跟着进去的时候，刘清正在球场跟人酣战，看见她只是远远地比了个手势，简西就坐在球场边上看他们比赛。

她不大爱看这些球赛，读大学的时候班上的女孩子喜欢兴冲冲地往球场边挤，因为往往场上会有出其不意冒出来的帅哥，受青春爱情小说的影响，她们很多也固执地相信，当男人汗液分泌旺盛的时候，荷尔蒙激素也会迅速增加，于是导致艳遇比例的升高。

尽管四年下来，真正在球场俘获所谓爱情的几乎没有。但那就像一个美丽的传说，驱使一个又一个女孩子走到球场边去为熟悉的或者陌生的、心仪的或者没什么感觉的男生们加油。

而简西却更喜欢去图书馆，借几本书，读完，然后，再借。她是内向的人，有喜欢的也埋在心里，做不出那么外向的事。

她看得有些发困，她一向有午睡的习惯，但今天因为赶车等人错过了。旁边观战的战士对她充满了好奇，总有目光有意无意地飘过来。简西无形之中更觉困窘，感觉自己成了坐在笼子里的小野兽，正免费给人观摩。她才从大学出来，对这些关切的目光还不太适应。

谁知道从球场上下来，刘清甚至也笑她："你来得倒正是时候，焦点都从球转到你身上来了，看叔叔我赢得多轻松。"

简西腼腆干笑。

刘清跟人说了两句，然后叫人提了她的东西回营房。刘清是简西的堂叔，她这次能来军营其实是其妹刘湘拜托刘清给她们安排的一次社会实践，想写一些关于部队生活方面的文章，通俗来讲，就是深入部队，体验生活。

所以，刘清把她们安排进军报做了实习记者，以随军家属的名义来到了这个特训营。

一路上，刘清问了些家里的情况，然后问："怎么湘湘没和你一起来？"

按理说她应该是和简西一起来这里报到的。简西不好明说她是因为失恋所以千里追前男朋友去了，只得含糊解释自己先去了哪里哪里然后看着近就干脆先过来了。

刘清看她一眼也没多问，唯笑着埋怨了一句："那丫头，事情没眉目的时候着急上火，定下来就拖拖拉拉，这毛病几十年了硬是没改过来。"说完又叹了口气，"都是给惯的！"

简西和刘清并不太熟。刘清十几岁参军离家，两家人虽来往密切但他们毕竟交往日少，所以也没多少话讲。她跟刘湘才是真正的至交好友，虽从辈分上说是姑侄，其实情同姐妹，两人从小到大都在一起，甚至大学都考的是同一所，自然的，实习这种事刘湘也是要拉上她一起来的。

刘清让她整理好东西后先休息一阵，晚点带她去吃饭，顺便介绍营长等等一些人给她先认识认识。简西求之不得，她正好困得很。迷迷糊糊睡过去，再醒来已是黄昏时分，太阳都只剩下半张脸了。军营里都是清一色的平房，她住的地方刚好在一个小山堆上，走出房，一边是绿木成荫，另一边就是下午比赛的球场，剩下的那方是一畦畦绿油油的菜地，种满了黄瓜、水瓜、辣椒还有西瓜等植物，果实丰满盈翠，看着相当令人欣喜。

简西忍不住顺着小路走了下去，尤其是那些西瓜，横着斜着卧满一地，她伸手去摸，心想要是能摘一两个来吃就好了。正在这时，袋里手机突然响了，生生把她吓了一跳。简西拿来一看，正是刘湘，忙接了。

那妮子在那头问："西西你到了没？"

简西说："刚到，你呢？什么时候来？叔叔刚才催问了，你要知道我们待在这里是有期限的。"

刘湘说："过两天出发吧。"

明显的情绪不高，肯定是再追求失利，简西不由得好笑，说："没成功是吧？"

"嗯。"

"正好，到这里来吧，跟这里的帅哥一比，傅清荣简直就是山地里的喇叭花。"傅清荣便是刘湘的前男友，吊儿郎当没个正形的一个人，简西向来不喜欢他，"我跟你说，我今天一来，看到那些兵哥哥，差点就挪不开眼，那真算是长见识了！"

"真的么？"刘湘口气狐疑，"都像我哥那样的吧？"除了挺精神整个人又黑又瘦的。

"切，你真是过时了，这是特训营，据说选的都是各部队的精英来参加集训的，精英是什么你知道不？那走出来清一色的都是一米八以上，高大，帅气，阳刚，要什么型有什么型。哦，对了，你不是喜欢白面书生温柔儒雅类的么？跟你说，这里大把大把的！"

刘湘那边似乎心动了："没骗我？"

"没，骗你是小狗。"

"好吧，那我尽量早点来。"

简西猛点头，刘湘再不来她一个人只怕也要逃走，看着清一色的男人她不是挪不开眼，她是犯晕，要不是怕让刘清认为自己随便使小性子，只怕一入军营她就落跑了。是谁说的，部队里有的是随军的家属？她可是没见到一个！

于是她更加努力地鼓动刘湘快点过来，恨不能她最好是马上就跳出来。电话还在继续，她突然觉得菜地里有些不正常的晃动，狐疑寻望，几个兵哥哥从架得高而密的四季豆棚里钻出来……

他们穿着迷彩服，刚才又一直没什么动静，简西根本就没提防里面有人。她握着电话尴尬讪笑："那个，那个……"

刘湘在那边问："哪个？"

简西只好草草把电话挂了，然后看着面前一脸笑意的众人说："这里的西瓜好圆啊。"


第一天来就遇到这种窘事，简西对自己的军营之行充满悲观。

晚上的时候刘清叫食堂开了个小灶，然后请了营长、特训队队长还有白天简西遇到的两个兵哥哥等等一干人过来让简西认识，他也没明说自己和简西的特别关系，只说军报派了两个记者过来写一些有关军队建设的文章，让大家好好配合云云。

简西窘得要命，面前的男人个个皮肤黝黑，看上去老练阳刚，唯有她，细眉白脸怯生生的样子……一餐饭吃得小心翼翼，还不得不接受众

我和你的爱情，未曾开始便已结束

人吹捧，简西心里默了又默。

吃饭回来，刘清送她回的宿舍。

临走的时候突然问："你带了手机来吧？"

简西点头称是。

"先交给我保管吧，等你走的时候还给你。"刘清想了想又补充，"这是规定，你要理解。"

简西乖乖地把手机拿出来递给他，说："不过刘湘……姑姑这两天要到了……"也只在刘清和刘家奶奶面前，简西得在刘湘名字后面加上"姑姑"这个称号。平日不光她叫着会觉得恶寒，刘湘就更是抗拒。

刘清尴尬笑笑："我会安排的，你今天打电话没人接的事不会再发生。"

军人到底是军人，连道个歉也不会，还要这么拐弯抹角的。难怪刘湘老说她哥跟嫂子不和，两口子本来就聚少离多，估计见面了有些争吵也是他不会哄人的多。

静了片刻，刘清清了清喉咙，又说："你来了这里有些事我还是要跟你说清楚，虽然你们是以记者的身份进来的，但很多东西能看不能说，能看不能问，该问的问，不该问的就当没有看见，哪些东西能拿出来发表还得由组织决定，你明白我的意思么？"

简西点头，这牵涉到国家机密的问题，她当然懂。

刘清像对她的反应很是满意，点了点头："西西你倒是越来越懂事了，刘湘从辈分上虽说是你姑姑，但你倒更像她的长辈，等她来了，你替我多约束着她。"


当然，刘清说的是客套话，刘湘是匹野马，思想和行动向来是天马行空，谁都难以束缚她。要让名义上小她一辈且行为中规中矩的简西去约束她，倒不如让刘湘带坏简西更容易一些。

简西也有这样的自觉，尤其是刘湘本人亲自驾到的时候。

刘湘的出场在视觉上也算相当的轰轰烈烈。

头发凌乱，左臂挂彩，上衣撕裂，裤管上尽是斑斑血迹，往营地外一站，连警卫员都吓了一跳，更别说随后赶来的刘清和简西了。

刘清惊问怎么回事。

刘湘笑着说："没事，在车上遇到一个小流氓想偷我钱，我骂了他两句，小子居然跟着我下车，所以和他打了一架。"

她说得倒是满不在乎，但看看她样子就知道过程一定非常惊心动魄。简西吓得要命，走过去扶住她的手上看下看："你没事吧，疼吗？"

刘湘摸摸她的手："疼啊，不过我检查过了，皮外伤而已。"

在这一点上，不只刘清，连简西都是相当佩服她的，她虽然娇惯但并不娇气，也绝没有恃强凌弱的思想，有时候还会有些江湖侠客的味道，路见不平还会来点拔刀相助的英雄壮举。

刘清看妹妹这样子，知道也没到出人命的时候，就吩咐卫兵先送她们回房清洗，然后安排营里的医生过去帮她进行全面检查。

刘清忙着这一切的时候，简西帮着刘湘整理伤口和着装，还好，腿上倒没什么事，那些血都是手臂上漫延下去的。刘湘有个好哥哥，回家没事就教她一些自救和救人的简单常识，有时候还会带她去野外进行生存训练——他管这叫作未雨绸缪。以前简西对此常是不以为然，但此刻还是忍不住替刘湘庆幸，若非刘清平素的有意摔打，今日见到的刘湘还不定是什么样子。

小心撕开她手臂上包着的从衣服上扯下来的布条，简西不由得倒抽一口凉气："我说，你也太不要命了吧？钱偷了就偷了，你还逞什么能啊，真当自己是英雄了！"

刘湘也是疼得厉害，哎哟哎哟叫她轻点，嘴上却说："就划了一刀，看你娇弱的，脸都吓白了。"

事实也不止就划了一刀那么简单，医生过来，整整缝了十针，可见小流氓下刀时也是够狠的，不过刘湘说那流氓也没占什么好处，让她拿石头砸了个头破血流。

其实是两败俱伤，她好像得了天大便宜似的。

简西以为刘清会骂她，谁知道医生走后，刘清摸着刘湘的脑袋乐呵呵地说："丫头挺勇敢的嘛，哥平时看错你了。"那模样，真正是以此妹为傲。

然后，更让简西觉得离奇、刘湘觉得意外的是，整个军营里后来都在传，新来的女记者如何英勇无畏勇斗歹徒，浴血奋战，只手擒魔……

简西听了后笑："刘湘，我觉得他们口中说的明明是那神奇的东方不败啊，怎么，真的是你？"

刘湘心理上是很受用的，刚刚接触的军营生活远比她想象中的要新奇有趣得多。她整个人也变勤奋了，每天大清早起床，和晨训的士兵一起跑步，然后看他们演练，听他们唱嘹亮的军歌，人生当中真正算是欢歌笑语了。

她的失恋旧事很快被她抛诸脑后。


刘清很讲效率，很快便安排了两个人陪她们完成这次实习，恰好就是卫斯明与姚晨东。

这种安排要是搁一般企业里，他们两个也算是刘湘和简西的实习老师了，所以第一次四人见面，刘湘敬了个很不标准的军礼然后喊："老师好。"

她是故意恶搞的，所以场面相当搞笑。连刘清都忍不住拍了下她脑袋，笑骂："正经点，他们两个参军时间最长，人也稳重，多学着点，好好给我做事！"

他是政委，所以说话一套一套的，道理一堆一堆的，刘湘背对他跟余下三人挤眉弄眼，简西毕竟是和她一起长大的见怪不怪，卫斯明跟姚晨东就忍得很辛苦，看上去一脸便秘了的痛苦表情。

刘清说了一会儿也就走了，剩下四个人有一阵子的你看我我看你，相看尽无言。

简西还在奇怪，以刘湘的性格怎么会让冷场这种事出现，所以很努力地找话题，结果刘湘竟先她蹦出一句："啊，你们都挺帅的。"说着还沾沾自喜地补充，"我哥哥真好，安排了营里最帅的两个给我。"

这话一出，连简西都有些汗颜。姚晨东还好，只是咧嘴笑了笑，卫斯明干脆不顾形象地大笑，说："你一向都这么直接？"

刘湘点头："是啊，这两天我天天跟你们后面晨跑，就为观察这个来的。"

简西崩溃了，敢情她刘大姑姑每天晨钟暮鼓地勤奋练习不是为了修补情伤，而是有这么个更伟大更崇高的目的的。她不知道接下去刘湘还有什么更惊世骇俗的话出来，赶紧站出来："要不我们先去兵器场看看？"

谁知那三人根本不理她，刘湘献宝似的凑过去继续说："我这里有你们营帅哥排名，要不要看，要不要看看？"

卫斯明笑得简直气都快岔了，趁刘湘走开的时候，他问简西："政委的妹妹一向这么可爱？"

简西"嗯"了一声。

然后听得刘湘在外面喊帮忙，卫斯明扔下这边忙跑过去了。姚晨东本来没怎么说话，这会儿突然问："是不是外面的女孩子都这么花痴？"

简西不解地看着他，心里暗自有些着恼，这人说话怎么这样啊？

然后姚晨东说："我以前老以为世上就我妹妹一个另类，没想到政委的妹妹更甚。"顿了顿，"连你也是。"

简西这下真是怒了："我哪有？"真是冤枉，她什么话都没说好不好。

姚晨东淡淡地看了她一眼："哦，那天你打电话的时候，正好，我也在。"

简西："……"

然后某一日简西想起来埋怨刘湘："你把我一世英名也连带着毁了。"

刘湘很诧异："啊，你有英名吗？"

简西："……"

简西是个很勤恳的人，做事讲究务实，她觉得自己既然来了，就应该写点什么东西也好交差。所以每天一本正经地调查采访观察，大量搜集素材。刘湘就不同了，当简西终于差不多能够认识几个人的时候，刘湘已经和整个军营里的大小老少帅哥都混熟了。她人缘很好，每天日程排得满满的忙个不亦乐乎，就是离特训营几十公里外的一个后勤营地，她都几乎成了常客，而且还和那里的随军家属建立了深厚的革命友谊。

时间一长，军队生活就显出其枯燥单调的另一面。除了训练就是训练，三样娱乐活动是：组织唱军歌、周末打篮球，还有就是每天晚上七点钟收看《新闻联播》。所以自从政委安排卫斯明和姚晨东协助她们两个菜鸟记者而且知道刘湘是如此活跃后，可把卫斯明给乐坏了。他巴不得时时刻刻跟着刘湘上蹿下跳，有美女相陪，不用政治课培训，那日子，过得快比神仙还逍遥了。

于是，情景就变成了，卫斯明常带刘湘外出"采访"，姚晨东经常陪着简西内部查阅，读资料，看军队的武器，简西是个好奇宝宝，什么都喜欢问上一问，有时候看姚晨东为难了，她这才知道自己逾界了，所以很不好意思地说："那个，那个……"

她一紧张就这样，应对无措，姚晨东每每都只是淡然笑笑。

姚晨东和卫斯明是两个截然不同的人，卫斯明的帅非常张扬，眉目分明，棱角清晰，而且个高，威武，表情严肃的时候相当正气，嬉皮笑脸的时候又十分流氓；姚晨东是属于相当内敛的那种，跟他人一样，低调，温和，几乎没有大笑也没有大怒的时候。简西尤其喜欢看他穿着军装的样子，他的军装总是一丝不苟，干干净净，哪怕是热得要命的时节，所有男兵回了宿舍都喜欢赤膊光身，他也是穿得整整齐齐的。卫斯明笑起来的时候坏坏的，每每都让简西不由自主地认为自己是不是哪里又不对了；姚晨东不笑的时候有点小忧郁，笑起来却十分可爱，他有一对小虎牙，一笑就露了出来，所以，很多时候他都只是淡淡地抿嘴笑笑，嘴角微微上扬，眼睛亮亮地看着你，像是有着万语千言。

正因为如此，简西常不敢正视姚晨东，他的眼神中有太多独特的东西，时而坦然，时而魅惑，时而深邃。对于女人而言，这样的眼神是一种致命的诱惑，这种诱惑会引发她们无限的遐想和期盼：这一份特别，是不是姚晨东对我的专属呢？

刘湘终于没有招架住，沉醉在了这种特别里。

那天睡觉的时候，她突然神秘兮兮地说："西西啊，你觉不觉得姚晨东看我的时候跟看别人不一样？"

简西惊异："啊？！"

刘湘笑："我喜欢他的眼睛，会说话似的，唉，我现在可算是知道什么是'剪水秋瞳'了。"

简西挠头："头玉硗硗眉刷翠，杜郎生得真男子。骨重神寒天庙器，一双瞳人剪秋水。"

刘湘哇了一声："你好厉害哦，这么个典故你都知道啊！"

简西于是干笑，她没敢说，自己也是想到这个词了，然后特意去图书馆查的。因而撇了撇嘴低声说："都说红颜祸水，男颜也未尝就是好东西了。"

刘湘没听明白："你说什么？"

简西扬声说："你再说下去，你就要从花痴变成骨灰级花痴了。"

"这有区别么？"

简西："……"

刘湘的性格就是，喜欢谁了，全世界只要你眼盲心不瞎都可以看得出来。她在感情上隶属行动派，而且还是最雷厉风行的那一种。

那夜谈话过后刘湘就开始事事黏着姚晨东。姚晨东说要听《新闻联播》，刘湘就耐着性子陪在里面坐半个小时，姚晨东说他要去给菜地里浇粪，刘湘就不知道从哪里扯出个口罩化身成生化战士和他一起干活。

那个吃苦耐劳的劲头，卫斯明看了连连感叹："那就是冬天里的一把火啊。"

简西听了笑："冬天的火只是烧得旺，夏天的太阳才厉害。"

卫斯明接着说："冬火为暖，夏日含毒，当然说是冬天的火更好。"

简西想了想，附和道："咦，倒看不出，你还挺懂的嘛。"

卫斯明很谦虚："一般一般。"看简西一直埋头在写，卫斯明拿起她桌上的笔记："你倒挺认真的。"

简西说："这是我的毕业论文，可得靠它找份好工作。"

卫斯明看着她："都高才生了，还怕工作不好找？"

简西叹口气："现在所谓的高才生一抓一大把，像我这样的，充其量也就是个三流角色。"

卫斯明听了一脸惊恐："那我们这样的不是末流中的末流了？"

简西笑眯了眼："哪会？你们从这里出去，早练了一身本领了，撇开转业后国家安置不说，大多人性格坚毅，做事稳重，吃苦耐劳……"

"更重要，清一色的都是一米八以上，高大，帅气，阳刚，要什么型有什么型。"卫斯明接口说道。

简西瞪圆了眼："那个，那个……"

卫斯明又说："这里的西瓜好圆啊。"

说完便是阵大笑，简西也觉得挺搞的，两个人居然就那样傻瓜似的笑了好一会儿。这样半晌，简西才讪讪说："原来那天你也在啊。"

卫斯明摸着鼻子："嗯，你不用不好意思，你不知道，我们当时听了心里那个爽啊。"

简西："……"

她实在不好意思告诉他，她当初之所以那么说，纯粹是为了诱惑刘湘早点过来。以她心里面对帅哥的认识，说出来，卫斯明只怕会吐血吧？

不过，她也觉得，这人和人对同一件事的理解就是有差距，姚晨东听了说她是花痴，卫斯明听了却觉得十分受用。

所以说姚晨东真的是个特别的存在，他就像一潭很深的水，平静清澈，深不见底。你很容易就被他的外在吸引，但是他永远不会让你轻易触碰到他的内心。

**Chapter 02**

你不是真正的快乐，
你的笑只是你穿的保护色

- - - - - - - - - - - - - - - - - - - - - - - - - - - - - - - - - - - - - - - - - - -

就在此时，姚晨东回过头来，对着帮忙的她浅浅一笑，那场景，几可入画。

爱情能改变一个人，但这句话在刘湘身上是绝对不成立的。虽然对姚晨东情有独钟，但面对百无聊赖的训练生活，刘湘开始沉不住气，用她自己的话说："再爱也要喘口气的啊。"

　　那一日，看了几场训练下来，刘湘开始觉得有些无聊。那天有车外出，她就借了个名头硬是拉着简西去几十公里外的后勤营部跟人家属打牌。

　　后勤部队管理相对来说要松散一些，这又是几个对外承包的大农场，基本上跟外面一般的机关单位都没什么不同。这里除了几个士兵就一正一副两个带衔的，各自带了自己家属在这边。两位兵哥哥的妻子一个姓刘一个姓蔡，简西也就跟着她们叫刘姐和蔡姐。

　　四人打的是升级，简西技术很菜，从来不记牌又老健忘，所以搞得天怒人怨谁都不愿跟她做对家。虽然不赌钱，但输了脸上贴满纸条子也很不好看。最后看她实在没什么长进，三个人就把简西踢一边，让她边上玩去，她们继续斗地主。

　　简西看了一会儿觉得没劲，就转悠出来想到处看看。农场很大，有渔场砖厂菜场养殖场，除了少数土地给部队自己耕种以外，大多都是承包给别人，所以进农场的那条路上可以看到很多临时搭建的小房子，都是在这里承包的老乡修建的。

那天没什么太阳，风很大，在外面凉凉的还很是舒服，上午十一点多钟也不觉得特别晒。简西稍微走得有些远，远远瞧见有辆军车在仓库旁装东西，自己就在农场入口不远的池塘边看围养的黑天鹅。

她还是第一次看这种被圈养的动物，修长的脖颈，光洁的毛发，走起路来一步是一步相当优雅，不知道为什么，简西突然想到姚晨东，然后微微有些窘了……

"这个也好看么？"

突如其来的声音把简西吓了一跳，回头看却是姚晨东。想起自己刚才的联想莫名就红了脸，仓促之下她只好问："你怎么来了，训练结束了吗？卫斯明呢？"左看右看就只他一人。

姚晨东看着她："这么想他吗？好像你才出来。"

呃，好像被误会了，简西是好孩子，没觉得他这话里含刺，当下忙着澄清说："不是啊，我是觉得好像不管有什么任务你们总是在一起的。"

姚晨东很认真地说："那是领导安排，所以我们的关系不是你想的那样。"

那个，好像更误会了，简西从来没有觉得他们两个关系不正常，当下脸更红了，说："我没觉得你们是那样啊。"

"哦。"姚晨东拉长了语调回应。

简西更紧张了："那个，那个，其实我就是随口那么一问，你不用这么认真解释的。"

姚晨东笑了笑，口气温和像是逗弄小猫的好主人："那个，那个，我也只是随便那么一提，你不用太紧张的呀。"

简西终于知道他只是跟她说笑，神情慢慢放松了下来。

姚晨东又说："你怎么那么容易紧张？"

简西自己也觉得很泄气，一向以来，认识她的人都知道她是才气逼人但不擅交际与言辞，（她爸爸则总笑她是肚里的秀才写得出锦绣文章可讲不出一句场面话。）这会儿听他这么说忍不住叹了一口气："没办法，好像我一直都这么笨笨的。"

姚晨东说："也不算笨，不过，挺……"挺什么，他没说，顿了顿便转了话题，"你要不要看他们养的狐狸？"

简西吃惊："这边还养着狐狸？"

"有，不过不多。"

狐狸养殖场所处地势较高，因为价格较贵，所以防护方面也比一般的要严一些。进门的时候场主正好也在，看见姚晨东笑着迎了上来递给他一支烟。姚晨东伸手挡了过去："这是军报的简记者，她想过来看看。"

"看吧看吧。"场主很殷勤地笑。本想一起作陪，姚晨东却说："我们就随便看看，你忙你的。"

场主就开了门让他们进去，姚晨东一边走一边介绍："部队有时候也会利用这些位置土质较好又不适合军演的地方搞一些特色养殖，这边农场就是这样。这个狐狸场是去年建的，是这里地段最好的地方，风景也好，背面靠山，山上有天然的泉水经过这里，而且树木也比较多，比下面更通风凉爽一些，最适合养这种动物了。"

说话间两人就到了里间，四排长长的铁笼子，圈养了约有数百只狐狸，或大或小，或黑或白。姚晨东说："黑的那种是银黑狐，白的叫雪狐，银黑狐的皮毛比雪狐要贵，但雪狐的肉质比银黑狐要好吃。"

简西再度吃惊："狐狸肉也能吃？"

"嗯，还不错，跟狗肉羊肉差不多。"

"你吃过？"

"怎么，不要一副'你残杀动物'的表情好不好？这是人工喂养的，本来就是用来卖皮和肉的啊，就跟一般的鸡和鸭，对，还有下面的黑天鹅差不多。"

简西默然，这是男人和女人的区别吧？男人的世界更血腥更现实，而女人，往往更多情更风花雪月天真烂漫一些。她看着笼子里那些过去神鬼故事里代表了妖艳和神秘的动物，心想如果古人见到今人如此圈养，还有那些美丽神奇的传说出现吗？她因而叹了一口气："如果狐狸都这样养着，估计'狐狸精'这词就不会有了吧？"

姚晨东笑："还是会有，因为她们的美丽不会因为生养的方法而改变。"

真的么？简西笑笑："谁知道呢？也许，N年N年以后，狐狸厌倦了这样给人剥皮吃肉，会让自己毛发脱光肉质变粗容貌变丑也说不定。"

姚晨东饶有兴致地看了简西一眼，说道："难怪别人都说男人来自火星，女人来自金星。看来不管是多少个N年之后，你们女人还是这么伤春悲秋。"

简西不由自主地回道："看来你很了解女人嘛！"说完便有些后悔，因为姚晨东收起了原本的笑容，换了种让人捉摸不透的神情，并且盯着她瞧。

"你怎么知道我很了解女人？莫非你很了解男人？"半晌，姚晨东露出了一丝意味深长的笑容。

简西被姚晨东的问题问得竟有些脸红，支支吾吾地不知道该如何回答。

"呵呵。"姚晨东笑出了声，"逗你玩呢，看你这样子也像没谈过恋爱吧。"

简西低头不语，默认。不知道为什么，在简西这个年龄，没谈过恋爱是一件很难启齿的事情，尤其是对女生而言。

"简西，你憧憬爱情吗？"姚晨东的目光终于从简西身上移开，随意地望向了远处。

姚晨东的语气温柔而沉静，让简西不假思索地要去回答："每个女人都是憧憬爱情的。"

"在你心里，爱情是什么样的呢？"

"爱情……甜蜜，幸福，嗯……自由。对，自由。"简西想了想，终于蹦出了这个词。

"自由？"姚晨东若有所思，轻声低语。

简西接着说："他高大挺拔，温柔善良，爱我疼我，我们无拘无束地相爱，自由潇洒地生活，这就是我心目中的爱情。"说着，简西露出了小女生般的笑容，姚晨东不经意地一回头，柔软的阳光倾洒在简西白皙的脸庞，忽隐忽现的小酒窝像是刻在她脸上的美丽印痕，在斑驳的树影下，简西与大自然恰如其分地融合在了一起。这一刻，姚晨东觉得，简西美得让人沉醉。

简西发现姚晨东在看她，微微一低头，躲开了他的目光，慌忙地问道："那你呢？你喜欢什么类型的女生？"

这回姚晨东很久没说话，她奇怪地抬头，他却刚好把视线转往别处，她能捕捉到的，仅仅是他侧脸过去时的浅浅一笑，还有目光里那一抹她读不懂的情绪。

刘湘说，那便是不同。

简西想，或者，这种眼神，似水含情，本就是天生，与看的是谁无关吧。

过了许久，姚晨东才淡淡地说道："我没有喜欢的类型。我只有喜欢的那一个。"

简西有一瞬间的恍惚，她相信所有的女孩都会迷惑在姚晨东的眼神和语气里，那一个，会不会就是自己？


两人下山，那三个斗地主的也刚好收场，看见他们两个同时进来。

蔡姐笑着说："你们怎么撞一起了？"

姚晨东不卑不亢唤了声刘姐蔡姐，然后说："来拉些东西，下周营里有演习。"

你不是真正的快乐，你的笑只是你穿的保护色

"又有演习啊？可辛苦你们了。"

"对啊，我觉得演习真辛苦，只怕真打仗也没那么残酷。"

姚晨东听了一本正经地纠正："只怕更残酷。"

话题在演习上转了几个圈，姚晨东说他去看看车装得怎么样，然后看了眼刘湘和简西问："你们要不要一起回去？"

刘姐说："晚上睡这里吧？这里什么都有，就是缺女人。"

刘湘作势吓了一跳："刘姐，我们不援交的！"

大家都给她逗得一笑，刘姐说："你想援交还没人要你呢，都未成年。"

"哪有。"刘湘不满地挺了挺胸，"人家芳龄二十二了都。"

她们说笑得热闹，或许是觉得话题不宜，姚晨东借机走开。刘湘追着他的目光有些久，刘姐和蔡姐相视一笑，逗她："湘湘，二十二了有男朋友么？"

刘湘嗷了嗷嘴没说话。

简西浅笑："你们可说到她痛处了。"

"怎么，没有啊？没有正好，我们给你介绍一个兵哥哥。"

"兵哥哥好，要是挑个背景稍微厚实点的，我跟你说，等他转业了，你就是不工作也不怕没人养。而且，当过兵的好，实诚有责任心，不会动不动就闹出个小三然后要跟你离婚，他们毕竟这么多年组织纪律约束过来。"

这两人一唱一和，俨然就是媒婆转世，简西在一旁听得暗笑。刘湘一副很感兴趣的样子，她是很聪明的一个人，跟谁都能说出交心交肺的话来，所以她们虽然是一条路上走出来的，刘湘的朋友却比简西的起码多了三倍有余。

刘湘问："你们有目标么，要不我先暗地考察考察？"

"刚走出去的那一个怎么样？"蔡姐说着指了指姚晨东的方向。

刘湘红了脸娇羞羞地："人家那么帅一兵哥哥，哪看得上我啊。"

“这你就错了，你也不差啊，模样可人又是大学毕业，你哥哥混得也好，他姚振昆军衔再高，也挑不出你这么好姑娘的错。”蔡姐一副对姚家很是了解的样子。

这还是简西和刘湘第一次听人说起姚晨东家世的八卦。简西对军队职位不甚了了，对那些军要人就更是陌生，所以听到姚振昆的名字也没觉得什么。

刘湘却明显吃了一惊：“姚晨东是姚振昆的儿子？”

“咳，都是公开的秘密了，怎么，你哥就没跟你说过？”蔡姐以为刘湘应该一早就知道姚晨东的家世。

简西看她们这样，忍不住好奇：“姚振昆是谁啊？”

三个人一副“你好孤陋寡闻”的表情齐刷刷地看着她，说了个军衔。

简西一脸平常地耸耸肩，除了觉得应该职位很高没有更多概念，最后是蔡姐看不过去，给她点明：“那谁谁谁，指挥过啥啥啥的，军委里的头三把手之一，明白不？”

刘湘用一副“你完了”的眼神望着她：“你是学新闻的吗？政治敏感度怎么这么低？”

简西摸摸鼻子同意，说：“一定恶补，一定恶补。”顿了一会儿又说：“原来他就是传说中的太子爷啊！”

“太子爷倒不算，但是要是搁以前，怎么也该算个亲王类的吧？”

“哎，我说小蔡啊，你可别乱做媒啊，我可听说这姚振昆家里管得紧，上面传言可多了，我们别跟着瞎凑合。”刘姐略带严肃地说道。

刘湘像是被刘姐的话戳中了某根神经，激动地问道：“什么传言？快跟我说说。”刘姐刚想说，蔡姐就插了嘴：“能有什么传言，都是以讹传讹，我看政委家的妹子也不差啊，怎么就配不上姚家了？”

“我也没说配不上不是，这军营里好男孩多的是，姚家规矩多，我还觉得到时候委屈了我们刘湘妹子呢！”

两位大姐你一句我一句，完全没有正面回答刘湘的问题。但是刘湘也猜到了，无非就是姚家门庭大，规矩多，这些对于刘湘而言，根本就不在乎。她才不相信所谓的门当户对，只要她看上的，上至天王贵胄，下至路边乞丐，她都会义无反顾。

　　简西也在一边默默地听着她们的对话，看来她真的不够了解姚晨东，她现在觉得姚晨东就像是一幅很复杂的拼图，每一块都散落在生活中的某个角落，你总以为你找到的是最关键的一块，但是其实对整幅图来讲，只是一个微微的角落而已。

　　他就是有这样的本事，前一秒能让你惊喜万分，后一秒又能让你失落不已。

　　不过刘湘却是只有惊喜，毫无失落。在听完姚晨东的故事之后，本来还想在这边留一晚的她，吃过午饭就跟着姚晨东的车回了营里。他们三个坐在驾驶后座，刘湘居中，一路上拉着姚晨东问这问那，间或说一些笑话，刘湘的语言天赋又一次得到印证，不但是姚晨东，就是开车的司机小李也给逗得哈哈大笑。

　　简西向来都是从善如流，别人说什么，她听，别人笑什么，她笑。从来，她都是一个很认真的倾听者，而不是诉说者。所以她坐在边上，一边笑着听刘湘那些奇奇怪怪的言论一边望着车外或荒凉或丰饶的景色，她开了些窗，风撩起她的头发扰了视线，她把侧面的头发按往脑后抚平，再吹乱了再按回去，最后干脆一只手搭在耳上，风终于就消停了。


　　晚上休息之前，卫斯明在灯下看笔记，姚晨东洗漱好了走过来问："突然这么勤奋，是打算要考军校了？"

　　卫斯明切了一声："我这辈子最不向往的就是读书，要不当年也就不参军那么早了。"

　　"那你是看什么？"

"简西的读书笔记，这丫头别看不怎么说话，倒很有才情。"

木亮是他们的舍友，正在看书，闻言凑过来也问："怎么个有才情法，难道比我这个熟读古今中外名著阅得中西小说的才子还要有才情？"

姚晨东和卫斯明同时扔了个"你好无耻"的卫生眼给他。

卫斯明把笔记合上，转过身来问木亮："你看过《诗经》么？"

木亮摸摸没有胡须的下巴："略懂。"

卫斯明摇摇头啧声连连："那你可以知道你差在哪里了，人家把《诗经》当成小故事用白话写出来了。"

木亮眼睛一亮："有这样的？那给我看看！"

卫斯明赶紧护住本子："不给，你是糙人，哪看得懂这个啊。"

木亮恨得要打人："我是糙人？我会比你糙，你小子读过一本书么你。"

卫斯明："我怎么就没看过书？《钢铁是怎样炼成的》，我从头看到尾的。"

此言一出，三人都笑了，卫斯明不喜欢看书那是全天下都知道的事，他一看书就头疼，一看书就犯病。笑完，姚晨东伸手过去："那给我看看。"

卫斯明也是摇头："不给。"

姚晨东斜了他一眼："为什么，我也是糙人？"

卫斯明说："不是，但是给你看了后我怕你会爱上她，而我，不想那样。"

他脸上神情戏谑，口气却隐含认真。姚晨东静立着看了他片刻，收回手去淡淡地说："放心，看了我也不会爱上她。"

木亮的脸陡然出现在他面前："为什么？"

"她不是我的那杯茶。"姚晨东笑。

"那你喜欢什么样的？"

姚晨东躺回自己床上，没理。

"说说嘛。"

还是没有回应。

卫斯明瞥他床架子一眼："你不会是说反话吧？"

木亮激他："我看你喜欢的就是简西。"

姚晨东侧过脸去看了他们一眼，笑了笑："本人不受激将法，要熄灯了，准备睡觉。"

卫斯明还在猜："那我知道了，你肯定是喜欢刘湘，你性子静，但这阵子总看见你们一起在外面跑。"

姚晨东还是不理，但这种沉默，木亮和卫斯明都理所当然地觉得，那就是默认了。

过了很久，从姚晨东的床头传来一句很轻的询问："卫斯明，你睡着了吗？"

"没，什么事？"卫斯明趴出半个身子。

"你为什么怕我会爱上简西？"姚晨东问得很直接。

卫斯明沉默了片刻，"因为我喜欢她。"

姚晨东身体动了动，"我一直以为你喜欢的是刘湘。"

"刘湘同我是一国的，和你才比较互补。"卫斯明的回答倒是毫不含糊。

姚晨东又默不作声了。

卫斯明再喊他，回应他的只有均匀的呼吸声。


谣言通常都传得很快很离谱，最后传到简西和刘湘耳朵里的是，姚晨东暗恋政委的妹妹刘湘。

要是一般的士兵，那肯定会有人觉得此人用心不纯，但因为对象是姚晨东，没有人觉得这是高攀，相反，很多人都觉得这简直是天作之合了。

除了刘湘的哥哥刘清。

那天简西照常出来参加晨练。刘清在操场上拦住她。

"刘湘呢？"刘清问。

"她今日慢跑。"

"你这丫头，也替她打马虎眼了啊，肯定是在睡懒觉。"

简西不好意思地笑了笑。

旁敲侧击地说了些其他，慢慢就扯到她们最近的工作进展，话锋一转，刘清问："刘湘最近是不是老黏着姚晨东啊？"

简西想到底是哥哥，还是很了解妹妹的，嘴上却说："我没觉得啊。"

刘清看她一眼，就那一眼简西立即清楚刘清知道她在撒谎，红着脸说："那个，那个……"边那个边心里寻思，这一紧张就语无伦次的毛病怎的也得改掉，不然以后怎么混啊？（她爸爸就常替她担心，到社会都是老狐狸一个个，她这样简直一眼就能让人看透。）

见她这样，刘清也没多问，只温和地看着她说："简西你还是比刘湘省心多了。"完了叹口气，"我怎么就得了那么个妹妹？"

既着恼又有三分着急，简西就完全不明白他是什么意思了。


刘湘自然是也听到了那传闻，晚上睡觉乐得把被子都快踢破了，一个劲地跟简西嚷："看吧看吧，我就知道他喜欢我。"

脸上是飞扬着的可以闪光的喜悦。简西想这便是了，刘湘就像一幅着了色的画布，极富张力和感染力，怎么看怎么配她这青春年华，所以边上挨着她的人都会觉得喜欢都会不由自主地想去亲近。

简西想自己还真是羡慕嫉妒了。

那边刘湘乐腾够了，爬过来蹲坐在简西床上，一个劲地嗲声嗲气叫她："西西，西西。"

简西一听这声音就发麻，翻了个身捂住耳朵说："好了好了，麻死了，比过高压电还让人难受，有什么事，直说！"

刘湘这才乐了，顺势赖到她床上跟她挤一起睡，在她耳边吹气如兰："你帮我去问问姚晨东好不好？"

"问什么？"简西很想装傻，也确实这样做了。

结果刘湘把她身体扳过来对着自己，嗷嘴可怜巴巴地指控："你不想帮我！"

简西要崩溃了，几乎欲哭无泪："湘湘姑姑。"她可是她长辈啊啊啊。

刘湘打了个哆嗦，好久没听简西这样叫自己了，真是大大不习惯。拍着她脑袋骂："别把我叫老了，帮不帮我，帮不帮我。"举爪就在她身上到处呵痒。

简西最恨人用痒痒治她，她身体好像特别敏感，哪怕是别人无甚关系的膝盖她也怕给人摸。笑得都快没气了，终于忍不住举手投降："怕你了怕你了，我问我问，行了吧？"

光她答应了还不算，还要硬强迫性地告诉她要从哪里开始切入，然后如何如何进行，关键要问清楚什么，说得简西没好气地说："这么不放心，你自己问去啊！"

刘湘说："我这不是不好意思么？"

简西差点噎了一下，讶道："你也会不好意思的啊？"

刘湘闻言恨恨地又举起两只爪子，威胁说："你皮痒痒了是吧？我这是教你情商，你这种没谈过恋爱的毛丫头，我不收你言传身教的费用，你就得感激涕零了我跟你说。"

简西心想你哪知道我没谈过恋爱呢？可这话却不敢说出口，不然只怕又会招来自认经验丰富情场老将的刘湘一顿好糗。


刘湘姑姑交代的事，简西不但得赴汤蹈火而且得是马不停蹄进行的。以各种理由推了三天，终于没得推了，刚好那天姚晨东奉命派去检查演习军备，简西就看准时机找了个理由和他一起过去。

一路上都有旁人在，简西也不可能大大咧咧地问人家这些事，好不容易只剩下他们两个人了，简西一时又不知从何开口，想起刘湘告诉她说先问人家对她的印象好不好。

她心里想，这种问题好像很蠢，人家明明夸过她很可爱的。

问他有没有女朋友？

这种问题好像必须是很亲密的朋友才问得出。

喜欢什么样类型的女孩子？

离题太远不容易扯回去好像又很假似的。

正一个人想得伤脑筋，姚晨东点完数抬起头看她一眼："你想什么呢？"

简西脱口而出："我给你介绍个女朋友好不好？"汗，比以上所有的全部更直接。

姚晨东抿嘴微笑，嘲弄似的看着她戏谑道："自己都还孩子呢就想学人做媒婆？"

真要命，她没谈过恋爱全世界都看得出来吗？不服气啊，简西皱眉分辩："你才是孩子，我今年都二十多了。"

姚晨东打量她一眼："那行，请问领导，你要给我介绍哪家姑娘？"

简西不甘示弱："我手上好女孩子一大把啊，你要哪样的？"

姚晨东挑眉："我喜欢哪样的就能有哪样的？"

简西和他耗上了："你眼界不要高到想要玛丽莲·梦露的身材、黛安娜王妃的气质还有奥黛丽·赫本的脸蛋那样的就行。"

姚晨东直直看着她："那我就要你这样的行不行？"

"……"简西瞪着他，"你，你，你开玩笑的吧。"

"当然是开玩笑。"姚晨东目光收回，看着手上的记事本，口气淡而凉，"这点玩笑你都开不起，做媒人，你合适么？"

一句话，就把她呛回去了。简西总觉得他说完这话后脸上有点过分的阴沉，所以接下来好半天都不知道该跟他说什么，更别说是帮刘湘问他喜不喜欢她了。

唉声叹气愁眉苦脸地跟在姚晨东后面，外面阳光明媚，简西却觉得日子悲惨。刚才来的时候刘湘还跟她比胜利在望的手势呢，这下子好了，回去要挨她的九阴白骨爪不算，还不知道要被她念叨成什么样子。

看她这副模样，姚晨东忍不住好笑，斜她一眼说："跟我在一起很痛苦么？还是你本来想跟老卫一起来的？"

简西正在想回去怎么应付刘湘，也没仔细听就下意识地点头说："是啊。"完了才想起，"你刚才说什么？"

姚晨东抿紧了嘴，淡淡扫了她一眼。

简西一回营地，刘湘就拉着她问长问短。"怎么样？怎么样？"

"我终于知道各种伪装应该怎么做了。"简西答非所问。

刘湘皱了皱眉，忍了，继续问："那姚晨东呢？"

简西说："他的车开得很稳。"

"你没帮我问？"

"啊？"

"你肯定没帮我问！"刘湘说着两只爪子聚拢来抓着她的脖子拼命摇。

简西给摇得晕头转向，嘴里没什么章法地喊："问了问了，我问了。"

刘湘这才放开她，她想着好笑，谁知却被口水呛住了，抚着胸脯咳了很久。鉴于她已经帮自己问到了答案，刘湘这回把后妈脸换成白雪公主的面孔在一边轻轻拍着简西的背一边温柔有加地说："西西好坏，这样逗人家。"

简西只觉得身上阵阵恶寒，看她这样子真是又好气又好笑。因为怕答案说出来后有性命之忧，她趁机拍开她的手退后几步做好随时撒腿跑人的架势："我问了，但是我不知道他喜不喜欢你。"

这是什么答案，刘湘表情变幻，果然就做出一副恶虎要扑食的样子。

简西赶紧说："他好狡猾的，我问东他答西，我能有什么办法？"

"狡猾？"刘湘沉吟一会儿，居然没有上当，"那你把问的问题复述一遍。"

为什么刘湘要跟她哥一样精明？简西欲哭无泪。她只好在心里一边编派一边说："我问他，'你觉得刘湘这人怎么样？'他说，'很好啊。'然后我又问，'那你对刘湘是什么样的感觉？'他说，'还不错。'然后我又问，'你认为她适合做女朋友吗？'他就说笑着看了我一眼，'你这是想学人做媒么？'我点头，他就开始笑我，说我'还是孩子呢就跟人学当媒婆了'，还说让我'下次戴朵大红花嘴角点颗大红痣再来问我'。"

真真假假一番话，刘湘倒没怀疑，只是问："没有了？"

"没有了，听他这样一说我就生气没理他了。湘湘姑姑，我跟你说我觉得这人好不厚道的，明知道人家在问什么还拐弯抹角的，所以我看你就算了吧。"

"不。"刘湘大手一挥，回味了她这番话双眼立即呈星星状，"他好腹黑哦，好坏好坏好坏！"

黑线，大大的黑线，简西又一次深刻地觉得她和刘湘果然不同辈，甚至都不是同一国的。她就没看出来姚晨东"好坏好坏好坏"在哪里！

结果，刘湘同志得出了一个非常惊人的结论："西西，我知道了，他这是想我们正正式式去问他。"咽了口口水她补充，"也就是古人说的，三媒六聘。"

那句话一出，简西吓得要死。还好，刘湘脑子抽筋的时候还记得关键问题，她如果真的大张旗鼓请了三媒六聘出马，估计人马还没齐全，首先她就要给她哥掐死。

因此，三媒六聘给她省略为两媒两聘。

好事成双啊。

两媒是，简西跟卫斯明。

两聘是，一副扑克牌和一双绣得很卡哇咿的……袜子。

刘湘拿出来的时候说："我以前男朋友说这袜子很可爱，所以就买了准备送给他，谁知道……"说完，还幽幽叹了一口长气。

简西当没看见，可她听见了，但她不敢笑出声来，好辛苦地脑补……如果姚晨东穿着这样的袜子……


下午卫斯明和姚晨东要去修装甲车，刘湘对他们的行动早就了如指掌。她拿着这两样东西拖着简西在放满装甲车的广场上穿来穿去，然后就听到卫斯明在另一边摇着毛巾喊："这里这里。"

看他那样子，简西就知道这两人肯定早就串通好了。

装甲车只是检修，三下两下就没什么事了。

在他们收检工具的当儿，刘湘趁机跳了出来："我们打会儿牌好不好？"

"好啊。"卫斯明说。

"不好。"姚晨东同时说。

刘湘垮下脸："为什么？"

"违反纪律。"姚晨东很认真。

卫斯明撇嘴："怕什么？非禁忌不得乐，老木不常这样说吗？做人不要那么正经。"

姚晨东看了他一眼："看来你还想再挨个处分。"

卫斯明就不说话了，对着刘湘耸了耸肩表示无能为力。

刘湘走过去一点拉着姚晨东的手，边晃边撒娇，"晨东哥哥，"闻者寒，"只玩一小会儿会儿嘛。"

姚晨东不为所动，想抽出手来。

刘湘怒了，掐着他的手做冲天状："你玩不玩？玩不玩？不玩告你强奸！"

高度恶寒，卫斯明和简西不忍再看下去，同时转过身去盯着附近场地，心想，在这里？当着他们两个的面？

……冷场，然后终于忍不住了，两人笑成一团。

刘湘也红了脸："晨东哥哥……"

"玩一会儿吧，反正今天休息，也没人知道。"简西笑完，忍不住帮腔。

姚晨东瞥她："你也想玩？"

简西点点头。

"那好吧，半小时。"

刘湘得寸进尺："一小时。"

姚晨东头都没抬："一刻钟。"

刘湘："……"


四人爬进装甲车里玩牌。

简西和刘湘还是第一次坐进这种车里面，十分好奇地东摸西看，四个人挤在里面刚好坐满。刘湘因为见识过简西的臭牌技，所以坚决不跟她成对家，一开始她就申明："我要和晨东哥哥成对。"

卫斯明跟着接口："行，你们成对成双都可以，我和简西没意见。"说完，和简西相视一笑，只姚晨东一言不发，完全当没听见。

打了没一会儿，卫斯明问她："简西你以前没斗过地主？"

简西挠头："有啊。"

"有你还这么笨？"

刘湘听了在一边笑："她读书时斗地主从来是跑腿的。"

"跑什么腿？"

"买零食和帮忙叫人去凑数啊。"

"可怜的娃啊！"卫斯明叹气，"放心，赶明儿等我们自由了，我好好教教你，把她们一个个打得落花流水。"

他说得好长远，简西笑了笑。

不过，简西不会算牌，从刘湘那里好歹也学到了一招——耍赖，不是趁着人家叫主的时候把底牌偷偷翻上来看，就是斜着眼神去偷看刘湘手上的牌，或者干脆在卫斯明提示她出错后耍赖要重新出过。

最夸张的一次是，她手上只有四个主，竖了四根手指对卫斯明使了个很悲惨的眼神。

卫斯明用唇语问她是哪四个。

她哗啦哗啦把四个牌悄悄展示给卫斯明看，刘湘在想着怎么扣底所以没看见他们这一系列小动作。姚晨东于是伸手把她手上的牌一把收拢，抓住她的手盯着她看。

简西吐了吐舌头，给抓包了，她也会不好意思的。

或许是怕她再赖皮，姚晨东并没有立即放开她的手，反抓为握干脆把她的手扣到身后，他们本来就挨得近，卫斯明又在跟刘湘说话，所以谁也没有看到这个动作。

简西一时不知道是抽出来还是不抽出来，他似乎握得很紧，她抽出来的动作大一些了只怕会惊动了其他人，而且，她也不知道他这样握着到底是什么意思。

姚晨东的手很暖，也很软，这样被他握着，简西突然想起第一次被自己喜欢的男生拥抱，就像是极冷的冬天里被热水温温地泡着，是说不出来的舒适与安宁。如今，这种感觉又涌上来，简西一阵慌乱，用力抽了抽，没抽出来，再抽，姚晨东就放开了她。

耳后微微发烫，她觉得这一刻的他们，很像是小说里的男女主人公偷偷在很公众的场合玩亲密。她不敢看任何人，只是垂头展开自己手中的牌，对面卫斯明和刘湘在说什么她也没听清，姚晨东应和着也说了一句，听上去声音冷静淡定，仿佛对刚才的一切都毫不在意。

简西觉得自己还是太单纯了，心里面幽幽叹了一口长气。

再玩下去，她就沉默了少许，也老实了很多。到姚晨东说差不多的时候，他们偷偷玩了一个小时还有多。

爬出装甲车，日头已有些西斜，简西站在外面呼了长长一口气，终于摆脱了身边姚晨东的气息，外面的空气是如此新鲜！

这时候，卫斯明走过来在她身边说："看他们两个，还挺相配的。"

她顺着他的目光望过去，刘湘正在帮姚晨东清理"遗迹"，关好车门。从她的角度看过去，能看到刘湘潮红的脸还有微笑的嘴角，就在此时，姚晨东回过头来，对着帮忙的她浅浅一笑，那场景，几可入画。

简西回过头看着卫斯明，笑了笑说："是很配。"

## Chapter 03

## 年轻总是有点迷茫，
## 当时我们受了伤就太慌张

-----------------------------------------

他抬起头，望着那边她离去的天空，晨空如洗，红云似血，他想，也许要很久很久，
他的心都会随着那个方向，永久地沉下去，沉下去，再浮不上来了吧。

终于，军事演习的时间到了。

这是一次以少搏多、以新搏老的实战模拟演习。双方实力非常悬殊，一方是有着光从人数上就可以压垮他们特训营的集团军老牌某营，而另一方就是人数不出众但拥有本军区最新式武器和精英人才的特训营。

要到演习开始前的三分钟刘湘和简西才知道具体的任务跟战争布局。

姚晨东和木亮还有另外一个叫老山西的成为特训营里的潜伏人员，他们的任务是，在预计将被敌军占领的区域潜伏下来，借着双方都在包扎伤口休养生息的时候，摧毁敌军的指挥中枢。

刘清给简西和刘湘安排了可供观战的位置和演习讲解人员。

出了营帐，简西叫住刘清："叔叔，我可以跟姚晨东他们一起潜伏吗？"

刘清严肃拒绝："不行！"

"可是叔叔，我不想只是站在高地听听汇报就算了，我想亲自去参加去感受。我从小就以叔叔为骄傲，卫斯明总是说很多演习跟真正的实战一样残酷可怕，我想知道这种感受，不仅仅只是在边上看着。"

刘清不同意："你没受过训练，你受不了的，而且你随时可能会威胁到他们的安全。"

简西还想努力，刘清挥了挥手："这是纪律！"


姚晨东最后一次检查了自己的装备，离开战还有一分钟，他闭了闭眼睛，完全被迷彩覆盖的脸上，看不出任何情绪。

突然他感觉身边有点微小的异动，睁开眼，看到门口处掀帘而入的简西，她穿着迷彩服，戴着军帽，如果不是背上那个好像要压垮她一样的硕大的背包，她看上去会更加英姿飒爽。

姚晨东平息了下情绪，哑着声音问："你来这儿干什么？"

"演习。"简西笑笑。

"这不是儿戏！"姚晨东皱眉，只有他知道演习的难度有多大。

"我也不是来玩的。"简西脸上笑容不变，眼睛因期待而显得特别明亮，就像是个期待好久了的孩子有着终于得偿夙愿的欣喜。

姚晨东摇摇头，正想说什么，刘清大步从外面进来，看着他说："晨东，你这次还有一个特殊的任务，保护我们的简记者平安归来。"简西最终还是靠坚毅和真诚说服了他。

姚晨东相当意外，刘清不像是公私不分的人，他也很明白这次演习的重要和危险。

像是很明白他的担心似的，刘清点点头笑了笑说："如果你觉得她不行，可以随时赶她回来。"

就这样决定了下来。


"你们可以当我不存在。"看姚晨东面有怒色，简西说，他并不喜欢这种安排，肯定是觉得她会拖累他们，"如果我受不了我自己会回去，刘政委把什么都安排好了。"

姚晨东从出发至今一直都没说话，他们现在正前往潜伏地点，这是常年无人走的一条小道，山路陡峭，悬崖插天而立，看着就让人眼晕。而山的那一边，战斗早已打响，激烈的炮火声不时传来。

简西难堪地咬住下唇。

木亮这时稍稍滞后，对她微微一笑，低声说："没事，他就是刀子嘴豆腐心。"

简西笑了笑。虽然他们的接触不多，但她喜欢这个瘦瘦的小猴子一样的战士，总是一脸的笑，就像邻家的小男孩，会让人放松也格外逗人喜欢。

路越往上越是难走，她的背包本来不重，这会儿都显得沉重了起来，天气很热，汗水粘在身上就像平白给自己加了几十斤的负荷。姚晨东偶尔会看她一眼，眼神很静，隐隐带着几分轻蔑，像是在看她什么时候会放弃。

简西倔劲上来，也不再说话，沉默地跟在他们后面。

第一颗子弹落下来，简西吓了一跳，虽然不是真枪实弹，但子弹划出来那种锐利的风声还是很让人惊心动魄，她几乎呆呆地看着它落到自己面前而没有任何反应。

最后还是身旁的木亮飞扑过来救下了她。

姚晨东的脸色似乎更难看了些。

简西以前觉得姚晨东还很好说话，人也够温和。但现在，简西在心里把以往加的分通通减掉不算，暗自发誓，回去以后再不理他再不理他再不理他。她虽然没正经谈过恋爱，朋友也不是很多，但几乎还没有受到过如此冷遇。

她简直像是自动贴给他的一块锅巴，他看见了不但不接，还嫌弃地撇了撇嘴角。


天快黑的时候，他们终于到了预定地点，隐藏好的时候天已经完全黑下来了。

另外一边的炮火声渐渐稀疏，想来今天的战斗已快接近尾声。

姚晨东和老山西在架设仪器，木亮在四周警戒。简西累得要命，但也知道如果就这样躺下去肯定会更让人看不起，尽管腿好像要断掉了一样，她卸下东西还是退到恰好合适的距离看姚晨东和老山西作业，一边拿出笔记本运笔如飞。

老山西在检索信号，报了目标位置的经纬度。

姚晨东沉吟稍许，果断命令："锁定，注意活动变化。"

简西听到这里抬起头，他们盯着仪器的表情十分严肃，看着他们，她心里不由自主涌出一种神圣感和使命感。没来军营以前，她总以为所谓演习就像小时候她们玩的家家酒，既是认真生活的演绎也是游戏人生的一种态度。

但现在，她突然觉得，那是两种根本不同的理念，这里真的是战场，是考验，也是磨砺。


剩下的，他们只需要等待，等待一个合适的时机。

这种等待是枯燥而紧张的，他们的情绪感染了简西，她靠在大石头旁也有些坐卧不安。老山西换了木亮的岗，木亮开始还在找她说话，到后来也是累了，喝了口水拿毛巾蒙脸就在她旁边睡着了。

简西睡不着，她还从来没有过这样的经历，身边是三个称得上陌生的男人，在这阴森的山木地带，以天为被，以地为床。蚊子嗡嗡地响着，偶尔还会传来野兽的嘶鸣。

月华如水，星光灿烂，若是小说里，这该是最浪漫的爱情场景，但现在……

简西叹一口气，开始数星星，一颗两颗三颗四颗，数着数着却想，姚晨东在做什么？她隐隐瞄了他一眼，虽然是在休息，但他整个人就像一只高度警戒的猎豹。

身边有声音响起，她收回目光，却是姚晨东，手里拿着一点干粮递给她："吃一些吧。"

简西说："我不饿。"

"你晚上根本就没吃什么，除非你明天想离开。"

简西接过来，她虽然饿极，但也确实吃不下。她这才知道其实自己比刘湘还要娇贵，刘湘就没这种毛病，不管在哪里，该吃吃该睡睡，就像她交朋友，各式各样的，她都能找到共同的话题。

姚晨东在她身边也坐下来："睡不着？"

简西简短道："是。"

"你讨厌我？"

简西："……"想承认又不敢，撒谎又觉得很无用，她今天对他的情绪的确抵触到了最高点。最让她生气的是，在过独木桥的时候，他不但自己不施以援手也就罢了，连木亮和老山西他都不准他们接她。

那时候她几乎都要哭出来了。

姚晨东轻声笑了笑："对不起。"

没诚意。

"我只是想你早点放弃。"姚晨东望向简西，这是简西第一次从他的眼神里看到了一丝怜惜，但只有一瞬，他便移开了目光，"这样下去你会受不了的。"

这种怜惜短得就像是错觉，简西觉得自己就跟刘湘一样，是被他的眼神所欺骗了。她要让自己清醒，于是坚定地说道："我自己选的，你不帮我可以，但请你不要老一副晚娘脸好不好？"

姚晨东看着她，月夜之下他的眼睛也像是映上了星光，他的声音很柔，突然叫她的名字："简西。"

"干什么？"她没好气，她心里还难受着呢。

姚晨东说："我就想，如果这是真的战争，你会陪我……我们走到最后吗？"

简西的心脏猛然抽了一下，这不是她的错觉，这是姚晨东实实在在的问话。他的语气就像有人很轻很柔地捧着她的心晃了一晃。她不由自主地点头，目光坚定，表情刚毅。

姚晨东伸出手，她把自己的手放在他的掌心，他的手心干燥温暖，就像一张密实的网，令她有一种柔软的触觉。简西微微抬头，正对上他静静的目光，她羞涩地想要低头，姚晨东却抬起了另一只手，微微触碰到简西的下颚，简西感觉自己快要窒息，她一丝不敢动，她害怕，害怕轻轻一动，这样的感觉就会随之消失。

时间凝固在了此刻，简西不由自主地闭起了双眼，她觉得姚晨东的呼吸越来越近，近到她能真切地感受到这种温柔的频率，敲打着她悸动的内心。

一触即发，简西紧张地等待着姚晨东的温度，这时，木亮翻了个身，嘴里嘟嘟囔囔地也不知道在说些什么。所有的幻想像是在瞬间消逝，姚晨东如梦初醒般放开简西，所有的温柔戛然而止。

"对不起。"半晌，姚晨东终于只说了一句话。

简西的脸还灼热得发烫，她低着头不敢再看姚晨东的双眼，她真的害怕了。

姚晨东似乎笑了笑，说道："你知道吗？你刚才像个战士。"

简西有些莫明："什么？战士？"

姚晨东知道简西没有接上自己的话题，便说道："你点头的时候，说会陪我走到最后的时候。"

简西愣了下："哦……我的意思是……"

姚晨东突然俯身挨近简西，问她："为什么想着来军营？"

"一开始不是很想，因为刘湘要来，所以算是陪她。"简西顿了顿又问，"那么，你为什么要来参军？"

姚晨东偏着头想了一会儿说："因为命。"

简西不解，姚晨东敏捷地坐了下来，笑着解释："我家的情况你肯定在军营中听过了吧，像我这样的家庭，该走的每一条路都是预定好的，上学，当兵，退伍……"姚晨东顿了顿，"总之，这是我应该走的路，所以我一定要走下去。"

这一刻，简西有点心疼眼前的这个男人，他就像是一个被扯住的风筝，看似高高在上，却没有丝毫自由。

"怎么？这个答案让你失望了？"姚晨东玩笑般问道。

"不。"简西连忙解释，"你有想过改变命运吗？"不知道为什么，简西希望姚晨东能够扯断那根牵扯风筝的线，他值得拥有一份本该宁静的自由。

"为什么要改变？很多人羡慕都羡慕不来的呢。"姚晨东苦笑着说。

"真的？你真的不想改变？一刻都没有想过？没有一件事、一个人能让你想要摆脱命运？"此刻，简西迫切地想要知道答案。

"一个人……"姚晨东默默低喃。他看着简西，两人四目相接。温柔的眼神让简西又一次心跳加速。

姚晨东微微一笑，略带戏谑地问道："那你喜欢军营吗？"

话题一转让简西有些不适应，她条件反射地点了点头。

"那你会为了某件事、某个人，留在军营里吗？"

简西被问住，她从来没有想过这个问题。她会吗？这个问题简西未曾深想过。小时候或许对军营对军装对穿着这一身迷彩的兵哥哥们有过很天真很浪漫的幻想与念头，但她来这里，最开始只是应刘湘之邀。有时候半夜里醒来，她想起外面精彩纷呈的世界，想起她的朋友们，和她们一起K歌，一起跳舞，一起看帅哥美女，一起去听流行歌曲看最恶俗的电视剧。她想她是普通的女孩子，而军营里，需要太强的信仰感和使命感，她承载不起也负担不来。她只想享受自己的生命。所以，她摇了摇头，很诚实地回答："除非我别无退路。"

姚晨东露出一抹讳莫如深的笑容，简西接着问："你还没回答我的问题呢，没有人能令你想要改变命运吗？"

"没有。"姚晨东平缓地吐露出了两个字。他还是这样一个男人，就算靠得再近，你也听不到他的心声。

两人的对话显得有些尴尬，姚晨东立刻转开话题，"我觉得你和刘湘不一样，不知道你们怎么能成为好朋友的。"

简西眨眨眼，能转移话题她也挺乐意："我也不知道，我一直都很内向。小时候爸爸妈妈要上班，周末怕我乱跑就把我锁在家里让我看电视看书或者做作业，后来大一些了，我性子也就养成了，很宅很静，不大爱出去跟人混。刘湘就不同，她打小就有哥哥带着到处晃，结交的朋友也是三教九流的，我爸爸常说我们要是放在古代，我就是不出门的闺阁小姐，而刘湘，肯定是闯荡天下仗剑江湖的侠女豪杰。也可能正因为这样我们才能成为朋友，互补嘛！"

姚晨东闻言笑了笑，想起自己的妹妹，她要是放在古代该是什么人？是抗争礼教的大家闺秀，还是伤风败俗以性为生的青楼浪女？后一个词汇好像太过了，姚晨东皱眉，暗想还好这是一个崭新时代，包容着各式各样不同的个性和不同的观念。

所以，姚采采在现在倒还能换得别人一个新名词的称谓——时尚女孩。

见姚晨东没有反应，简西尴尬挠头："我说这些是不是挺没劲的？"

姚晨东摇头："没有，我只是突然想到我妹妹，你们是截然不同的三种人。"

"哦，是吗？哪三种？"

"刘湘嘛，很容易会爱上一个人，也会很投入地去爱一个人，她应该是敢爱敢恨的；而我妹妹，她需要很多爱，所以身边有很多男人，但她好像从来就没有爱过任何一个人；至于你。"

简西等了片刻没换来答案，忍不住问："我怎样？"

姚晨东似乎考虑了很久才回答："你很容易让人接近，但是走近了又让人觉得离你很远。"

这样一段绕口令似的话，也不知道他是怎么想出来的，简西在心里绕了一遍，问："那我是好接近呢还是不好接近？"

姚晨东摊摊手："我不知道。"

"你怎么会不知道？"

"睡觉吧，明天或许有战斗。"

"但是……"

"嘘，我想休息了，等会儿该到我值岗了。"

简西的话只好硬生生又咽回肚子里。她想了想姚晨东对她的评价，又近又远，简西恍然想到了什么：这不正是她对姚晨东的想法么？

半夜简西被蚊虫咬醒，发现身边斜斜歪歪躺着老山西和木亮，凹口处隐隐地能看见姚晨东匍匐的身形。他端着枪，全神贯注地注视着外面，神情专注而紧张。简西静静地望着他的背影，她不自觉地想到了夜晚的那次亲密。恍惚间，她问自己：那真的不是幻觉吗？

白天继续行进，山路比昨日更加难行。那晚的事，他们再没有提起，就像是两人都做了一场很真实的梦。

姚晨东在前面开山劈路，木亮在后面掩护防卫，每每遇到难行处，姚晨东总是会留下来，牵住简西的手。

终于有段短暂的平坦。

姚晨东问简西："还受得住吗？"

简西气喘吁吁，她的腿已经感觉不到肿胀，而是麻木，身体在高强度透支过后也只是被迫地僵直地跟着前进，呼吸早已不能顺畅进行，必须用口相辅。她撑腰停下来摇头，她看得出姚晨东眼睛里的笑意。

"背包重么？"

她还是摇头。

姚晨东眼里笑意加深，四下看了看位置，又拿出仪器测了方位，三个人聚在一起商量下一步行动计划。简西已经顾不得形象和要搜集的素材了，借机停下来以四肢瘫痪的姿态躺在路边的草丛里。日头透过高森的树木照进来，映着大大小小的铜钱印子，一晃一晃的，人在其中就好像掉进了一口永远都爬不出去的深井里。

"很累了？"安排妥当，姚晨东走过来递给她水壶。

简西接过来只润了润喉，没敢像前一日那样拿着水不当水，不光大口大口地喝，还倒出来洗手，她永远记得那三个人看到她那举动时目瞪口呆的表情，特别是姚晨东，眼里甚至是愤怒了。

后来木亮才告诉她，像这种行军，缺水断粮是肯定的，所以从第一天开始他们就要省，哪怕省下来的自己没得命吃喝，也要留给后面继续战斗的战友。

简西看看空了大半的水壶，再看看他们的眼神，当时觉得自己好像在犯罪。

姚晨东可能也是想到了昨天，怜惜地说："你可以多喝点。"

他水壶还很重，估计他自己基本都是润着过来的，简西摇了摇头，她不能接下来的时间都要让他们来救济。

第二天总体来说还算顺利，他们已进入了此山的腹中地带，按照雷达搜索显示，敌军的指挥中心就在此后不远，明日再行一天，摧毁行动，近在眼前。

傍晚的时候没想却遇到了敌人一个小分队，姚晨东把简西藏好，"不要动，不要咳嗽，呼吸也轻点，不然，如果被发现，你只能去敌军观战了。"

简西趴在草丛和灌木丛中，身下石头硌人，脸边，只要稍微动一动就如针扎一般——她歪着脖子斜眼一看，吓了一跳，她居然被塞进了黄刺丛里，而且头上最大的那一棵上还扎着一窝善恶不明的蜜蜂窝。

一只，两只，三四只，越来越多的蜜蜂嗡嗡嗡地在她头上绕圈子跳舞，于她而言，这种嗡嗡声很快就盖过外面的枪炮声，书上告诉她的经验是，当蜜蜂飞到自己面前时，要像死人一样不能动不能碰，所以她僵着脖子僵着身子，感觉到小蜜蜂一会儿停在她头上，一会儿是她手上，一会儿是她的鼻子尖上……

她觉得自己要崩溃了，但更令她崩溃的是在这种时候，她居然想起和同学一起玩的那个小游戏：两只小蜜蜂呀，飞在花丛中呀，飞呀，飞呀……

一只小蜜蜂飞啊飞啊果然停到了她的人中处了。

她很想哭。

就这样不知道忍了多久，炮火渐熄，有脚步声走过来，然后是姚晨东的声音："好了，你可以出来了。"

说着他似乎就要钻进来拉她，简西没法，只得叫："有蜜蜂。"

这一叫带得身子一动，停在她额上的蜜蜂受了惊吓，狠狠叮了一口，她疼得赶紧捂着脑袋，这下整个灌木丛里都是群蜂乱舞，还好姚晨东见机得快，一听她叫就一边抽出脖子上的毛巾拍打，一边叫木亮拿了头盔过来罩住。

饶是这样，等打退蜂群，不光是简西，就是木亮和老山西也都分别给蜇了一口，简西更惨，一脸的红印子，惨不忍睹，身上有衣服挡着情况倒稍微好一些。

当下木亮和老山西就很没同情心地笑了，后来简西为此住院，木亮去看她，她不小心把自己当时想到的那个小游戏说出来，结果此后很久，木亮见着了她还嚷嚷着说："简西，我们来玩两只小蜜蜂吧？"

刚开始可能是已经给蜇木了，她也没觉得怎么疼，姚晨东给她清洗涂药的时候，她倒觉得是那些药把她伤处给燎得火热热的，所以还颇有些抗拒。不过姚晨东表情严肃，抓着她乱舞的手说："七蜂八蛇，现在刚好是七月，这东西比你想的要可怕。你不涂药，只怕你过不了今天晚上。"

木亮见状也说："简西，老姚可不是吓唬你，涂吧，不然你可算是毁容了。"

这句话真正镇住了简西，于是仰起脸安安分分让姚晨东给涂药，姚晨东说："刚开始是有点火辣辣的，等蜂毒一上来，你就会舒服很

年轻总是有点迷茫，当时我们受了伤就太慌张

多了。"

简西想点头，他却一把捏住她的下巴："别动。"

手势倒比他的声音更显温柔。简西眯着眼睛看面前的男人，因为涂着很浓的迷彩她看不清他的神色，但眼神依旧清亮温和。这两天的行军把大家搞得都很狼狈，她无时无刻不觉得自己身上发出阵阵臭味，但姚晨东看上去依旧那么气定神闲，哪怕是刚刚战争过后他头上仍旧沾了没有及时拍掉的草屑与泥土，可在简西眼里，他就是农夫，只怕也是一个最帅最干净最有气势的泥腿子。

姚晨东涂完了药，见她依旧望着自己发呆，突然发问："想什么呢？"

"你好帅！"这句话几乎是没经大脑，一说完简西就窘得咬住舌头，姚晨东倒没说什么，只是看了她一眼，眼神里有明显的揶揄。

早上醒来，即便是不照镜子，简西也知道自己的脸成什么样子了。

所谓的，传说中的，猪头。

她捧着脸无声哀号，木亮正在收拾东西，安慰说："没事没事，正好你原先脸太瘦了。"

声音异样，一听就是很辛苦才忍住笑的。

简西幽怨地望了他一眼，这会儿觉得木亮就是一棵老榆木，一点也不知道女孩子的心思，他懂什么啊，她这个样子，毁了毁了全毁了。脸上身上被蜇过的地方又痒又疼，她挠也不是不挠也不是，只差快要撞墙了。

姚晨东走过来捧着她的脸端详了一番说："还好。"

简西想哭："你不是说你那是很好的伤药么？"

"很好的伤药也不是药到就除啊。"姚晨东答得理所当然，看着她，"受不了的话就回去吧，反正你也只是观战的。"话说得轻飘飘的，眼神里却带了点蔑视。

简西倔劲上来，想起自己跟叔叔的保证，咬了咬牙说："我不！"

然后背包一挎，率先走到了前头。

还没走几步，听见老山西在她后面笑："走错路了啦，妹子。"

简西："……"

老山西在路上发现一种草根，长在很松的黄泥土下，一扯就可以带出一大把。把泥刨了往嘴里塞，边吃边说："好吃啊，美味啊。"

余下三人皆看着他，像看怪物。

木亮说："真像是老牛吃嫩草啊。"

简西闻言扑哧笑出声来，老山西很不屑地看了他们一眼说："你们不懂，俺们老家以前没饭吃就吃这个的。"说着递给简西，"要不要试一试？"

简西勉强接过来试了一下，咬了最尖上的一头，没想到还真的很甜。她这几日水也少喝，带着的干粮又干，这会儿一下吃到这种东西，只觉得快是人间美味了。也不管木亮和姚晨东如何鄙视，跟老山西两个人一路行一路扯忙得不亦乐乎。没想到乐极生悲，一个不留神，哗啦一脚踏空就往一边跌去，这段到处都是黄泥形成的天然巨坑，她这一摔下去不死也得半条命没了。幸好她还算手快，本能地抓住边上一丛草，哇哇哇尖叫不停。

三个人七手八脚把她捞上来，姚晨东面色铁青，训了老山西来训她："你就不能省点心么？这种时候你添什么乱？就你这样子趁早回去！"

就是木亮他们也没见过如此盛怒的姚晨东，更何况是简西了，惊魂未定没有安慰不说还要挨骂，她只觉得自己这日子真是过得糟透了，想起稍有不顺姚晨东就没给她好脸色，当下委屈极了，平日本不爱哭的一个人，眼泪下来第一滴就再止不住第二滴，啪啦啪啦立时哭得要多伤心有多伤心。

姚晨东再骂不下去，木亮和老山西见情形不对，一个说去前面探路，一个说去方便方便然后逃得不见人影。简西也很想逃，但她实在没有力气，坐在地上埋头哭了半天。泪水沾了伤口，药一被洗去，她只觉得脸上火烧一样地疼。

姚晨东长叹一声，蹲下来抓住她的手："好了，别挠！"一边细致地拿了药箱，给她清洗涂药，简西还想闹脾气，姚晨东拿眼一横，她就觉得所有脾气都没了，抽抽噎噎委委屈屈地闭了眼睛由得他去。

药水清凉，很快痛意散去，再睁开眼睛看见姚晨东一脸揶揄的笑意："不哭了？"

简西瘪瘪嘴，不想理他。

姚晨东拍拍她的脑袋："就你这呆样。"顿了顿又问，"还疼么？"见她不理他，干脆一屁股坐在她身边，"刚才你吓到我了。"

恶人先告状，他对待她的样子好像她是一只没心没肺任他打骂任他弃留的小狗似的。简西忍不住指控："你吓到我才是真的！"

姚晨东笑了笑，很认真地看着她："简西，你挺勇敢的，证明了这一点我觉得就够了，要不你回去吧？"

简西的泪水很不争气地又流下来了。

姚晨东心里一慌，赶紧伸手为她拭泪，神情紧张："怎么了怎么了？"

简西把脸撇开，抢过他手里的棉签自己把眼泪印干净，是可忍孰不可忍，反正要被他送走了，她索性把话说了出来："你别假惺惺了，我知道自己很碍事，但是你也不要动不动就叫我回去。我知道你从心里看不起我，压根就觉得我是靠政委的力量才进来这里才跟你们到这里，我就是一碍你眼的讨你嫌的让你烦的，好，我走，我马上就走，我再也不想见你了，没见过你这么自大、讨厌、不尊重人处处踩低别人的混蛋，流氓，强盗，土匪！"口不择言了，她想到什么骂什么，完全没理会这些词用在某人身上到底合不合适。噼里啪啦一串说完，冷场了。

姚晨东像是被骂晕了，看着她面无表情没有一点反应。

简西暗自惭愧，如果这话搁在纸上，她明天肯定能理出几大页精到又恰到好处的骂词来，但现在，算了吧，她也不丢人了，拿起包就开始摸里面的信号弹，刘清说过，如果她想归队，只要发一发，半小时内就会有人过来把她带走。

姚晨东按住她到处摸索气得发抖的手："骂完了？"

语气还很平静，简西又差点要气疯了，想一把甩开他，没甩开，姚晨东把她握得更紧了。

她抬起头想说，你还要我再喷你一脸口水么？结果却看到姚晨东的眼神，像火一样的，炽热的眼神。

简西不由自主地打了个哆嗦。


行程继续。

木亮故意留在简西身边，悄悄竖根大拇指对她表示他的无限景仰之情："好样的啊，敢把姚晨东骂得一愣一愣的。"

简西吃惊："你听见了？"真鬼啊，他们明明都躲开了。

木亮点头："偶像啊，赶明儿我要告诉卫斯明他们，哈哈哈。"他夸张地周星星般地无声地大笑了三声。

简西更窘，和他打商量："能不能不要告诉他们？"

"有好处么？"

军人也会学奸商那一套么？简西恨，却也只得点头。

木亮乐了："那好，把你那套《诗经》读书笔记借给我。"

只要他不说出去，送给他都行，简西点头如捣蒜。

哪知木亮后面突然跳出一句："小样，看你卫斯明还拿着它敢在我面前嘚瑟不。"

简西："……"


已经是第三天了，简西又渴又累，她觉得三天没洗脸没洗澡的自己已经可以媲美臭水沟了。但她还是坚持要跟他们继续行进。到黄昏的时候，他们灭了一处暗哨，又打掉了一伙伪装的敌人，最后实在是行进无力，终于累倒了躺在灌木丛中休息。

简西是真的累坏了，倒在那里一动也不想动，姚晨东走过来递给她最后一壶水，简西摇摇头："留给你们吧，还不知道什么时候结束呢。"

姚晨东说："回去吧。"

简西很心动，她觉得自己的力气已经快用完了，尤其是脸上被蜜蜂蜇过的地方，现在已经肿胀疼痛到她能忍住的极限，她无法控制地一直在挠。可是，白天的那一幕依然在她脑子里盘旋。

当她再次因疲累而掉队的时候，老山西提议让简西留在原地。

姚晨东一口回绝："我不能抛下她，如果这是真的战场，因为看见她和我们在一起，她会被当作战俘。"他一脸的坚毅刚强不容反驳，令老山西和木亮险些气得跳脚。

尤其是老山西，劈头盖脸地骂他："姚晨东你脑子坏了啊，这不是真的战场，这是演习！是模拟！这里的敌人其实都是我们的战友，只要她一发信号，马上就有人带她走，这样跟着我们是受苦你知道不？是受苦！你看看她这小脸儿累的！"

简西的胳膊被姚晨东紧紧地握在手里，他是那么有力，以至于透过他粗糙的手掌她能感觉到他的不舍他的紧张，就像他那天为她涂药时看她的眼神一样，热得都要把她化掉了。

老山西骂他："我看你就是有私心！"

简西觉得有点难过，他为了她这样给队友误会，在最艰难成功基本在望的时候，她成了他们中间的一根尖刺。她忍不住跳出来，拦在两人中间："请让我待到天黑，天黑我就回去。或者如果再有一次战斗，我也回去。"

老山西没再说话，只看了她一眼，神情里有不满也有不解。

只是简西心里怅惘，她这样回去首先跟刘清交不了差，她向他保证过她一定会跟他们坚持到最后，看到胜利。但她终究还是半路逃兵，就像刘清一开始预测的一样。

这回，听到姚晨东这样说，简西终于点头："好。"

信号弹发出去，在微暗的天空中发出耀眼的火花。

老山西和木亮开始往更深处隐藏。

姚晨东落在最后，他突然问她："简西，来军营，你快乐吗？"

简西说："是的，尤其是这几天，或许会成为我这一生最大的一笔财富。"

姚晨东笑了笑，说："我也是。"

他们伸手相握，那一刻，也许他们都会觉得，那种快乐大抵是源于彼此吧。

不知道是因为焰火已灭还是天色太暗，简西觉得在她说了这句话后姚晨东的眸子瞬间转淡，淡得就像那溶溶月色，只有清冷的一点点余烬。他放开了她，挥了挥手，然后比出一个"你很棒"的手势，转身向着木亮和老山西远去的方向跑去。

平地上直升机的声音响起来的时候，她看到他的身影慢慢消失在阴影厚重的山林里。

就好像一出戏，终于尾声了，厚重的幕布拉下来，她只看到一片暗沉。

她转出一片树林，山下，灯火通明。


实习就快结束，卫斯明让人送来消息，有些东西要给简西，让她下午在林荫道上等着。

简西百无聊赖地在约定的地方站着，卫斯明最先冲出来，他把东西往地上一放，她突然觉得此时的卫斯明就像一个冲动的激情少年，她直觉地想退后一步，他却突然抓住了她，低声附在她耳边说："简西，我喜欢你！"

然后他轻轻地快速地在她额上印上一吻，而后几乎是跳跃似的满足地离开。仓促之间简西哭笑不得，在求爱以后，他都不需要她说些什么？

正呆愣着，抬起头看到另一头走过来的姚晨东，手上提着一个大大的行李袋，面色沉静，面无表情，嘴角甚至有一抹淡淡的嘲讽的笑意。

简西不确定他要表达的是什么情绪，她想她应该笑笑说卫斯明真会胡闹，或者哪怕说一些其他的也好，可是她太心慌了，就像偷了情的妻子陡然面对无意中闯进来的丈夫，几乎是手忙脚乱手足无措的。

姚晨东一步一步地走近，提着袋子的手往她面前一伸，示意她接过去。简西只得伸出手去，没想到那袋子那么重，不提防下差点摔了个跟斗，腰给狠狠地带了下去，猝不及防她几乎是直觉地抓住他的衣角才勉强站定，而这姿势看起来就像是她主动对他投怀送抱似的。

从头至尾，他稳稳地立在那里，由始至终，他没有伸手扶过她。

简西心里失望，咬唇站直身子，想道歉想骂人，可话还没出口，姚晨东在她放手的那一瞬掉头走了。

她心里一时酸痛，竟由得他这样走开，什么话也说不出来。只咬着唇，感受着由心底漫延到全身的痛和酸，和他这短短的接触，活像是给人生生抽筋剥皮了一般，流光了所有血液，蔫得跟朵枯死的花一样。

木亮像是看出了她的难堪，小心翼翼地跟着走过来，干笑着说："他是故意的，呵呵，他是故意的。"

简西只能够点点头。

木亮也放下一个袋子，"都是一些自己种的瓜果，你们路上吃。"说完便走了。

他们一行三人，隔着不远不近的距离，越走越远，简西站在原处，看见卫斯明会不断回头来望，脸上是隐约飞扬的笑意，而姚晨东，一直到最后的最后，最远的最远，一直到她看不见了，他都没有回过头，看过她哪怕一眼。

姚晨东又一次把失落留给了简西，简西站在原地，心里泛起了涩涩的酸楚，也许，从头到尾，她都和刘湘一样，误会在了姚晨东的眼眸里。

离开的日子越来越近，简西和刘湘都渐渐开始有些依依不舍。不过简西更多的是把心思放在心里，倒是刘湘，咋咋呼呼地说要跟她的那位帅帅的兵哥哥姚晨东分离是一件多么令人难以承受的事情。但是这样的不舍很快就被姚晨东给消磨掉了。

一日中午，刘湘嚷着肚饿，硬是拉着简西去小卖部买零食吃，简西不爱那些，但还是应景地随便挑了几样，结账的时候看刘湘抱着大包小包，忍不住摇头："还说减肥呢，就你这吃法，不越减越肥才怪。"

"不怕不怕，人家都说爱情是减肥的良方，等我搞定了我心目中的白马王子，我就不减自瘦了。"说笑着出来，没想到才出门口，刘湘突然收声拉住她，"快看快看，那是不是姚晨东啊？"

简西应声望过去，果然是姚晨东。不过不是他一个人，他面前还有一个大美女，两人在门口正无限缠绵着。那女子穿着火辣明艳，就跟厨房东头那一丛鲜艳的美人蕉似的，此刻正踮着脚尖捏着姚晨东的脸蛋，那情景，看上去要多暧昧有多暧昧。

刘湘气得袋子都差点扔了，扭头就跑："什么嘛，有女朋友了也不跟人家说一声，害我对他白幻想了那么久。"突然又停下脚步，喃喃自语，"难怪上次送的东西还被他退了回来。"一跺脚，又跑了。

简西也是脸色泛白，看这情形，那两人关系定然不浅，她突然觉得既痛又好笑，但仿佛一切的疑虑都解开了。怪不得他总是若即若离，怪不得他不想改变所谓的命运，怪不得他宁可做一只被牵扯的风筝，原来风筝的那头是这样一个娇艳美貌的女人，原来他的命运里面早已住了另一个她。简西以前总是嘲笑刘湘爱花痴，可想不到原来她也一样，搞不清状况就总以为人家对她是该有意思的。她是人见人会爱的白雪公主吗？她是他唯一的美人鱼吗？都不是，她连成为他生命里的过客的资格都没有。

看着简西决然而去的背影，姚晨东这才拉下黏在自己身上的小妹姚采采："好了好了，看够了摸够了，我没少块肉吧？说吧，又怎么了？"

姚采采仍旧是腻着声音发嗲："哥，人家没法活了啦。"噼里啪啦就是一大堆诉苦，埋着头说了半天，姚采采这才发现净一个人在自说自话了，嗔怪地捅了一下姚晨东的肚子："什么人啦，你根本就没有听我在说话！"

安抚好小妹让她走人，回到营地，木亮等一票人果然片刻不停地追在他后面不厌其烦地打听：

"今天来的是谁？"

"是你小情人不？"

"小子，有情人了还在大爷们面前装清纯啊你！"

最后卫斯明也不忘捅他一拳："靠，臭小子，害我还以为你喜欢简西，搞得我都差点把你视为假想敌了。"说着不管不顾地又抱了抱他，哈哈笑着说："这样很好啊，我们好兄弟就不用竞争了，一人一个！"

木亮本来是憋着话没说的，这会儿终于忍不住刺道："一人一个个屁，人家简西马上就要走了，到时你上天边追她去！"

姚晨东对于简西要走的消息无动于衷，倒是卫斯明不断跑进跑出，一有空就钻政委家里打听，还神秘兮兮地时常在训练后不见人影。

那天午睡，木亮把本书摊在脸上，跟姚晨东有一句没一句地说话："卫斯明那家伙估计要成了，昨天有人看见他和简西一起散步，据说聊得那是相当的如沐春风。"

看这词用的，姚晨东无意识地笑了笑，却并不想着纠正，要木亮不用错成语，就像要黄鼠狼不去偷鸡一样的难。

"唉，说实话，我一直以为卫斯明那小子都是单相思，穷起劲，瞎子都看得出，简西是对你有意思呢……"说到这里，木亮像是想到要紧处，一把掀开书跳起来瞪着他，"你说，你跟哥们儿说句实话，你是不是也喜欢简西那姑娘？"

姚晨东连眼皮也没抬一下，闭着眼睛不知道在想些什么。木亮看他这样子就莫明其妙地有些来气，拿脚扫过去踹了他一脚，这才悻悻地又躺下了。

两人一时都没有再说话，过了很久，久得木亮迷迷糊糊都快要睡着了，这才听见旁边姚晨东在问："她什么时候走？"

靠，还他母亲的那么淡定。木亮很是佩服："兄弟，你够冷静，我真以为你不在乎呢。你怎么就不忍到她走得不见影了呢？"

姚晨东没理他，只是问："她什么时候走？"

"我哪知道？我又不是政委家的！"木亮气道，拧了半晌，到底还是扔出一句，"打听过了，三天后一大早，营里刚好有车出差。"

三天后，木亮偷偷问姚晨东去送行了么。他就是那么八卦。

姚晨东笑了笑，那笑容里凄凉的意味让木亮都忍不住跟着心酸。

木亮说："哥们儿给你句忠告，就你这性子，以后情场有得你亏吃……唉，多好的俊男靓女男才女貌啊，你们就这样结束了么？"

姚晨东这回默了半晌，想起她给他看过的一本书上的话："都还没开始过呢，又哪来的结束？"

他抬起头，望着那边她离去的天空，晨空如洗，红云似血，他想，也许要很久很久，他的心都会随着那个方向，永久地沉下去，沉下去，再浮不上来了吧。

也许，正如简西所想的那样，姚晨东就是那一只在空中摇晃不定的风筝，他没有办法选择自己的命运，既是如此，他又有什么资格用爱去改变别人的人生呢？

## Chapter 04

# 太多人有太好的演技，
# 却不知道在演戏

- - - - - - - - - - - - - - - - - - - - - - - - - - - - - - - - - - -

　　他自嘲地一笑，虽然他没有天真到以为简西约他是为了谈情说爱，
但好歹也是朋友间的叙旧，却原来另有目的。
　　他紧皱眉头，想现在就离开，不给简西留任何情面，到底下不了狠心。

三年后，魔都，疯狂的元旦夜。

政府说今天晚上参加元旦狂欢的人数可以申报吉尼斯世界纪录。这世道，因为民生艰难，所以小人物都喜欢抓住哪怕是任何一个理由狂欢。

狂欢，只是为了宣泄活着的不易，换取片刻欢愉。

当然，这些，只是简西放在心里的属于她一个人的关于节日庆祝的理论。表面上，作为报社的图文记者，她不得不追随大众的步伐，在这样一个冰冻寒冷的夜晚出来共享新年庆贺的火热。

她和丁佳萱两个拍档，在人群中不停地穿梭，寻找好的素材，拍照，或者采访。这些都是明天要用的材料，每当这样的日子，对于她们来说，代表的往往不是放纵，而是通宵的干活。

要放焰火了，人群越挤越密，都想挤到最佳的位置和角度，丁佳萱不知道给挤到哪里去了，就是她自己，也被迫站到了防护栏上——简直就跟踩高跷似的，如果佳萱在，倒是可以把自己这个姿势拍下来当明天的图片标记，标题正好就可以取作："无处不在的狂欢"。

简西一边想着，一边不忘四处取景，这是工作，但她更愿当作是自己的生活，是自己的经历，也许某年的某一天，她老了，会想起来她参加过多少多少这样与众狂欢的节日，其间又发生过多少多少稀奇古怪的故事。

丁佳萱曾经问过她："那其中有艳遇不？"

简西一本正经地回答："艳遇是天上掉下的馅饼，一般的，你敢捡么？"

是啊，你敢捡么？在这个一不小心就被人肉的年代，一夜情类的艳遇也是要掂量掂量才敢玩的游戏。而且，有品的帅哥不玩一夜情，玩一夜情的帅哥最没品，这是简西对男人不变的理论。因此，她从不期待艳遇，但是她也期待男人，长得好看的男人，最好有一双会说话的眼睛，挺直的鼻梁，笑起来微微上弯的嘴角，还有，最好的最好，是有沉静如水一样的性子，相处的时候哪怕是安静着，也能把自己完全覆灭。

想得太投入，焰火什么时候放完她都没注意，人群逐渐散开，她仍以金鸡独立之姿站在防护栏上四处拍照，然后有人摇了一下护栏，简西差点就给晃了下来，"啊"地叫着竭力想站稳，旁边突然有一只手伸出来。

白色的手套，深蓝的警服，再往上看，是一脸和善的笑容。

简西就着他的手跳了下来，诚恳道："谢谢。"

对方有礼地回了她一个笑容，说："要小心些，这护栏不稳。"

"声音倒是很好听，样子也好看。"那年轻的交警刚离开，身后有人附耳过来啧啧评价说。

不用回头简西也知道是谁，拍开她的脸没好气地说："你这家伙钻哪儿去了啊？一看见有帅哥就知道出来了？"

"别说了别说了，比起你我更惨，我差点给人挤到桥下去，你手机又打不通，可急死我了。"

"不是我手机打不通，是今天晚上的手机都很难打通。"

"赶明儿我要投诉，这中国移动经常好死不死，越忙它信号越死。"

"行了行了别抱怨了，你题材齐了么？"

"嗯，齐了。"丁佳萱一本正经地点头，补充说，"就在刚才我想到了一个绝妙的题材，狂欢夜里的英雄救美，作为小市民八卦做成一个系列。"

简西翻了个白眼，果然，某人继续发挥八卦幻想潜质："那交警帅哥真的很帅啊，你说我要不要趁这个题材上去给他拍张照片，然后留下他的电话，然后约他吃饭，然后……"再然后，便是一串阴险狡猾不怀好意的笑声。

简西跟着点点头："很好，明天你就可以把他带上床了。"嘴里这样说着，脚下却越走越快，玩笑要开，事情要做，她看看表，已是凌晨一点半，如果这会儿赶回去，明天的简讯还是可以搞定的。

丁佳萱却拉着她不让走："再等等，现在人这么多，打车都难，我们干脆最后走吧。正好可以多拍几张人走茶凉的凄惨照片。"

简西听了这话忍不住笑："姐姐，这是举国狂欢的时候，拜托你用词喜庆一点好不好？"

"哎，这你就不懂了，所谓狂欢，那是一个人的孤独，而举国狂欢呢，实际就是举国人民的孤独。"

全部都孤独了，这世界还有人孤独吗？简西怀疑。不过她还是听从了佳萱的话留在后面，正所谓，人没走，新闻不停嘛，指不定她们留在后面能挖到更有价值的素材。

很多时候，人生的意外就在于此，就在简西对这种指望快要感到绝望的时候，她突然听到有人叫她："简西？！"

循声望去，不远处的某个路灯下站着几位英武俊伟的警察哥哥，其中一个正拿着喇叭在叫她。简西看清了人，不由得感叹：所谓的，人生何处不相逢。

谁知道，阔别几年之后，在这个人潮散去的午夜，她居然，能够遇见以为这辈子都不可能再遇见的人。

"卫斯明。"她笑着应，迎着他的方向走了过去。

"好久不见。"卫斯明笑着伸出手。

太多人有太好的演技，却不知道在演戏

丁佳萱看着卫斯明，眼中闪着光。

卫斯明眉开眼笑，压低了声音说："她倒是和刘湘一个样。"

说得简西失笑，还真是。

丁佳萱好奇地追问："你们说什么呢？"

简西戏谑道："他夸你漂亮呢。"

丁佳萱下意识地挺了挺胸脯，"那是。"

卫斯明想必又想到了刘湘，冲着简西直眨眼。

简西嘴角勾勒出一抹会心的微笑。

"我正好下班了，你不急着回去吧？我们找个地方坐坐？"

简西还没来得及答话，丁佳萱抢着说："好啊好啊。"

"前面有个小饭馆，我和晨东经常去，"卫斯明顿了顿，"对了，我把姚晨东这家伙也叫来。"不等简西反应，他就摸出手机拨号。

简西心情五味杂陈，她深深吸了口气。

丁佳萱悄悄在她耳边问："姚晨东是谁？"

简西想了想，"他们是好朋友。"

"帅吗？"

简西低头踢了块小石子，"还行。"

"和这个卫斯明相比如何？"丁佳萱不依不饶地追问。

"当然是我帅。"卫斯明不知何时已挂了电话，似笑非笑地望着她俩。

简西脸红了一瞬，丁佳萱理直气壮，连眉头都没皱一下。

"他，来吗？"简西装着漫不经心地问。

"来。"卫斯明投向她的眼神带着某种好奇和试探。

"哦。"简西又一脚踢飞了一块石头。

卫斯明将她们带到常去的小饭馆，跨年之夜，这里生意好得出奇。

老板看来跟卫斯明很熟悉，将他们迎到里间。

点完菜，卫斯明说："一会儿姚晨东来了，你让他直接进来。"

老板眼角似有若无地打量过简西和丁佳萱，笑容满面，"好嘞。"

简西低着头不知在想什么。

而丁佳萱显然对卫斯明有很大兴趣，缠着他问东问西，

卫斯明瞥了简西一眼，神情未改。

三人随意聊了一会儿，卫斯明的手机响起，他抱歉地笑笑，起身去外间接电话。

丁佳萱随口调侃："业务挺繁忙哈。"

感觉有轻微的脚步声，身边多了一个人，简西笑着说："这么快就讲完了，可见不是女朋友。"

无人回应。

简西诧异抬头，就这样撞进了姚晨东平静如水的眼底。她心脏怦怦乱跳，十分可悲地发现，再次相见，他仍能带给她如此大的影响力。

"好久不见。"姚晨东嗓音低沉，脸上并没流露太多情绪。

同样的一句话，卫斯明说来轻松自然，而姚晨东却仿佛鼓足了勇气才得以说出口。

一瞬间过去的种种在她脑海闪现，简西神思恍惚了半晌才回过了神。

丁佳萱则望着英挺俊朗的姚晨东，眼睛都发直了。"哎哎，你就是姚晨东？"

没人理她。

丁佳萱尴尬地抓了抓头发。

姚晨东坐到了简西的身边——那本来是卫斯明的座位。

一时寂静无声。

"这些年，你还好吗？"为了打破沉默，简西不得不没话找话。只是，几年不见，姚晨东似乎话更少了，这让她无形之中竟有了某种压力。

姚晨东并没有立即应她，他瞧着光滑桌面上她的倒影，悠悠喝了一口茶，这才答非所问地说："没想到再重逢，也还是他先遇见了你。"

他的脸上有一抹类似于怀旧的涩意，那是过去掩在心底再被翻出来的苦涩。这感觉，在简西过去不自觉回忆的时候时常会有的，只是后来，渐渐淡了，就剩下一种叫作怅惘的东西。

简西摸不清姚晨东话里的意思，手指无意识地拢了拢头发，笑了笑说："什么叫'也'？我记得最初我是同时遇见你们两个的。"她语气清淡，努力想把过去那段自己痛得铭心的感情淡化掉，是谁说的，再浓烈的情伤也会被时间慢慢抚平。这话不是没有道理，哪怕只是姚晨东还未再度闯入她生活的时候。她希望自己能活得洒脱一点，而不要囿于过去，永不得未来的美。

姚晨东听了这话，淡淡地笑，唇边的笑意意味不明。过了好一会儿才又开口："政委还好吧？"

话题终于回归正常，简西松了口气。她简单述说了叔叔一家的近况，然后笑着说："对了，刘湘嫁出去了。那丫头，闪婚，认识一个月就决定结婚，快得大家眼花缭乱的。"

姚晨东又喝了口水，"她还是那么不按牌理出牌。"顿了顿终忍不住问："你呢，也结婚了吧？"他语气温和，老朋友似的淡定，仿佛只是随口那么一说，并不想让她误以为他是有意想要打探她的隐私。

简西还没来得及答，卫斯明已经接电话回来了，笑着问："你们聊到什么了？"

丁佳萱撇撇嘴，她根本插不上话。

简西则笑道："在说你这些年的春风得意马蹄疾啊。"

卫斯明摆摆手："我哪是马蹄疾啊，我简直是破马在慢跑。实话说，这些年我们这些老战友都活不过晨东，他这家伙厉害，从部队出来时还说要跟着我们一起来上海，结果莫名其妙又回了老家，当时我们还嘲笑他呢。谁知道这几年他不是犄角旮旯都不混，却混出了个好名堂，现在又来了上海，我说，你小子，够有心思的啊！"

姚晨东听到这里打断他："行了啊，别拐着弯地数落我了。谁不知道你卫斯明是警队的代言人啊，风度翩翩，英俊潇洒。"

卫斯明毫不脸红地笑笑，说道："哥们儿，别这样，你虽然比我矮，样子也没我帅，但走出去，好歹也算得上是玉树临风风流倜傥的吧，所以你也别可劲儿夸我呀。"话锋一转，卫斯明看着简西笑问，"简西你说是吧？"

简西打趣说："是啊，我记得我刚到你们营里的时候还打电话跟刘湘说，叔叔营地里尽帅哥，就跟一堆堆花似的，看得我转不过眼来。"

"切，我们这么阳刚正气，哪能用花来比？有损才女之名啊。"

简西笑："怎么不能比作花？美女如云，美男当如花啊。"

三人聊得起劲，可苦了在一边的丁佳萱。她平日也算是舌灿莲花，今天竟无半点让她发挥的余地。她耷拉着脑袋，玩起了手机。就在这时，她听到卫斯明问了简西一句话："喂，有男朋友了没？"丁佳萱唰地竖起了耳朵。

也不知为什么，简西脱口而出，"自然是有的。"

"哦？"卫斯明扬了扬眉，"什么时候拉出来遛遛？"

"有机会的。"简西口气清淡得连自己都无法置信。

姚晨东脸上的情绪变化，看不出究竟是失望还是怅然。

丁佳萱今晚首次对简西的好奇度超越了另两位大帅哥，她同简西虽是同事，也称得上朋友，但没有熟到了解她所有的事。简西长相甜美，性子文静，追求她的人一大把，可从来没见她对谁上过心。单位里暧昧的男男女女，开着无伤大雅的玩笑，调情吃豆腐是平常事，但简西是绯闻绝缘体，任何人对着她不会说任何过分的话。大家猜测清高的简西，对另一半的要求一定很高，揣摩着怎样的男人才能入得了她的法眼。可今天她竟然承认已有男友，回头一定得好好审审她。

简西低着头，也是不甚在意地随口问道："你们俩呢，有主了吗？没的话，我给介绍，我们报社女多男少，无法满足自产自销，所以两位的机会不少。"

卫斯明顺着她问："都是些什么类型的？"

"温柔型的，淑女型的，小家碧玉型的，邻家小妹型的，性感成熟型的，应有尽有，必有一款适合你。"

丁佳萱总算找到机会插嘴，"那我算什么型的？"

卫斯明笑趴在了桌上。

姚晨东沉着脸，刻薄地来一句："简西，多年不见，你改行当媒婆了？"

简西被他堵得说不出话。

气氛陷入诡异的氛围。

好在有卫斯明在，不用担心会冷场，他把话题一转，又聊回到在兵营里的事儿，总算没让这次来之不易的聚会不欢而散。

如此你来我往地调笑了些时候，三人净聊些陈年趣事，也算相谈甚欢。卫斯明聊得意犹未尽，姚晨东本来就不想走，丁佳萱虽无法融入他们的话题，但好在看着帅哥也不会无聊，只有简西颇有些坐立难安，她抬腕看看表，"时间不早了，我们还得赶回去写稿子，下次有机会再约出来。"

卫斯明点点头，姚晨东抢先出去买了单。

等了一会儿，卫斯明才和简西还有丁佳萱缓慢走出来。卫斯明伸手帮两位姑娘拦了部出租，等简西和丁佳萱上车走了，才笑着斜了姚晨东一眼，"没问她要电话吗？"

姚晨东淡淡道："忘了。"

"我有，你要不要？"

姚晨东说："可以啊。"一副随便得不得了的口气，仿佛要不要都无所谓。

卫斯明摇了摇头，"难怪木亮说你这人是千年榆木，果然啊果然。"

姚晨东只当没听见。

卫斯明把手机掏出来翻开电话簿，又塞回兜里，"反正简西有男朋友，你要了号码也没用。"他就想看姚晨东着急的模样，可他失望了。

姚晨东双手插在裤兜里，没再提电话的事，卫斯明反而急了，硬把翻到号码的手机扔给他。姚晨东看了一眼便记住了。

卫斯明手指在手机屏幕上摩挲了几下，"我喜欢公平竞争。"

"说什么呢。"姚晨东走在了前面。

卫斯明追上前，"我前阵子听说你把你们局长介绍的女孩都给回绝了，怎么，还打算一直单身来着？"

姚晨东神态自若，"不是，没遇着合适的。"

"我这儿有个合适的，你见不见？我们局里新来一姑娘，嫩得跟葱花似的，特单纯可爱。"

姚晨东失笑："真有这么个你还会想到我吗？"

"会，"卫斯明很认真地点头，"没遇到简西之前，我希望你能走出来，再见到她以后，我虽然不介意和你公平竞争，但少了你这样强劲的对手，总是好的。"

姚晨东瞥了一眼卫斯明，像是确认他话里认真的意味，夜风微凉，他拢了拢衣领平静地说："从没走进去过，又从哪里说要走出来？"


这一头姚晨东百般掩饰情绪，另一头简西正在接受丁佳萱的逼问。

"简西，你真有男朋友了？"丁佳萱半信半疑地问。

简西不想再纠缠于这个问题，点了点头。

"他是做什么工作的？几岁？你们怎么认识的？认识几年了？打算什么时候结婚？"

简西一个头两个大，她随意扯下的谎，没想到会惹来丁佳萱的好奇心。她只能轻轻拍拍她的肩，"还是先搞定工作，这事以后我再告诉你。"

丁佳萱虽不情不愿，却也没办法。她眼珠子一转，扯了扯简西的衣袖，"帮我个忙好吗？"

太多人有太好的演技，却不知道在演戏

简西眼皮跳了跳，"什么？"

"把那帅哥介绍我认识。"

简西侧过身看她，"哪个？"

"姚晨东。"

简西垂下眼，仿佛旧事重现。


姚采采又是一大早地跑来按门铃，姚晨东想自己真是作孽，得了个妹妹跟得了个女儿似的，隔三岔五地要给她解难为她分忧也就算了，什么事都要避到他这做哥哥的家里来。他就看不惯她躲男朋友如躲瘟神的样子，要知道，她宣布爱上一个男人的时候可是恨不得要随他走天涯，天翻地覆，永不后悔。这才多久啊。

姚采采从冰箱里拿出一听啤酒，举手喊冤："哥，我想了好久，我觉得是爸妈把我名字给取坏了，你想啊，采采，采花贼的采啊，我这命里注定了就是不停地采啊采的。"

姚晨东无奈："你没事还怪上名字了？那人家姓仇的不得跟天下人有仇啊？女孩子采什么花？对了，我说你们女孩子是不是都喜欢把男人比喻成花？"

"嗯，美男如花嘛。"姚采采理所当然地应，顿了顿，她狐疑地转过头来，"你们女孩子……我说哥，稀奇了啊，你最近有认识女孩子了么？"

姚晨东很快否认："没有。"

做警察做得久了，撒谎都可以镇定如常。姚采采自然是在他脸上寻不到任何蛛丝马迹。她坐到姚晨东旁边很自然地往他身上一靠，说："哥，有件事我得问问你，不过事先申明，这是妈让我问的。"

"什么事。"

"妈问你是不是同性恋。"

姚晨东失笑出声，这问题也只有他老妈想得出，当然，也只有他妹妹敢在他面前问出口。"我要是那怎么办？"

姚采采倒是一点也不紧张的样子："我觉得没什么啦，不过妈妈说你要是的话，她就找人。"

"找人干什么？"

"阉了你啊，干脆让你做她的另一个女儿算了，也省得她老操心你嫁不出去。"

"这是你想的吧？"

姚采采笑笑算是默认，她突然语气一转，神色认真："哥，爸都走了这么多年了，你心里的担子也该放下了。老这么揪着自己的心过日子，累不累？"

姚晨东双眸微微一颤，接着淡淡地回答："过去的总会过去，该记得的也总会记得。"

姚采采很快便对这种认真严肃的对话适应不下去了，"唉，那你就好好地忘记过去，展望未来吧。"

姚晨东看着妹妹这副不正经的样子，无奈地笑笑："我的未来，要是没有你，才值得展望呢！"

姚采采鄙视地白他一眼，说道："没有我？没有我恐怕你身边连一个年轻貌美的女人都没有了吧。我说哥哥，这么多年了，你要求就这么高，就没有一个姑娘入得了你的眼？"

姚晨东像是被这问题问住了，良久才说："就算有，我也不配拥有。"

姚采采把手攀在他的肩上，很认真地研究他："咦，这么说是有了，谁啊？还会让我哥觉得配不上，不会还是那个……"

姚晨东没等她说完，便迅速把她的手挪开，站起来伸了个懒腰："奥黛丽·赫本。"

姚采采小声骂了句粗口："这也是难度系数太大的对象了吧？您老胃口真刁。"

"好了，我不跟你贫嘴了，你想干什么干什么，只有一点，不要吵我睡觉，我晚上还要去接班蹲点。"

"又蹲点啊？我说你就不能换个工种么？"

姚采采的话最后全数被姚晨东关在门外，他听见了，但是他当作什么也没有听见。

姚晨东保持盯着手机屏幕的动作已经一整个下午了，引得其他同事窃窃私语，还从未见过他如此失魂落魄的模样。

中午的时候姚晨东收到简西发来的短信，问他什么时候有时间，想要和他见个面。姚晨东原本以为同简西的再次相遇也不过是生命中的一段小插曲，没想到简西会主动约他。说不清此时的心情，有些意外，也有几分的喜悦。

约好了时间，姚晨东下班后还特意回家洗了个澡换了身衣服，才匆匆赶赴约会地点。简西下班晚，所以姚晨东有充足的准备时间。他对着橱窗整理了下衣服领带和头发，才走进茶餐厅，年近三十的他竟像个十七八岁的青涩小伙一样紧张，令他哭笑不得。

果然还是到早了，姚晨东在心底叹气。他不想去得晚让简西觉得他傲慢难以接近，又不想提前太多时间搞得他好像特别重视，所以卡在约好的时间，但似乎只是他自己在纠结。迟到果然是女人的天性。

简西拽着丁佳萱跟跄出了地铁口，丁佳萱喊着："简西，你松手，你让我再补个妆。"

"你在办公室补过三次妆，刚在地铁洗手间又补了一次，你还想怎么样？"

"我只想把最完美的一面展现给他看。"丁佳萱答得理直气壮。

简西把手腕举到丁佳萱面前，"你看看现在几点了，迟到的话他对你的印象肯定大打折扣。"

丁佳萱急得跳脚，"那怎么办？"

"所以请丁大小姐你抓紧点，走路快一点。"

"我穿着高跟鞋，怎么走得快嘛。"丁佳萱今天是豁出去了，她个子比较娇小，为了能配得上一米八五的姚晨东，穿了双跟足有十厘米的鞋，这一路地铁挤过来，实在苦不堪言。

简西明白她所花费的心思，叹口气，放慢步伐。突然又停下脚步，一本正经地看着丁佳萱，"佳萱，我还要再提醒你一次，三年前我认识他的时候，他是有女朋友的。"

"放心吧，我会了解清楚的，我可是很有原则的，绝不做小三。"丁佳萱极认真地说。

简西微微一笑，"那走吧。"

姚晨东几乎在隔着窗户看到简西以及丁佳萱时就冷下了脸，他自嘲地一笑，虽然他没有天真到以为简西约他是为了谈情说爱，但好歹也是朋友间的叙旧，却原来另有目的。他紧皱眉头，想现在就离开，不给简西留任何情面，到底下不了狠心。

丁佳萱一眼就看到了坐在墙角的姚晨东，她悄悄说："在那里。"

简西眯了眯眼，姚晨东仿佛脸色不太好看。

"嗨。"丁佳萱迫不及待地打招呼。

"坐吧。"姚晨东憋半天才出声。

丁佳萱无师自通地坐到姚晨东身边，简西一个人落座对面。

简西讨好道："不好意思，我们来晚了，你等很久了吧？"

姚晨东没好气地瞪了她一眼。

简西以为他当真为了迟到的事气恼，对着丁佳萱吐了吐舌头。

姚晨东拿起菜单，本来想丢给简西的，临时改主意递给了身旁的丁佳萱。

丁佳萱颇有些受宠若惊地接过，喜悦之情溢于言表。

菜上来以后，姚晨东一改之前的冷淡，殷勤地帮丁佳萱夹菜，柔声问她爱吃哪个不爱吃哪个，一见她橙汁喝完，立刻帮她倒满。而丁佳萱也很享受被照顾的这个过程。简西埋头苦吃，努力把自己当作隐形人。

太多人有太好的演技，却不知道在演戏

大约是喝多了水，丁佳萱不好意思道："抱歉，我去下洗手间。"

简西忙抬头："我陪你去。"

"不用，不用，"丁佳萱把简西按回座位上，"我很快就回来，你们聊着。"

简西嘴角微抽搐了下，她就是不想同姚晨东单独相处，才主动要求陪同。她把头几乎埋进了碗里，仍能感觉到落在自己身上的那道炽热的目光。实在装不下去了，简西鼓起勇气仰头对视，姚晨东的眼神像是要吞噬她一般。她轻咳一声，"这顿我请，别和我抢哈。"

姚晨东懒得理她，但又没忍住，他闷声道："简西，你满意了吧。"

简西顿感莫名其妙，"我怎么了？"

姚晨东却抿紧嘴唇，不肯再开口。

这样不和谐的气氛一直延续到丁佳萱回来，她也感觉到哪里不对劲，小心翼翼地问："你们吵架了？"

"没有。"两人倒是异口同声地答。

丁佳萱干笑几声，不明白为何她去了趟洗手间回来这儿就变成冰窖了。

好在姚晨东为了气简西简直不遗余力，他又开始新一轮照顾丁佳萱的吃喝，与她谈笑风生，就当简西不存在。

简西把自己放到电灯泡位置，正琢磨着是否要找个借口开溜，手机正好响起，她说了几句，然后对姚晨东表达歉意："我有点急事要先走，麻烦你一会儿送佳萱回家。"

她笑容满面的样子，让姚晨东极为不爽，他几乎是咬牙切齿地回答："我一定会安全把她送到家。"

简西可不管他心里怎么想，只要能逃离这儿就行，所以对解救她出苦海的卫斯明心怀感激。卫斯明问她要刘湘的联系方式，好歹朋友一场，她结婚的礼金说什么也要补上。简西把刘湘手机号码发给了卫斯明，长嘘出一口气。

已经走到家门口了，简西一掏口袋，坏了，没拿钥匙。她回忆了片刻，大概是落在了办公室桌上，她只能再回去单位一趟。

　　事实证明，人倒霉起来，一样接着一样来。她刚走进办公室，又接到了母亲大人的电话。简西一阵头皮发麻，不用猜就知道是为了什么事。

　　母亲简玉珍在电话里追问她找对象的事，足足念叨了半个多小时，简西被逼得没办法，豪言壮志地表示春节一定带一个回去给她过目，她这才满意地收了线。大话已经出口，没法收回，简西忪忪地握着手机，到哪里去找个男友给她瞧啊，她苦思冥想了一番，咬咬牙，大不了到时租赁一个男友蒙混过去。

　　其实难怪简妈妈会担心女儿的婚姻大事，她从小到大，就只知道埋头看书写东西，感情世界一片空白，要给她介绍男朋友她总说不着急，可让简妈妈愁白了头发。可简妈妈不知道，简西心中一直藏着一个人。从严格意义上来说，姚晨东就是简西的初恋，这世上，唯一令她动过心的男子。只是，这爱情的花朵还没来得及绽放，就过早地凋零了。

　　手机铃声再次响起，简西心惊胆战地看了一眼，不是母亲的，这才放心地接了起来。

　　电话是丁佳萱打来的，一听她的声音就知道和姚晨东相处得不错。

　　丁佳萱笑嘻嘻地说："我到家啦。"

　　简西随口问："一切还顺利吧？"

　　"相当顺利。"

　　"那就好。"简西淡淡道。她把钥匙扔进背包，同还在加班的同事打了声招呼缓慢走出报社大楼。

　　"简西。"丁佳萱突然顿了顿。

　　"怎么了？"

　　"你喜欢姚晨东吗？"

　　简西眼角突突地跳，勉强笑道："为什么突然这么问？"

　　"我觉得，他对你的态度不一样。"女人的第六感告诉丁佳萱，姚晨东和简西之间有过故事。

简西立即否认，自我解嘲，"大概是看我特别不顺眼吧。"

"怎么会，"丁佳萱陡然拔高了音量，"追你的人那么多。"

"不是每个人都把我当作宝的。"简西半是玩笑半认真地说。

丁佳萱安慰了她几句，等到电话挂断时也没意识到简西根本没有回答她的问题。


卫斯明是行动派，拿到号码的当晚就给刘湘打去了电话，笑着问："猜猜我是谁？"

刘湘还以为是诈骗电话，毫不客气地怒骂："我是你二大爷。"

卫斯明噎了一下，无奈道："刘湘，你都嫁人了还是那火爆脾气呢。"

刘湘愣住了，这声音听来着实有点熟悉，但一时又想不起来，她只好小心询问："你是……"

"卫斯明。"他简单直截了当。

刘湘尖叫一声，"怎么是你！"

卫斯明翻白眼，"为什么不能是我？"

刘湘直呼："太意外了。"

卫斯明大言不惭："是意外的惊喜吧？"

刘湘倒也坦白："没错。"

"先要说句恭喜。"

刘湘大方接受："多谢。"

"礼金我准备好了，看我够朋友吧。"

刘湘笑得合不拢嘴，简直是天上掉下的馅饼。

卫斯明知道她心中所想，"不用谢了，等我结婚的时候，你双倍奉还就行。"

刘湘并没有如他预想的那样跳起来，而是淡定问道："那你有方向了吗？"

卫斯明当即垮下脸，"刘湘，你上辈子一定是根针。"

刘湘笑得扬扬得意，仿佛又回到了当初在军营两人斗嘴的那会儿。

卫斯明隐约听到电话里有人在问："谁啊，聊得那么开心。"刘湘轻声地回了一句："老朋友。"他笑了笑，"你老公？"

"嗯，"刘湘又玩笑道，"要不要姐姐我给你介绍一个？我老公有不少表妹待字闺中。"

卫斯明忙说："免了，这种事还是不麻烦你了。"

刘湘不高兴了，"怎么，还怕我坑你啊。"

"当然不是，"卫斯明干笑几声，"对了，听说简西有男朋友了？"这才是他打这通电话的真实目的。

"你听谁说的？"刘湘狐疑道，"这事我怎么不知道。"

卫斯明顿时心中明镜似的，"那可能是我搞错了吧。"

刘湘也不笨，夸张地笑起来，"我算是看出来了，你还惦记着我们家西西呢。"

卫斯明既不承认也不否认，只是嘿嘿地笑。

刘湘直言不讳，"你要是喜欢她，就赶紧追啊。"

"我会的，"卫斯明顿了顿又说，"到时还得请你帮我多说几句好话。"

"没问题。"刘湘满口答应，"对了，你那个好朋友姚晨东呢，他现在怎么样？"

卫斯明学着她的语气，"我算是看出来了，你还惦记着姚晨东呢，也不怕你老公吃醋。"

刘湘咯咯地笑，"真没，我连他长啥样都快想不起来了。"她就是这样的人，拿得起放得下。

卫斯明失笑："那你还记得我长啥样吗？"

"我连他都忘了，还能记得你？"

卫斯明哑然，他这纯属自己找虐。

刘湘看了眼手机屏幕，"这是你的号？行，我存下来，回头约了大家聚聚。"

"记得带上你老公。"

刘湘笑着合上手机。

展文博把一盘切好的水果递给她，刘湘笑着用牙签挑了一块塞进他的嘴里。展文博是她的新婚丈夫，两人在旅途中相识，一同经历了一场突如其来的暴风雨，回到上海后，又意外相遇，都觉得特别有缘分，又接触几回后，就去领了证。展文博是中学英语老师，性子温暾，家务全能，同火爆脾气且生活白痴的刘湘刚好能互补。这一对郎才女貌，羡煞旁人。

## Chapter 05

# 往往心中最爱的那个人，
# 最后却离自己很远

------------------------------------------------

两人之间的种种，意外、揣摩、悸动、怅然、失落，各种情绪交织于简西的脑海中，
一幕幕宛如电影一般回放。想着想着，她渐渐沉入梦乡。

简西和丁佳萱一大早就出发，坐车换地铁辗转两个半小时才到达目的地。她们去的是郊区的一个住宅小区，有人给报社来电，举报邻居家暴事件，总编把微服私访的任务交给了两位姑娘。一路上丁佳萱都在打哈欠，几乎是被简西拖着走的。好不容易找到小区，但对着没有门牌号一模一样的十来栋楼房发了愁。

　　好在一打听，立刻有跳广场舞的大妈积极汇报情况，还自告奋勇带她们前去。绕过一个巨大的花坛，大妈指着最北面角落一幢孤零零的楼，"就在那儿。"说着兴冲冲走在前面，还准备同她们一块上楼。

　　简西忙阻止她，"哎大妈，我们是……"

　　"哦哦，"大妈还挺拎得清，"我懂，我懂，我就不上去了。"

　　丁佳萱捂着嘴一直在笑。

　　简西拍了下她的头，"走啦，快点。"

　　丁佳萱捂着脑袋龇牙咧嘴地做着鬼脸。

　　一开始简西并未想好要怎么偷偷采访到当事人又不打扰到他们，但刚踏上楼梯就听到一个粗犷的男声在咆哮，另有隐隐约约一个轻轻啜泣的女声，简西和丁佳萱对视一眼，迅速加快脚步上楼。

　　502室门口已聚集了一些人，大家都在商量该怎么办。有人敲门，但大门紧闭，里面毫不理会，闹出的动静却越来越大。

"报警吧。"有人如是说，很快就有好几个人拿出手机拨打了110。

简西简单地问了下情况，群众纷纷表示自从这户人家搬来以后，这样的场景每隔几天就要上演一回，报警也不管用，最后只能不了了之。

110到来后，大家让开了一条路。简西眼尖地瞅着为首的正是卫斯明，卫斯明也看到了简西，但现在不是叙旧的时候，只打了声招呼。

门终于被敲开了，映入眼帘的是一脸戾气的男主人和缩在墙角已经头破血流的女主人。

卫斯明马上安排将女人送医，然后瞅了男人一眼，冷冷地说："跟我去警局走一趟吧。"

男人面无表情地上了警车，简西脑子一转，飞快跑上前，"需要人证吗？"

卫斯明笑了笑，"那你也上来吧。"

丁佳萱在后面直叫唤："我也要去！"无奈人多挤不过去，简西同她比了个打电话的手势。

一路上卫斯明没说什么话，简西不时回头打量那个男人，他闭着眼，一脸的无所谓。

到了警局，卫斯明把男人带进去做笔录，简西在外面焦急等待。

大约过了一个小时，卫斯明神情疲惫地走出来，简西忙迎上前，"怎么样？"

"他不承认殴打妻子。"

简西睁大了眼，"我们可都听见了。"

卫斯明摇摇头，"受害人不指证的话，没办法给他定罪。"

"她被打成这样了，会不指证？"

"一会儿你跟我去医院就知道了。"

在去医院的路上，简西了解到那名男子名叫周寻，这已经是近半个月来第三次被带到卫斯明所管辖地的警局，原因都是涉嫌家暴。据调查得知，他和妻子王曼丽刚搬到新小区不到一个月，而资料显示，之前在别处也同样有类似情况发生，但都没能成功立案。

简西无法理解的事，在医院再次发生了。当卫斯明向王曼丽做讯问笔录时，她一口咬定是自己不小心撞在墙上才受伤的，丝毫不提及周寻的暴力行为。

"可我们在外面听到那么大的动静，你丈夫一直在骂你，而你在哭。"简西忍不住开口。

王曼丽淡淡瞥她一眼，"你一定是听错了。"

简西再次劝说，"你是不是有什么难言之隐，说出来，我们会帮你的。"

"没有。"王曼丽否认。

"你不要害怕，我们……"

王曼丽打断她，"警察同志，没什么事的话我想回家了。"

简西向卫斯明投去求助的目光。

卫斯明耸耸肩，"这话我们都说过，但结果是一样的。"

简西还不死心，仍旧想要说服王曼丽，可王曼丽索性把头转向另一边，不再理会她。

卫斯明摇摇头，"王女士，既然如此，你签个字，我就派人送你回去。"

王曼丽没看笔录一眼，爽快地签下大名。

卫斯明安排另一名警员送王曼丽回家，他拍拍简西的肩膀，"你还不走？"

简西一直重复一句话："不可思议，我想不明白为什么。"

"别说你想不通，我，还有我们整个局都想不明白。"卫斯明叹口气，"不知那小子给王曼丽灌了什么迷魂汤。"

"是啊，王曼丽为什么会如此维护周寻呢？"简西把脑袋想破了也没有丝毫头绪。

卫斯明拉了简西一把，"走吧。"

"去哪儿？"简西有些茫然。

"再忙饭总要吃的，请你吃好吃的。"

简西一看时间，都快下午两点了，难怪觉得胃隐隐有些作痛。

卫斯明问了一句："你喜欢吃什么？"然后就笑笑，"我不该问的，你们女孩子多半会回答'随便吧'。"

简西乐了，"看来你对女孩的心理很有研究嘛。"

卫斯明深深看她一眼，笑得意味深长。


蟹黄小笼包一上来，就被简西消灭掉一半，卫斯明一边把荠菜馄饨推到她面前，一边笑眯眯地说："看不出来你那么瘦，却这么能吃。"

简西嘴巴里塞满了东西，没法说话，好不容易咽下去，才口齿不清地说："我饿了。"

卫斯明看着她鼓起腮帮子的可爱样子，心脏骤然猛跳几下，他忍不住握住简西的手，柔声道："简西。"

简西吓一跳，手一抖，筷子落地。

"对不起。"卫斯明忙松手，又拿了双干净的给她。

气氛一下子就凝滞了。

简西沉默半天才说："没关系。"

卫斯明看着她，嘴角一丝苦笑，"简西，其实我很怕会重蹈覆辙。"

其实在三年前，就在简西和刘湘临行的前一日，卫斯明又鼓足勇气、郑重其事地表白过一次，可惜遭到了拒绝。当年他以为做不成情人还能做朋友，也坚决地贯彻始终，却只是因为简西的离开，那份伤痛还来不及蔓延开。直到重新相遇之后，他才明白，自己从未放下过她。哪怕他明知道好兄弟姚晨东也对简西有意，他仍旧不想放弃。什么他都可以退让，但感情，他绝不会退让。

简西何尝不明白他的意思，神色略尴尬，显然没想到时隔多年，卫斯明又会旧事重提。可她只能装傻转移话题，"你再不吃，可全被我抢了。"

"简西，"卫斯明神情认真，"就算再被你拒绝一次，我还是要说，我喜欢你，这么多年这份心意从未变过。"

简西还没来得及说话，小吃店里的老板老板娘伙计还有其他食客起劲地喊道："答应他，答应他。"弄得简西手足无措。

卫斯明很快意识到这并不是一处适合表白的场合，哪怕简西在众人起哄下勉强答应，也不是出自真心，他嘻嘻哈哈地打圆场，"各位都散了吧，我们这排练演出呢。"

大伙意兴阑珊地走开了。

简西再无胃口，扒拉了几下轻声说："我吃饱了。"

"那我们走吧，我还得赶回去工作，你晚上有时间吗？"

简西愣了愣："我要加班。"

卫斯明盯着她的眼睛，"简西，逃避不是办法。"

简西哪会承认，"我真有事。"

卫斯明目光沉下来，"行，我就在报社门口等你，等你忙完你的事。"

简西哑口无言，她知道卫斯明说得出必然做得到。她眼神微微一闪，"卫斯明，你不是不知道我有男朋友了，你这么做，不妥吧？"

卫斯明快速截断她的话，"让他来接你吧，我看一眼就走。"神色间仿佛一切了然。

简西也有些冒火，她不想伤害卫斯明，他却不知好歹，她恨恨道："你非要我说出来是吗？"

"我就是这样的人，不到黄河心不死。"卫斯明痞痞地笑。

简西被他彻底打败了，面对这样坦荡无惧的卫斯明，她反而说不出口。

卫斯明再接再厉，"我给你机会拒绝我了，但你没有，我就当你答应了。"

简西哭笑不得，"哪有你这样无赖的。"

卫斯明收了玩笑，换了郑重的表情，"简西，给我个机会。"

说实话，卫斯明长相俊朗，与姚晨东不相上下，为人豪爽开朗，人缘又极好，是个很好的交往对象，如果带他回去，母亲一定会很喜欢，简西几乎要答应了，可脑中姚晨东的影子一闪而过，她还是摇了摇头。

卫斯明沮丧，"你回答得也太快了，这样吧，刚才不算，你考虑下再告诉我。"许是不敢再听简西的答案，或者他的心理并不像所表现的那样强大，说完这句，他就告别离开。

简西咬了咬唇，心里难过，很是过意不去，可她并不后悔。


回到报社，等待许久的丁佳萱急忙问："怎么样？打听出什么来吗？"

简西简略说了下情况，丁佳萱满脸失望，"就这样？"

"就这样。"

"这也没法写啊。"丁佳萱咬着笔杆小脸皱成一团。

简西叫住了刚好经过的主编郑晓冰，又叙述了一遍今天的经历，"领导，依你看，会是什么原因？"

郑晓冰苦思冥想，也是不得而知，"有机会再去一探究竟。"

简西和丁佳萱同时点了点头，这事要是挖深了，也是条重要的社会新闻，发人深思。

丁佳萱用胳膊碰了碰简西，"帮个忙。"

简西一脸惊恐，"又来？"

"这回简单，你帮我问问姚晨东对我是个什么印象"

简西想起上一回姚晨东对她冷嘲热讽不友好的表现就头皮发麻，"不干。"

丁佳萱拿脚踢她，"不干也得干，这是你媒人该做的。"

简西没好气地瞪她一眼："那我是不是还要包你们生儿子啊？"

丁佳萱俏脸红通通的。但羞涩归羞涩，仍是缠着简西要她好人做到底。

简西悔不当初，一开始就不应该答应掺和进这档子事，这下骑虎难下了。

丁佳萱磨人的功夫一流，简西被缠得没办法，敷衍着答应了，可又忍不住问："你们上次不是相处得挺好的吗？"

"是挺好的，我也以为我们会有发展，但是……"丁佳萱停顿片刻，"之后就再也没有联系了。"

简西抬头看她。

丁佳萱嘟着嘴，叹息再叹息。

"我上回提的事，你有弄清楚吗？"

"我没好意思问，但直觉告诉我，他是单身。"

"你的直觉有几回准的？"简西毫不犹豫地揭穿她。

"这一次不一样。"

简西举手投降，否则她定有长篇大论可以反驳。

"我给他留了号码，但他一直没打过。"丁佳萱吸了吸鼻子。

"他不打给你，你可以打给他。"

"你以为我没打过吗？"丁佳萱情急之下脱口而出，随后吐了吐舌头，"我们新时代女性，不计较这些，无所谓谁主动。"

"然后呢？"

丁佳萱皱了皱眉，"他总是很忙，说不上几句话就有事要做，我也就没法开口约他。"

简西暗自思忖：是他的风格。

丁佳萱按住简西的双肩，"所以，你一定要帮我这个忙，让他痛快点给个话。"

这点上简西表示赞同，男子汉大丈夫有什么就说清楚了，不上不下的吊着也不是个事。

机会很快就来了，刘湘心血来潮，邀请朋友去她家做客，卫斯明和姚晨东也在被邀请之列。

刘湘打来电话的时候，千叮咛万嘱咐不要带礼物，但这是简西头一回去她家，还是精心挑选了一款水晶装饰品，意喻家庭美满，琴瑟和谐。

简西刚踏进小区大门，一辆车从她身边擦过，然后放缓速度停下。车窗被摇下，卫斯明探出半个脑袋，招招手，"简西。"

"嗨！"简西也打了声招呼。

"上车吧。"

"不用了，就在前面，很快就到。"

卫斯明又说："那东西放我车上吧，你提着怪累的。"

东西不重，但礼品店给包装得特别扎实，看上去挺大一箱子，简西摇头，"不用麻烦了。"

卫斯明了解她，也不勉强，用十分缓慢的速度一直行驶在她旁边，等到了地方，他停好车，抢过简西手中的箱子，笑嘻嘻地，"一会儿到了门口就还给你，不会抢你功劳的。"

简西被他逗乐了。

一按门铃，来开门的竟是姚晨东。

简西绽放的笑颜就这样落入他眼中。姚晨东扫一眼她身边的卫斯明，没说话。

卫斯明拍了拍他肩膀，"这么早。"

姚晨东微笑，"以为会堵车，结果很顺利。"

刘湘听到声音从厨房蹦出来，手里还拿着锅铲，大叫一声："卫斯明。"

"有话好好说，凶器先放下。"卫斯明抱头鼠窜。

两人的吵闹声瞬间盖过了电视的声音。

姚晨东还堵在门口，目光灼灼，简西进退两难，强烈的压迫感令她有窒息的错觉。良久，她艰难开口："不进去吗？"姚晨东这才让开一条道，径自找了个椅子坐下。

卫斯明同刘湘还在打闹，一个调侃："哎，刘湘，你还会炒菜呢，不会吃了拉肚子吧。"另一个气恼道："给你准备好胃药，吃不死你！"

展文博在厨房喊："湘湘，帮忙开饭了。"刘湘踢了卫斯明一脚，"吃饱了再找你算账。"

一桌子的美味佳肴全出自展文博之手，刘湘只是帮忙打个下手，卫斯明赞不绝口，"刘湘，你上辈子一定拯救了银河系，才嫁了个好老公。"

刘湘撇嘴，"说得我好像占了很大便宜似的。"

"难道不是吗？"卫斯明瞪大眼睛做无辜状。

刘湘在桌上搜索合用的家伙，展文博碰碰她，指着正中间那锅鸡汤，"这个合你用。"

"好主意。"刘湘眼睛发亮。

卫斯明忙作揖摆手，"小的错了，你们妇唱夫随，我惹不起啊。"

简西笑得东倒西歪，姚晨东则没什么表情，只是不时瞥简西一眼。

"世上最毒妇人心可以改成最毒教书匠了。"卫斯明哀怨道。

展文博推了推眼镜，笑得颇有点幸灾乐祸的意味。

他和刘湘是完全互补的性格，一个细心，一个毛躁，一个安静，一个聒噪，两人结婚后，展文博负责做饭，刘湘洗碗，一个扫地，另一个拖地，这样的组合出奇的和谐。

难怪卫斯明抱怨归抱怨，最后还是衷心来一句，"我可实在羡慕你们。"

刘湘脸上笑开了花，"怎么着？春心动了？想要娶老婆生孩子了？"

本以为卫斯明会嬉皮笑脸地附和，没料到他突然噤了声，表情严肃。

"这是怎么了？"别说刘湘觉得奇怪，连姚晨东也不觉多看了他两眼。

"这么明显，你们看不出来？"

刘湘摇摇头，"没看出来。"

简西眼皮跳了跳，眼观鼻鼻观心，闷声不吭。

姚晨东似乎看出了什么，目光在简西和卫斯明身上打了个来回。

卫斯明笑笑，"失恋了呗。"

"你又没谈恋爱，失恋个头啊。"刘湘把啤酒瓶端起来瞧了下，"才喝半瓶就醉了？"

"还没开始就被踢出局了，岂不是更惨？"卫斯明半真半假地说，脸上情绪不明。

刘湘有些听明白了，没有接他的话。

唯有展文博不明状况，还在追问："到底怎么一回事？"

刘湘咳嗽一声，忙打岔："哎，你去把烤箱里的蛋糕端出来。"

"遵命，老婆大人。"

刘湘给卫斯明杯子满上，"我们干一杯。"

"我干了，你随意吧。"

刘湘把眼一瞪，"瞧不起我？"没等卫斯明说话，她已一饮而尽，把酒杯倒扣在桌上，得意地笑，等到展文博拿了蛋糕出来，她又好几杯下了肚，隐约有了点醉意。她喝多了胆也大了起来，指着姚晨东说："你，怎么不把女朋友带来？"

"我哪有女朋友。"姚晨东淡淡道。

"还想骗我，我可是亲眼所见，不信你问简西。"刘湘把简西拖下了水，"西西，你说是不是？"

简西本来低着头置身事外，被她点了名，只好象征性地点了下头。

刘湘又起腰，一副"看你怎么解释"的模样。

姚晨东一派气定神闲，"你一定记错了。"

刘湘急了，"怎么可能？"

展文博忙打圆场，"湘湘，你们这么久没见了，什么事都有可能发生。"

刘湘恍然大悟，"哦，原来是分手了，你直说不就完了。肯定是被人家姑娘抛弃的吧，放心，我不会笑话你的，人嘛，也不会事事顺心，总有挫折……"她越说越高兴，说到后来简西听出来她是存心硌硬姚晨东来着。

刘湘不是拿不起放不下的人，可谁的青春没有被谁留下过难以磨灭的印痕呢？

卫斯明同情地望着姚晨东，惹到刘湘，算他倒霉。

姚晨东倒也不恼，坦然地接受刘湘的炮轰，说到最后刘湘也觉得无趣，一屁股坐下，说了这许多，心情舒畅了，以前积下的怨气也彻底消散。好在她找到了可托付终身之人，姚晨东当初没选她，是他没有眼光罢了，刘湘在桌子底下悄悄握住了展文博的手。两人相视一笑。

姚晨东眼角余光扫过简西，简西却小心避开了。

用过餐，展文博在厨房收拾，刘湘和卫斯明玩起了游戏，还叫简西和姚晨东一起分组比赛，简西笑着摆手，姚晨东也说不擅长，还是坐着聊天喝茶比较适合他。

刘湘同卫斯明玩得不亦乐乎，简西和姚晨东分坐在两边角落，毫无交流。但简西今日身负重任而来，机会难得，不能错过。她握着一罐可乐，慢吞吞地走过去，挤出一丝笑容，"喝吗？"

"不用，谢谢。"姚晨东客气得仿若两人只是初见。

简西碰了个软钉子毫不泄气，努力找话题："最近很忙？"

姚晨东简短道："还好。"

"你今天休息？"刚说出口，简西就恨不得咬断舌头，这问题也太弱智了。

"嗯。"姚晨东似乎也没太在意。

简西牙一咬，索性开门见山，"你觉得丁佳萱怎么样？"

"我给你介绍个女朋友好不好？"姚晨东耳边闪过这句话，时光仿佛倒退回三年前。人生有多少轮回，而他们始终没有靠近彼此。他恼道："简西，你是不是有什么职业病？"

"啊？"简西还一头雾水。

"你要没职业病，怎么那么喜欢替人做媒！"姚晨东被她气得口气极差。

简西身体往后瑟缩了下，"我，我只是随便问问。"

"哪些能问，哪些不能问，你不懂吗？"姚晨东向来掩盖得很好的情绪，此时有些失控。

刘湘终于发现这里的不对劲，急忙奔过来，"姚晨东，刚才骂你的是我，你拿西西出什么气。"

姚晨东懒得解释。

卫斯明站在姚晨东这边，"晨东不是这样的人，一定有什么误会。"

简西深吸口气，"我们闹着玩呢，你们别大惊小怪。"

"真的吗？"刘湘追问。

"当然。"简西对姚晨东投以求助的目光。

姚晨东不情愿地点头。

刘湘呼口气，"切，这么大了还跟孩子似的。卫斯明，咱们继续。"

卫斯明并不像刘湘那般好糊弄，他狐疑地看着简西，可惜得不到答案，在刘湘的再三催促下，他才跟过去，但心留在了这里。

姚晨东静默了半晌，"刚才，对不起。"

"没关系。"简西局促地说。

空气再度凝滞。这二人，似乎除了互相道歉，再无其他的话。

这样的气氛一直延续到展文博接替了刘湘的位置，与卫斯明大战三百回合。刘湘坐到了简西的旁边，似乎已忘了刚才的不愉快，"你们聊什么呢？"

姚晨东眯了眯眼，"没什么。"

"切，还保密呢。"刘湘看向简西，简西嘴角微挑，"等你来聊呢。"

刘湘一把搂过简西，"你最近忙什么呢，都不陪我逛街。"

"快过年了，有很多事要忙，你也在报社干过，你懂的嘛。"

刘湘个性散漫，受不了报社古板的工作，辞职做起了自由撰稿人，频频在各大杂志报纸上发表文章，混得风生水起，可比简西强多了。她笑意盈盈地说："早叫你别干了，和我一样多好。没有主编在后面拿鞭子催命，也没人给你压力，想写就写，不想写也不用看人脸色。"

"刘大小姐，你不高兴写还有老公养，我可不敢，我还要吃饭呢。"简西垂着眼睫笑了笑。

"是你不愿意，想要养你的多了去。"

简西下意识地看了姚晨东一眼。他在手机上看新闻，应该没注意到她俩的对话。她放下心，嬉笑道："还说我呢，你不也是千挑万选才选中了展文博。"

刘湘用手指戳她脑门，一脸骄傲，"世上有几个展文博？"

简西不示弱地刮她脸皮，"不害臊。"

姚晨东只是静静听着，不想插嘴，也插不上嘴。

简西的手机在包里振动，她聊得正高兴没感觉到，姚晨东努努嘴，"你有电话。"

电话是丁佳萱打来的，简西正愁找不到机会开溜，这下正好，她立刻说："啊竟然出了这么大的事，好的好的，我知道了。"

丁佳萱在电话另一边一头雾水："简西，你在胡说什么？"

简西不理她，径自说："嗯，我马上赶回来。"

丁佳萱莫名其妙："你抽什么疯呢？"

简西"啪"地将手机合上，脸上现出凝重之色，"我得马上赶回报社。"

刘湘一脸关切，"有急事？"

"是的，稿子出了点状况，现在需要人手修改。"

"那你快去吧。"刘湘转头对卫斯明喊，"卫斯明，你送西西去报社。"顺便眨了眨眼。

卫斯明心领神会，一迭连声地："好。"

"不用，"简西很快拒绝，撒谎连眼睛都没眨一下，"你们难得碰面，多玩一会儿，我打车过去，反正能报销。"

卫斯明还想再努力一次，简西没给他任何机会，穿了鞋匆匆出门。

刘湘给了他一个无能为力的眼神。

姚晨东一眼就看到简西落在沙发上的围巾，一把捞过，"她忘拿东西了，我拿去给她。"没等卫斯明反应过来，也开门走了。

卫斯明半晌才回过神，懊恼地挠挠头皮。


简西只想尽快离开，走路很快，楼道里有些黑，她下楼梯时没瞧见堆放的杂物，一脚踢到，一个趔趄就要跌倒在地。从她身后伸出的双手，稳稳托住她的腰，使她免于狗啃泥的悲惨命运。

"没事吧？"姚晨东淡淡道，待简西站稳后，松开了手。

简西尴尬地笑了笑，"谢谢。"

"你的围巾。"

"谢谢。"简西接过以后，胡乱塞进包里。

"我送你。"姚晨东双手插在裤兜里，状似随意地说。

简西赶紧拒绝，"不用麻烦……"

"这里不容易拦车。"姚晨东打断她。

简西哪敢让他送，"反正没事，我可以等。"

"你不是赶时间吗？"姚晨东定定地看住她。

简西哑口无言的当口，姚晨东已拽着她上了车。

姚晨东并没有问她地址，直接往报社所在方向开去。

一路上两人都无话。简西是找不到话题，也不敢没话找话，重蹈覆辙。姚晨东性子本来就闷，而且之前的事始终萦绕心头，他也不想说话。

　　到了单位门口，简西清了清嗓子："谢谢你了。"

　　"你去忙吧。"姚晨东略点了点头，"忙完我再送你回家。"

　　简西被吓到了，拼命摇头："我要忙很久，也许是整个晚上。"

　　"知道了。"姚晨东淡然道。

　　简西以为他明白了自己的话，放心地进去晃了一圈再出来，发现姚晨东的车还停在楼下。她抓了抓头发，思忖片刻，又回到办公室。开了电脑上网消磨两小时后，她再度走到窗口往下看，车仍旧在原来的地方。简西不敢相信自己的眼睛，揉了揉双眼，他真等着送她回家？她刚刚说得很清楚，她需要加班到通宵，姚晨东为何还没走？简西想了又想，没有答案。要不要给他打个电话？但她很快否定了这个想法。简西无声叹口气，趴在桌上想着心事。那年在军营的经历，和姚晨东的初遇，那个被彼此刻意遗忘的夜晚，那个妖娆美艳的"前女友"，两人之间的种种，意外、揣摩、悸动、怅然、失落，各种情绪交织于简西的脑海中，一幕幕宛如电影一般回放。想着想着，她渐渐沉入梦乡。

　　姚晨东不时从车窗探出脑袋，顶层的灯光依然亮着。天气有些冷，但他怕错过简西，不敢把窗关严实。刺骨寒风从窗口吹进来，姚晨东朝手心吹了口气，搓搓手，掌中的温度把他的记忆牵扯回那个夜晚，他紧紧地握住了简西的手，朦胧中简西清晰可见的眉眼，那一瞬间，姚晨东竟克制不住自己的冲动，他忘记了自己的身份，忘记了自己的束缚，他想要为了眼前的这个女孩挣脱枷锁，孤注一掷。

　　思绪渐渐回到现实，顶层紧闭的窗户，姚晨东看了眼手机，屏幕上停留着简西的电话，他的手在通话键上迟疑着，仿佛这一触便能撕扯开他内心的最后一道防线。

　　最后，姚晨东将手机轻轻地放在一边，他抬头盯着那个唯一的灯火，静静地等待。这一等，就等到了天亮。

也许正如他和采采说的那样，过去的总会过去。终于，姚晨东发动汽车，白色的尾气消散在空气中。

## Chapter 06

# 我会学着放弃你，
# 是因为我太爱你

------------------------------------------

都说女人的第六感是最灵的，但男人的预感同样不可小觑。

对卫斯明来说，姚晨东就是他情感道路上的危险人物，哪怕他们亲如兄弟。

丁佳萱一进办公室就抓着简西问："你昨晚怎么了？"

简西装傻："什么怎么了？"

"还想抵赖！"丁佳萱双手伸到她胳肢窝下挠她痒痒。

这可是简西的软肋，她忙投降，"我去参加一个聚会，但是很没意思，正好你打电话来，我就……"

丁佳萱可不放过她，"竟然拿我做挡箭牌。"

"呵呵呵呵，"简西被她挠得止不住地笑，"请你吃饭总行了吧？"

"这还差不多。"丁佳萱为敲诈成功沾沾自喜。

简西还没来得及松口气，丁佳萱又问她："哎，你帮我问过姚晨东没？"

"还没找到机会。"简西知道丁佳萱一定会问，这是她早就想好的说辞。

丁佳萱有一点点沮丧，但并没有完全表现出来，而是极轻地"嗯"了一声。

简西有些不敢看她清澈的眼，姚晨东的性子她不是不清楚，他既然拒绝回答，那就不可能从他嘴里得到答案。只怕到最后只能辜负丁佳萱的殷殷托付了。

丁佳萱倒是和刘湘差不多的性格，忧郁了一阵也就不纠结了，拉着简西有说有笑。可简西心事重重，说实话，她没有勇气面对姚晨东，那种压迫感，她不想再经历第二回。

姚晨东身心俱疲地踏入家门，却发现了家里的不速之客——姚采采。姚晨东刚想抱怨姚采采怎么又赖到了自己家里，姚采采用力地朝着厨房方向努了努嘴，姚晨东一副大难临头的表情，无奈地走进了厨房。

"妈，您怎么来了也不提前说一声。"

黎素萍一边在厨房忙活着，一边淡淡地说道："怎么？现在娘来看儿子，还要先去你局里打报告不成？"

母亲的一句话便把姚晨东给堵了回来，他刚想借口开溜，便被黎素萍挡住："先去换衣服，出来我有话问你。"

姚晨东无奈地走出厨房，看着妹妹，示意她想办法把母亲弄回去，姚采采无奈地摊摊手，做了个砍脖子的表情以示姚晨东的死期到了。姚晨东简单地换了身居家的打扮便走了出来，黎素萍早已准备好了一桌的早餐，招呼着儿子和女儿过来吃。

"哇，妈妈做的粥味道就是不一样，简直就是绝了。"姚采采想用拍马屁这招来缓解暴风雨来临前的紧张气氛。

姚晨东心领神会，马上附和："是是是，很久没喝到这么好喝的粥了。"

黎素萍并没有过多的反应，只是淡淡地问儿子："李局的外甥女是怎么回事？"

总算问出了口，姚晨东也算是有所准备，立刻说道："妈，我现在工作忙，你也不是不知道……"

"你闭嘴。"黎素萍马上打断他，"每次都是这个借口，这回你倒是出息了，连李局的面子都给驳了。你让我以后在军区大院里怎么做人？"

"妈，不就是一个对象么，您至于连人都没法做了吗？"姚采采也觉得母亲有点小题大做了。黎素萍怒视了采采一眼，采采吓了一跳，生生地咽下了一口粥，烫得她直吐舌头。

姚晨东低头不语，黎素萍接着说道："你知不知道你的身份，你知不知道你是谁的儿子。你做出的事都是代表着咱们老姚家的脸面，你还没尝够任性妄为的苦果是吗？你的教训还不够大是吗？"

几句话便触到了姚晨东的痛处，"够了！"姚晨东放下手中的碗，"妈，这些年来，我为姚家的面子做得还不够多吗？"

黎素萍再也坐不住了，一下子从凳子上蹦了起来："你给我记清楚了，你生是姚振昆的儿子，你永远都是姚振昆的儿子，这是你改不了也躲不过的命。"黎素萍和姚振昆一样，都是传统的军人家庭出身，老革命思想根深蒂固，他们对姚晨东的教育基本就是服从服从再服从。你享受着姚家子孙的荣耀，就必须要为这份光荣不惜付出自己的一切。

可是，这份光荣就像是无形的枷锁，困住了姚晨东生命中的全部。

三个人都没有说话，采采不敢再说，姚晨东不愿再提。

"我跟李局说好，后天上午十点，老地方，你必须去。"黎素萍像是在发号施令。

"不去。"姚晨东几乎脱口而出。

"我不是跟你商量，我是通知你，必须去。"

"妈。我也不是跟您商量，我只是告诉你，我不会去。"

"你……"黎素萍一时气结，提手便是一个巴掌生生地扇在了姚晨东的脸上，姚晨东面无表情，像是习以为常似的，他抬起头，注视着母亲怒火中烧的双眼。"如果这一巴掌能让您舒坦，我领了。"

"好啊，你现在翅膀硬了是吧。"黎素萍喘着粗气，"当年，当年你还是个毛小子就能气死你爸，现在长大了，轮也该轮到我了是吧？"

姚晨东紧紧地握住双拳，挣扎着不去回想往事，他通红的双眼像是气愤，像是懊恼，像是悲伤，却硬是忍着泪水没有流下来。

姚采采上来解围："妈，算了，算了，这终身大事让哥自己做主吧，别再为这事闹得不愉快了，说不定哥也能给您找回个让您满意的媳妇呢！"

"随他？他能找谁回来？又是那个不知道哪来的妖精？为了她，你哥都能六亲不认，我还能让这样的女人进家门？"

姚采采没想到自己越劝越糟，一时不知道该怎么办才好。

这时，姚晨东的手机响了起来，他按捺着情绪接起了电话，简单说上几句便挂断了。

"局里有事，你们慢慢吃。"姚晨东走进房间换衣服，重重地关上了门，他舒了口气，像是暂时把自己跟那份他不想拥有的荣耀隔离开了。


卫斯明也接到了通知，原来他们部门和姚晨东所在的部门也因为同一桩案件去市局开会，案情分析后，因为被列入重大案件，他们两队被并为一组，轮流蹲守。晚上两人交接班以后，卫斯明叫住准备回家的姚晨东，"有没有兴趣一起喝两杯？"

姚晨东的声音夹杂在雨中，有一点的模糊，"我们需随时候命，不能喝酒。"

"喝茶。"卫斯明抿了抿嘴。

"好。"这一次姚晨东没反对。

两人进了附近的一间茶室，临近年关，生意好得出奇，好不容易在靠近洗手间的地方找到一个空座，大概就是因为地理位置不好，才遭到冷落。卫斯明和姚晨东都不讲究，坐下来各自点了一壶茶。卫斯明偏爱绿茶，而姚晨东喜欢普洱更多一些，这两位口味差那么多，不知为何看女人的眼光却出奇的一致。

姚晨东安静地喝了一口茶，"似乎你有话要说。"

卫斯明挑了挑眉，"简西并没有男朋友。"

"那又怎样？"姚晨东不动声色。

"哦，我就是知会你一声，我不会放弃简西。"卫斯明难得认真的口吻。

姚晨东也认真地端详他，半晌笑道："那需要我做什么？"

卫斯明气急败坏，"姚晨东，你是根本不把我当对手，还是已胜券在握？"

"你是不是误会了什么？"姚晨东语调平淡，说话不疾不徐。

卫斯明怔了怔，"你在我面前还装什么，你敢说你不喜欢简西？"

姚晨东眉峰微动，还没等他开口，卫斯明便审视般地看着他，姚晨东被他的目光盯得有些不自在，移开了视线。

卫斯明没有给姚晨东开口的机会，便接着说："我不管你喜不喜欢她，反正我对简西是真心的。如果你也喜欢她，我不介意公平竞争。但要是你不喜欢她，那就离她远点。"都说女人的第六感是最灵的，但男人的预感同样不可小觑。对卫斯明来说，姚晨东就是他情感道路上的危险人物，哪怕他们亲如兄弟。

离她远点……这四个字就像是千斤巨石一般砸在了姚晨东的心里。

"我们无拘无束地相爱，自由潇洒地生活，这就是我心目中的爱情。"这是那个让他着迷的简西说的话。这样的爱情，姚晨东早已不配拥有，他有太多的顾虑，太多的羁绊，那份自由，他永远没办法给简西。既然如此，他为什么还要阻碍着简西去遇见爱情，他没有理由，也没有资格再去说喜欢简西。

姚晨东眼角跳了几下，神色却如常，"那么，我预祝你成功，还有……"他稍微停顿，"有需要我帮忙的，尽管开口。"

卫斯明不免有点疑惑，"你对她真没意思？"

姚晨东脸上复杂的神色一闪而过，他指了指桌面，"就好比你爱喝碧螺春，而我爱喝普洱一样。"

卫斯明这才彻底放下心，捶了姚晨东一拳，"臭小子，害我担心半天。"

"对自己那么没信心？"姚晨东用大笑掩藏了心底的情绪。

"我总觉得简西对你是不一样的。"卫斯明心不甘情不愿地说出这句话。

是吗？有吗？会吗？姚晨东不由得问着自己，随后便是苦涩地一笑："有没有都不重要。"


卫斯明却并未发动猛烈的追求攻势，只是每天都会给简西打一个电话，他说：我希望你在有事的时候第一个想到的是我，翻开手机看到的第一个名字也是我。

他不想给简西压力，才用这样的方式，但没想到，还真派上了用场。

这天报社得了一个奖，虽说不是特别重要的奖，但架不住总编高兴，难得拨了资金请所有人撮一顿。丁佳萱在"香天下火锅城"订了个包间，大伙聊得兴奋，多少都喝了点酒。简西的一篇报道被点名表扬，自然被敬酒好几回。她已经装病装醉，还是喝了不少。幸好她酒量不错，把丁佳萱顺利送回家后，她也安全到家。洗完澡腹部隐隐有些作痛，她以为胃疼，并没有放在心上，吃了一片胃药上床睡觉。半夜腹痛不止，她疼得整个人都蜷缩起来，浑身发冷。她忍着剧痛在床头柜摸索了一阵，好不容易摸到了手机，直接拨通了最近联络人第一位。

"喂……"是卫斯明带着浓浓倦意的声音。

简西一下子安心不少，她哑着嗓子说："卫斯明，我，我肚子疼。"她费了好大劲，才把一句话说完整了。

卫斯明马上清醒，他边穿衣服边说："简西，你别着急，告诉我地址，我马上赶来。"

简西用手抵着腹部，一字一顿，说话十分吃力。

卫斯明风驰电掣一般赶去，简西的意识支撑到打开门就软软倒下，卫斯明将她一把抱起，又赶往医院就诊。

医生在急诊室给简西诊断，卫斯明在外面急得像热锅上的蚂蚁，从来不知道一个人能带给另一个人如此大的影响力。他满脑子都是简西苍白无生气的脸，直到医生出来说"没有大碍，急性肠胃炎，幸好送来得及时，挂几瓶水就行了"，他才长长舒了口气。还是有些后怕，若是他去晚了一步，后果可是不堪设想。

简西被安排进病房，经过一番折腾，她的脸色已没那么难看，但还是很虚弱。看见卫斯明，她勉强挤出一点笑容，"麻烦你了。"

"简西，我很高兴。"卫斯明微微眯起眼睛看她。

简西很郁闷，她都病成这样了，他居然高兴？

卫斯明抚了抚她的头顶，"我很高兴，你能第一时间想到我。"

简西没有吱声，关于她为何会把电话打给他，她下意识里想到的真的只有他，看来他的方法还是管用的。

"你睡一会儿，不用怕，我会陪着你的。"

简西张张嘴，没有发出声音。卫斯明把耳朵凑过去，才听出她在说："你明天还要上班，回去休息吧，护士会照顾我的。"

"那怎么行，"卫斯明一口拒绝，"我怎么可能把你一个人扔在医院，"他大概意识到了什么，"简西，你不要有什么心理负担，就算是普通朋友，我也干不出那事。"

简西确实有那心思，此时有点尴尬，她小声说："我不是这个意思。"

"不是这个意思最好。"卫斯明取出块手绢盖在她输液的那只手上，"好好睡一觉，万事有我。"

简西在他的温柔呵护下，当真睡得很安稳。

她的睡相十分安静，呼吸均匀，空气中弥散着她身上淡淡的体香。卫斯明看了她许久，慢慢俯下身体，唇在她额头上轻轻触碰了一下，又怕她察觉而飞快地离开。

简西醒来刚动了一下，在一边闭目养神的卫斯明就感觉到了，他睁开眼，笑容灿烂，"醒了？"

"嗯，"简西看着他无法掩饰的疲惫，愧疚道，"辛苦你了。"

"嗨小意思，干我们这一行的，加班熬夜通宵不睡那是常有的事。"卫斯明说得轻松，事实上，他为了破案已经连续工作四十八小时，昨天案情有了重大突破，他才能回去休息，简西给他打的那通电话距离他躺下还不到两个小时。

话虽如此，简西还是觉得内疚。她不愿接受卫斯明的求爱，却在享受他无微不至的照顾。

卫斯明抬腕看了下手表，敏感的简西立即问："你是不是还有事，那你赶紧去吧。"

"我确实要回局里，我给刘湘打个电话，让她过来照顾你一下。"

"湘湘不在上海，去北京开会了。"刘湘去北京参加一个作者大会，前几天告诉过她，应该没那么快回来。

"那你还有其他朋友吗？"

简西想了想，除了刘湘，她的好闺蜜路璐在国外，那就只有丁佳萱算得上比较谈得来的朋友了。她报了丁佳萱的手机号码，卫斯明打过去没多久，她就匆匆赶来。卫斯明等到丁佳萱到来之后，又交代了几句才离开。

丁佳萱啧啧赞叹，"真是万里挑一的好男人。"

简西苦着脸，"我都快疼死了你也不安慰安慰我。"

丁佳萱掐了掐她的脸，"好像脸都小了一圈，就当是减肥吧。"

简西气急，"换你试试。"

"到底是怎么个疼法？"丁佳萱还挺好奇。

简西想了一下，"我估计生孩子也不过如此吧。"

丁佳萱夸张大笑，"这个我和你都没经验。"

简西想笑又不敢笑，腹痛虽然好了许多，毕竟还没好利索。

丁佳萱消停了没几分钟，开始逼问简西同卫斯明的关系，"你俩不会是旧情复燃吧？"

简西哭笑不得，"什么乱七八糟的。"

"你说你病成这样，不给男朋友打电话，却打给他，然后他半夜三更跑你家救你于水深火热之中，任谁都会想歪吧。"丁佳萱难得碰到问题这么爱钻研，还分析得挺有道理。

简西懒得理她，实则她确实也没法解释这份微妙。

"你说你身在福中不知福，有了男朋友还不够，还要再霸占一个优质男人，你也太浪费资源了，不知道现在国家能源紧缺吗？"丁佳萱双手叉着腰说。

"别给我乱扣帽子，你喜欢人家，就去追。"简西不自觉地否认同卫斯明的关系。

"切，要不是他眼里只看得到你，你以为我不想吗？"丁佳萱丢给她一个白眼。

简西眼中透出茫然，"真的那么明显？"

"眼睛没瞎的都看出来了。"

简西垂着视线，一语不发，也许是她低估了卫斯明的深情。

病房门被"笃笃"敲了两下，丁佳萱边嘟囔"谁啊"边去开门。

门外站着一个年轻小姑娘，手中提着个塑料袋，另一只手拿着张纸，看一眼后抬头，"请问，简西小姐是住这间病房吗？"

"是的。"丁佳萱把她让进屋。

简西疑惑："你是……"

小姑娘笑笑，"送外卖的。"

简西就更糊涂了，她压根没叫过什么外卖，丁佳萱也不可能叫。

小姑娘放下东西，"钱已经付过了。那位先生还交代你只能喝白粥，中午和晚上我还会再送来。"

简西同丁佳萱对望了一眼，她已心知肚明。

小姑娘离开后，丁佳萱嘴里不住嘀咕："太贴心了，极品好男人，我都要被感动哭了。简西，你怎么就那么铁石心肠？"

简西无言以对。

丁佳萱继续碎碎念，"你看你那什么狗屁男友，你病了也不来看你，可比卫斯明差远了。"

简西终于说了实话，"我没男朋友。"

丁佳萱大张的嘴几乎能塞进一只鸡蛋，"那你……"她瞬间明白了，这是简西为防止桃花太旺而使的蹩脚招数。

简西低着头，不知在想什么。

丁佳萱把袋子里的东西一样样往外掏，还冒着热气的白粥，几道清爽的小菜，她递给简西勺子，"趁热吃吧，别辜负了他的一片心意。"

明明是爽口的白粥，简西却尝出了苦涩的滋味。


丁佳萱陪了简西一整天，她除了还感到有些虚弱，其他已无大碍，医生也说再观察一晚上就可出院。中午吃的依然是外卖的白粥，晚上还是，简西有些倒胃口，盯着丁佳萱饭盒里的排骨煎鱼直流口水，丁佳萱却说她不识好人心。

八九点的时候，简西正在劝丁佳萱回家，卫斯明来了，还带来了一个令简西意料不到的人。

两人一个拎着个水果篮，另一个捧着一束鲜花。

丁佳萱笑了，"简西肠胃炎暂时不能吃水果，你买这个来干吗。"

卫斯明把姚晨东推出来，"是他坚持要买的，不关我事。"

丁佳萱看着姚晨东愣住了。

姚晨东淡淡道："这是探望病人的礼数。"然后对着丁佳萱很客气地说了一句："你好。"

丁佳萱下意识地回道："你好。"

卫斯明失笑："你俩不要搞得跟初次见面似的。"他还不知道姚晨东同丁佳萱的一段小插曲。

简西扯了扯嘴角，"谢谢你们来看我。"

卫斯明打量着垃圾桶里的空饭盒，"胃口还不错，我就放心了。"

姚晨东不动声色地拧了拧眉头。

丁佳萱面对姚晨东的突然出现有点不知所措，姚晨东的冷淡更加令她难以接受，她唇动了动，"简西，那我先回去了。"

简西讶然，刚才还不肯走硬要留下陪她，这会儿怎么要走了。简西注意到丁佳萱扫过姚晨东时的幽怨眼神，心里头明镜似的。她呼口气，"那姚晨东麻烦你送佳萱回家吧。"

姚晨东看着她的眼神像要吃人，但有卫斯明在，简西才不害怕，她又说："这么晚了，一个女孩子不太安全，反正你也不是头一回送了，轻车熟路了。"她笑嘻嘻地说，完全无视姚晨东冰凉的目光。

卫斯明很感兴趣，"什么叫不是头一回了，有什么我不知道的吗？"

简西假装很八卦的模样，"一会儿和你详细说。"

这时卫斯明的手机不合时宜地响了起来，卫斯明看了眼来电显示，无奈地说："局里的，我先出去接个电话。"说着匆匆朝门外走。

丁佳萱理了理东西，对简西说道："那我也走了啊。"她想听姚晨东说句"我送你吧"，可谁知姚晨东的目光压根没往她这边望来，失望的丁佳萱只好提着包朝门外走去。

姚晨东黑沉着脸，望着面色惨白的简西，他还是不忍心，强压下了内心的愤怒。谁知倒是简西先发了难："你怎么这么没风度。"

姚晨东压低了声音，听着像是嗓子有些嘶哑："你真的这么希望我去送她？"

"这是男人该有的风度嘛。"简西的声音明显没有底气，她也不知道自己心里的想法，她把姚晨东推出去，究竟是真心还是逃避？

姚晨东看着简西，他恨不得现在就告诉她，简西，你知道吗？我有多心疼你，我有多在乎你，我有多喜欢你。但是他把所有的冲动都压制在了母亲在他脑海中留下的那一系列尖锐的骂声中，他还是姚晨东，他费尽心机想要摆脱的命运，到最后还是不配拥有自己想要的女人。

两人都没有说话，姚晨东空洞的眼神让简西看得有些心虚，她觉得这种眼神和三年前不一样，虽然同样的复杂深不可测，但是现在的他又多了一份挣扎和彷徨的恐惧。

他，也会害怕吗？

简西觉得她和姚晨东之间的距离如同一条窄而湍急的河流，虽然看着惊险，但只要谁愿意随意地迈开一步，似乎便可以轻松地相拥。只是他们都是在爱情中被动慵懒的那个人，也是害怕受伤的那个人，所以姚晨东眼里的秘密简西不敢多问，简西心虚的表情姚晨东也不敢深究。

但简西好想知道，好想知道三年前的一切，真的只是她的幻觉吗？

"姚晨东……"简西突然开了口，"三年前……"

"什么？"

"你还记得，三年前，我和你，那次演习的时候……"简西支支吾吾，声音轻得仿佛只有自己能够听见。

三年前，姚晨东当然记得。他会把那样美好的简西记一辈子，但是只能是在心里。

"不记得了。"姚晨东斩钉截铁，简简单单的四个字，像是一声巨响，敲打在了他的心房，咚咚地回荡在他的耳旁。他的心似乎不甘心地在抵挡这样的痛苦，发出这样的声音："不是，不是这样的，简西，我记得，我记得你的每一次微笑，记得你的每一句话语，记得你带给我的每一份惊喜和感动。"

但最终，他都把这些话咽了回去，他身不由己，不能也拉着自己心爱的女人一起沉沦下去。

简西强忍着终于快要决堤的泪水，故作无所谓地说："其实，我也不怎么记得了，呵呵，呵呵，不记得了。"

终究还是一场梦，终究还是该死心了。

这时，卫斯明进来了，两人马上装成什么都没发生过的样子。姚晨东不愿再在这样的空气中呼吸，他寒暄地嘱咐了简西几句，便以母亲在家等待为由离开。留下卫斯明和简西两个人。

卫斯明给简西倒了一杯温水，简西想趁卫斯明不注意擦擦眼泪，却还是被他看见了："怎么哭了啊？哪儿不舒服了吗？"

"没事没事。"简西赶忙解释，"刚才不小心把自己给呛到了。"简西佯装咳嗽了几声。

卫斯明这才放心，继续关切地问道："今天好些了吗？"

"好很多了。"

卫斯明微微俯下身，替她掖了掖被角，"那就好，昨晚可把我吓坏了。"

"昨晚真是太感谢你了，否则我可能死了都没人知道。"简西扬眉一笑。

卫斯明马上捂住她的嘴，"别瞎说。"

"我不就开个玩笑嘛，别紧张，死不死也不是我说了算的……"话音未落，卫斯明低头封住了她的唇。

简西半睁着眼睛，却使不出半分力气。

卫斯明在她唇间吻得热切缠绵，时间仿佛就在那一刻静止了。

简西大脑一片空白，活了二十多年，这还是她的初吻，就这么被夺走了……但心里好像也不是特别难受。

许久之后，卫斯明才不舍地放开她，简西因缺氧眼中带着朦胧的水汽，可怜又可爱。

卫斯明凝视了她一会儿，哑声说："对不起。"

"没关系。"唇上依然留有灼人的温度，简西目光闪躲。

卫斯明擒住她的下巴，"简西，你并不讨厌我对吗？"

简西挣扎不得，只能面对他，"没人会讨厌你。"

卫斯明眼中一派了然，"那么，为何不试一试？"

也许是今夜的月色太美太温柔，也许是刚才被姚晨东摇醒了过往的梦境，也许是比起姚晨东，卫斯明更能让她感受到真实的美好和从未有过的安心，也许她正需要一段爱情，让她能够永远不会醒来的爱情。于是，简西鬼使神差般地点了点头。

卫斯明高兴地跳起来，一头撞在了椅背上，他捂着额头哇哇乱叫，简西笑得肚子疼，卫斯明紧张地想去叫医生，幸好简西及时拦下了他，否则因为笑得太猛而就医这种事也太丢人了。卫斯明搂住了她的双肩，"简西，我会对你好的。"

简西弯了弯唇，她从来没有怀疑过他的话。

卫斯明抚摸着她柔软的秀发，"刚才你说丁佳萱和姚晨东是怎么回事？"

"哦，佳萱喜欢他，我就安排了一次饭局，让他俩接触接触，"简西回忆了一会儿，"就是你打电话问刘湘联系方式的那一次。"

卫斯明似乎有些怔忡，"原来你安排了晨东和丁佳萱相亲。"

"也不能算相亲吧，没那么正规。"简西想起那次姚晨东对她莫名其妙地发脾气，他以为她在做媒？虽然性质也差不多，但她又没勉强他，只不过多给大家一个机会罢了。

卫斯明喃喃："我竟然一直误会了你。"

"嗯？"

"我以为你喜欢姚晨东。"卫斯明不好意思地挠头，"还吃他的醋，看他各种不顺眼。"

简西挤出一个比哭还难看的笑容。

卫斯明摸摸她的头，"对不起。"

简西苦笑。他不知道也好，就让他以为是个误会吧。而她既然已经踏出了这一步，就会好好走下去。

关于简西和卫斯明在一起的事，每个人都有不同的看法。刘湘觉得这是意料之中的事。展文博分析以后得出的结论是：意料之外，情理之中。而丁佳萱是一副高深莫测的表情：卫斯明这样的极品好男人，是个女人都会被打动。只有姚晨东没发表任何意见，他简单道了句"恭喜"，就再无别的情绪。

简西也问起过丁佳萱那天以后的事，丁佳萱没正面回答她，只是说，还是做朋友比较好。简西虽觉得奇怪，却也不能硬抓着她逼问，最后也就不了了之了。

**Chapter 07**

## 遥远的距离，
## 都是因为太过聪明

- - - - - - - - - - - - - - - - - - - - - - - - - - - - - - - - -

在卫斯明身上，简西总觉得少了些什么。

他们的恋爱太顺畅，太甜蜜，

本该在爱情中出现的不安与纠结似乎都被卫斯明打磨得近乎完美。这样的完美让简西

觉得不真实也不自在。

姚晨东的相亲最终还是没去，不过拒绝的不是他，而是李局的那个外甥女。这姑娘还是个挺有个性的人，被姚晨东拒绝了一次之后便决心不会再给他第二次机会，于是，姚晨东喜不自胜。无奈黎素萍还是和李局连连道歉，弄得李局倒是有些尴尬。

　　最后，在姚采采的三催四请、姚晨东的沉默寡言中，黎素萍终于没有拗过这对子女，独自回了军区大院。

　　送走母亲的姚晨东显得一身轻松，他夜班回家倒在沙发上，刚想休整片刻，他的那个宝贝妹妹又一次不请自来了。

　　姚晨东哭笑不得，问道："你又怎么了？"

　　姚采采熟门熟路地拐到厨房给自己泡了碗方便面，连汤带面地灌下去才有力气说话："我也是刚熬完通宵，顺便过来看看你。"她意犹未尽地吧唧嘴，"为啥你家的泡面也比我家的好吃？"

　　姚晨东又是好气又是好笑，"马屁拍得有点过吧？"

　　"嘿嘿，"姚采采谄媚道，"让我在你这住儿两天吧？"

　　"不行，姚采采我告诉你，你别老拿我这儿当避风港，有事你要解决，而不是逃避。"

　　姚采采苦着张脸，"要能解决就好了。我可不管，我帮你支走了妈，你必须得帮我一回，知恩图报，才是君子。"

姚晨东虽说是没办法，但始终还是关心自己妹妹的，"说吧，这次又惹到什么烂桃花了？"

"也不是烂桃花……"姚采采突然很不喜欢这个形容词，以前姚晨东也将她的恋爱史通通归纳为烂桃花，她从无异议，今天这是怎么了？她咬了咬唇，"我认识了好几年的一个在美国的网友，要飞回来找我。"

"然后？"

"哎呀，回来做什么？距离产生美，不见我还能幻想他是个白皙粉嫩的小正太，或是个英俊潇洒的美男子，又或者是个成熟迷人的萌大叔。要是见了，幻想破灭了多伤人心啊！"姚采采把一个花痴少女的内心独白演绎得淋漓尽致。

姚晨东实在是无语："姚采采同学，你不就是见个朋友吗？怎么着，还准备和他相亲相爱相守一辈子啊？犯得着吗？"

"错，大错特错。"姚采采斩钉截铁地回答了姚晨东的话，"哥，我告诉你，男女之间，就算毫无苟且，那也不可能一清二白。小清新地说一句，男女之间那是没有纯友谊的。简单来说，你要么找红颜，要么找知己。"

"所以呢？"

"所以我不是去见一个普通的朋友，而是去见一个原本我对他抱有美好幻想以待可以发展为男朋友的男性朋友，你懂了吗？"

姚晨东这下懂了："原来你是去见一个备胎，然后还害怕备胎中途爆胎是吧？"

姚采采觉得哥哥这个形容实在是太恰当了，但是又羞于承认，"大概是这样吧，所以，哥，我必须得在你这里躲一躲。以免爆炸的威力伤及你可爱的妹妹。"姚采采慌慌张张的模样让姚晨东不禁觉得好笑。

"好妹妹，你用脑子想一想啊，就算你在自己家里，你们不是网友么，他怎么会知道你的地址呢？"

"怎么会不知道，查IP啊，现在科技日新月异，什么事情查不到？不行不行，必须要在你这儿躲一阵子。"

姚晨东没办法，只好任由胡闹的姚采采搬进了自己的家里。

简西和卫斯明也在不温不火地发展着。很多时候，他们约会时总是卫斯明的单口相声秀，他会分享很多工作生活上的事情给简西听，而简西也会适时地回应笑声。卫斯明很喜欢看到简西这种笑容，只为他绽放的笑容。

这一日，他们照常约会。卫斯明下班晚了，简西在局门口等了挺久。卫斯明挠着脑袋，满脸不好意思地和简西道歉。

"对不起，对不起，实在是对不起。"

简西其实并不在意："没关系，才等了没多久，工作要紧。走吧。"

卫斯明牵起简西的手："我就说，我们家小西是世界上最通情达理的女人。"

简西笑笑："别贫了，想好去哪儿了吗？"

他们的约会一向都是由卫斯明一手安排，这次也不例外，卫斯明说："先去吃饭吧，我在隔壁商场订好了位子，吃法国菜，怎么样，够高端大气上档次吧？"

"何必这么破费？"

"什么话！请女朋友吃饭，就得舍得，之后我订了九点的电影，看完之后十一点，正好送你回家，明天周末，你也好睡个懒觉。"

卫斯明的安排从来都是这么细心，简西点点头表示同意。

"对了，你那个从美国回来的朋友是后天到上海吗？"前一阵子简西说她的好闺蜜路璐要从美国回来，本来卫斯明打算陪简西一起去接机的。

"嗯，怎么了？"

"后天局里有个培训，必须出席，我恐怕不能陪你去接机了。"卫斯明十分抱歉。

简西展眉一笑："没关系，也不是什么大事。"

"怎么不是大事，我女朋友的闺蜜来了，我可得好好表现吗？！这也是加分的活儿啊。"卫斯明不改嬉皮笑脸的本色。

简西扑哧一声笑了："怎么？就对自己这么没信心，都要靠别人来加分了？"

卫斯明立即辩解："信心我有的是，但是再多一点外力那就更好了。"

简西笑着没有应答，卫斯明还想说什么，突然从拐角处闪出来一个女人。

简西第一眼便认出了这就是之前因为家暴而数次闹到警局的那个王曼丽，但是这一次她的出现有些不同，她怀里还抱着一个小女孩。

小女孩满脸泪痕，额角上还有一块若隐若现的瘀青，王曼丽一个不当心，便撞在了简西的身上。她一个踉跄，跌倒在地。

简西忙扶起她。

"求求你，救救我女儿。"王曼丽也认出了简西，哭泣着向她求助。

简西关切道："你这是怎么了？有事慢慢说。"

"我老公在后面，就要追来了。"

卫斯明回头一看，果然有个满脸杀气的男人朝这里奔了过来。

"臭娘们儿，看你能跑到哪里去！"周寻一脸愤怒地叫道。

卫斯明一手挡住了他，怒道："你这是想干吗！"

周寻的力气显然没有卫斯明的大，一下就被推开了几米。但他还是不服气，骂骂咧咧："怎么？还找帮手来了是吗？好，我看你有多大本事。"说着他便撩起了袖管。

卫斯明没有表明身份，单手就按住了周寻，"男人打女人，像话吗？"

周寻自知不是卫斯明的对手，很快便缩回了手，挑起嘴角不屑道："好，有种你们等着瞧，看我一会儿怎么来收拾你们。"说着转身就走，根本不管妻女。

王曼丽松了一口气，看着怀中的女儿，忍不住又大哭了起来。

简西皱着眉头："我实在不明白，为什么你丈夫这样伤害你，你还能忍到现在。"

王曼丽默不吭声，卫斯明上前拉了简西一把："算了，家家有本难念的经，别人的家事我们也管不了。"

简西不肯罢休："你看看你女儿，你忍心让她生活在这样的家庭环境之下？"

"那我又能怎么办？"王曼丽绝望地抬头看着简西，"要不是为了我的女儿，我早就离开这男人了，我想给女儿一个完整的家啊。"

小女孩看见妈妈哭了，懂事地伸手拭去母亲脸上的泪水，安慰道："妈妈别哭了。"

简西的心一酸，哽咽道："你觉得这样的家对你女儿而言真的完整吗？"

"那我该怎么办？"王曼丽没了主意。

"离开他。"简西语气坚决，"离开他，你们才有新的生活。"

王曼丽除了哭泣不知道该如何面对，小女孩突然说道："妈妈不哭，宝宝以后长大了会保护妈妈的。"

王曼丽听后，更是泪流不止地紧紧地抱着女儿。

简西感同身受，她也是单亲家庭出身，她也曾经发誓要给母亲更好的生活，可如今，分隔两地，她奋斗着她的事业，让母亲一个人在老家生活，内疚之心被深深地唤起。

"你有亲戚朋友吗？"简西关切地问道。

王曼丽想了想，"我还有个姐姐在上海。"

"那你去你姐姐家暂住，今后的路你要自己选，为了你和你的女儿。"简西看着小女孩尚稚嫩的脸蛋，接着说，"小妹妹，你说你会保护你妈妈的是吗？"

小女孩坚定地点头说道："嗯。"

简西笑着摸了摸她的脑袋："真棒！"

简西和卫斯明送了她们母女去找王曼丽的姐姐，王曼丽连连道谢，经过这一番折腾，吃饭看电影的计划算是泡汤了。

"对不起，你安排了一晚上的节目结果一个都没赶上。"简西面带深深的歉意。

卫斯明开着车，笑得极愉悦："没事，我觉得今晚比吃饭看电影更开心。"

"为什么？"

"我看到了一个不一样的你。"

"哪里不一样了？"

卫斯明想了想，说："小西，你知道吗？从前我觉得你是个柔弱的、需要男人保护的小女人，可今天我才知道，你比我想象中要坚强得多，你很勇敢。"

简西笑说："如果可以选择，每个女人都想做一个依偎在他人羽翼下的小女人。但是很多时候我们没有选择，只能勇敢。"

卫斯明从来不知道简西家里的事情，他问道："小西，我想走进你的世界，你的家庭，你愿意诉说给我听吗？"

简西看着卫斯明怜惜的眼神，心一软，说道："其实也没有什么大事，在我很小的时候父亲就过世了，是妈妈独自抚养我长大的。"简西说得很轻松，但心里却是沉甸甸的。

卫斯明对于眼前的简西更加怜爱，他郑重其事地说道："小西，我会让你幸福的。"

简西没有特别在意卫斯明的这句话，只是看着他微微一笑。


周日，姚晨东一早便去了局里值班。其实姚采采很早就醒了，等着姚晨东出门，她便戴上鸭舌帽、口罩，全副武装，偷偷赶去机场见那位网友。因为好奇心是她最致命的弱点。

同一时间，简西也赶去了机场，她的好朋友路璐从美国回来了。路璐是简西从小玩到大的死党，路璐的父亲在军区也算是个官，所以路璐和刘湘一家走得很近，就因为这样便认识了简西。路璐的性格和简西有些像，内向寡言，但唯一和简西不同的是，路璐温顺听话，她家也完全把她向着"庭院深处，大家闺秀"的模板来打造，事实上也确实打造成功了。

　　三年前，路璐突然提出要出国深造，简西还来不及从上海赶回军区，路璐便已经走了。对于出国的原因，路璐没有多提，简西也不便多问。但是刘湘这个八卦的脑子和那张不装阀门的嘴早就给爆了出来。

　　据说，路璐家和军区某家人家结亲，谁知两人订婚前日，那家人家的老爷子突然走了，于是婚事便不了了之。刘湘还想再往深处挖情况，可军区里的人对这件事都一副讳莫如深、不愿多提的表情，刘湘也只能作罢。所以，事情过后，路璐的家人便着急把路璐送去了美国读研，一去就是三年。

　　三年，可以发生很多事，当然也可以忘记很多事。


　　这个季节是旅游的旺季，机场里充斥着导游们吵闹的集合声，广播里不停地播报着寻人和航班的信息，简西困难地穿过人群，在国际航班的接机口等着路璐的出现。

　　"哎哟，你干吗呀？"旁边一位中年大妈突然高声喊了起来，简西不自觉地望了过去，只见一个戴口罩墨镜的女生偷偷摸摸地挤在了一个大妈的边上，不小心把大妈的手袋给挤掉了，大妈以为她是小偷便大叫了起来，"看你斯斯文文的，怎么还偷东西啊？"

　　那个女子也是个犟脾气，得理不饶人："谁说我要偷东西啊，你看我这样，犯得着偷吗？"

　　简西望去，的确，全身名牌，连墨镜都是GUCCI的人，怎么会是小偷呢？

大妈的声调也高了起来："你说不是就不是啊，我明明就看见你往我包上挤来着！"

情况愈演愈烈，机场保安也走了过来，大妈更是像得了靠山似的，对着保安颐指气使，让他们一定要把那个女生抓起来，大妈夸张地挥舞着自己的双手，告诉保安她是怎么怎么想办法要偷自己的包，怎么怎么被自己发现之后砌词狡辩的。

那个女生简直就快被气疯了，立马摘掉眼镜和口罩和大妈唇枪舌剑起来，简西定睛一瞧，眼前的这个女生，不就是当年在训练营看到的姚晨东的女友吗？

保安看着姚采采，那一脸青春逼人，那一身招摇的名牌，怎么也不会是个小偷，于是便打发了大妈几句，转而安抚起了姚采采，大妈还想再闹腾，可飞机的乘客已经陆续走出，大妈急着去接人，也就不了了之了。

机场的保安还想和姚采采套近乎，谁知姚采采迅速戴起了口罩墨镜，转过头去，两个保安意兴阑珊，便也走开了。只有简西的目光直直地盯着姚采采，直到姚采采感觉不对劲，侧头转身，她才怯怯地移开视线。

等了许久，还没看到疑似网友的男人出来，姚采采有些焦急，眼见着一旁的家属接人都接得差不多了，她也觉得没了希望，许是没有缘分吧。

一旁的简西也同样没有等到路璐，她想要打电话给她，谁知怎么也找不着手机，再细想，不好，出门时确认了航班号，一定是落在客厅的桌上了。正在简西焦急地找公用电话的时候，一个手机突然出现在了她的面前。

"找电话是吧？"姚采采摘下了口罩墨镜，一脸慷慨解囊的表情，将手机递过去。

简西吓得不敢看姚采采，生怕她认出自己，其实简西自己心里明白得很，姚采采根本不知道自己的存在，但她就是像个考试作弊的学生似的，心虚得不敢抬头望着老师的双目。

"不，不用了，我找电话亭打就是了。"简西摇了摇手。

姚采采一副江湖儿女不拘小节的模样，硬把手机塞给了简西，"你就用吧，没事。"简西实在是没了办法，这才接过。

她拨通了路璐在国内的电话，可是始终无人接听。

姚采采问："怎么？你也没接到要接的人么？"

简西点了点头，又抬手看了眼时间，焦急地望向了窗口。姚采采完全没有注意到简西的神情，自顾自地说了起来："我也是，哎，你相信缘分吗？"

简西被姚采采的话问住了，缘分，她以前或许是相信的吧。

姚采采见简西没有说话，便又自说自话了起来："我很相信呢，本来还想来撞撞运气，看看缘分会不会降临，现在看来，没戏了。"

姚采采一脸的失落，让简西好奇了起来，"你是来接男朋友的？"简西知道现在的自己不该再八卦姚晨东的前女友，但她就是想知道，好想知道。

姚采采想了想，回答道："是，也不算是。要看你怎么定义男朋友了吧。"

"那，是一个男性的朋友？"

"嗯，其实是网友，聊了五六年，从来没见过，这次他从美国回来，特意说要来见一面。"

"五六年？"简西不禁发出感叹，那三年前她不是还和姚晨东在一起吗？怎么还有一个网友呢？

"对啊，五六年，怎么？你也觉得不可思议是吧？一个聊了五六年却没有见过的男性朋友，换谁都会好奇的吧。"姚采采以为简西惊讶的是这个。

简西尴尬地回以笑容，这时广播里突然在航班信息中插播了一条寻人信息："请采花女侠小姐来总接待处，你的朋友正在这里等你。"这么突兀的网名让这条原本无人关注的寻人启事变得格外引人注意，看着姚采采满脸的黑线，简西也猜到了，采花女侠，便是她。

简西笑了笑说道："采花小姐，你的Mr. Right正在等你呢。"姚采采硬挤出一丝笑容，戴上了鸭舌帽和墨镜，和简西道别，没走几步，突然回过了头，"哎，我叫姚采采，就是，就是那个'采花'的'采'，嘻嘻。"说着便转身一路小跑去了接待处。

"姚采采……她，姓姚？"简西怀疑是不是自己听错了。她看着姚采采的背影，隐约觉得同姚晨东有几分相似，难道……

还不等简西的思维发散，便被人生生打断："小西。"

简西吓了一跳，回过了头，眼前的路璐正用她最标准的淑女式笑容看着简西，"路璐！"简西激动地拥抱了她。

"怎么这么久才出来，打你电话也不接。"简西嗔怪。

路璐抱歉道："实在不好意思，拿行李的时候遇到了些问题，耽误了些时间，还好都解决了，不然今天行李都拿不到了呢！"

"算啦，那就饶了你了，走，咱们赶紧先回家，我再为你好好地接接风。"简西帮路璐推着行李，两人挽着手走出了机场。


姚采采在机场的接待处附近张望了许久，终于找到了疑似目标，可这结果却让她又惊又喜。喜的是，男人的长相简直绝了，白净的皮肤，高挑的身材，得体的打扮，最致命的是他鼻梁上那副桀骜又不失大方的边框眼镜，绝对戳中了采采眼镜男的软肋。

惊的是，采采认识这个男人，他居然是那个从小同她一起长大的叶琛。

叶琛是采采家的邻居，采采从小崇拜的对象，家境好，长相好，脾气好，学习好，工作好，几乎哪里都好的一个完美男人。叶琛对采采也很好，从小便像是一个哥哥般照顾着她，比起她的亲哥哥姚晨东，叶琛的关心绝对是有过之而无不及。

　　七年前，叶琛自考奖学金去了美国本硕博连读，但他却没有忘记过采采，每隔一段时间便会给采采写信写邮件，每年生日他的礼物几乎从不间断。采采几乎把这种关心和惦念当成了一种习惯，她从来没有想过，那个在网上和她聊人生、聊将来的男人，竟然是叶琛。

　　他是故意的吧？是故意和我开玩笑？是故意捉弄我的吧？采采想尽了所有的可能性，唯独不敢想那个最简单、最直接的：他不会喜欢我吧？

　　叶琛拨通了采采的电话，采采紧张地举起手机，不小心按下了通话键，只好接了起来："喂。"

　　"采采。"叶琛的声音低沉但富有磁性，采采小时候很喜欢听叶琛读英语，她甚至觉得叶琛的声音不比任何一个好莱坞影星差。

　　"你是……"采采故意装傻，但是声音却止不住地颤抖。

　　"你，在哪里看着我吧？"叶琛简直聪明到让采采直跺脚。

　　"没，没有啊。"采采第一次恨自己的智商怎么能低成这样，这不是默认自己知道他是谁了吗？！

　　"呵呵，不管你在不在，晚上八点，你知道的那个饭店，我等你。"叶琛没有多说什么，直接挂断了电话。

　　采采望着电话怔怔地发呆，再抬头，早已不见了叶琛的身影。


　　路璐是临时决定回的上海，所以还没来得及通知在军区的家里人，简西作为路璐在上海最好的朋友，当然义不容辞为她提供舒适的住宿环境。卫斯明一听说简西的好闺蜜要来，急着就要展现自己"男朋友"的地位，连夜订好了饭店，准备给路璐接风洗尘。

　　路璐对简西这个男朋友也很好奇，还没到家就开始探听起了消息，"我说你的那个男朋友到底是从哪儿冒出来的啊？"

　　"什么哪儿冒出来的，还从石头里蹦出来的呢！"

路璐被简西的玩笑话给逗笑了，说道："真从石头里蹦出来才叫有本事呢。好好说，他，是做什么的？"

简西微微一笑："人民公仆，警察。"

路璐来了兴致："哟，不错不错，还是个帅帅的警察叔叔，你们怎么认识的啊？"

简西觉得路璐去了趟美国，性格变得开朗了不少，话也比平时多了。她不禁多看了路璐几眼，路璐觉得奇怪，便问道："你看我干吗呀，好好开车，好好回答我的问题。"

简西扑哧一笑，故作一本正经地回答道："好，路大小姐，小人这就给你好好汇报我和男朋友的各种情况，还请您多多指导。"

路璐也配合简西，严肃地点了点头："嗯，说吧。"

简西淡淡笑了笑，便把和卫斯明从实习时候的故事大体地讲了一遍给路璐听，不过她特意省去了姚晨东的那部分，本就想忘记的事情，何必还与人诉说呢？

路璐听罢之后简直就是"简西找到绝世极品好男人"的表情，对卫斯明大加赞赏，"好男人啊，绝对是个好男人。"

简西无奈地说："你都还没见到人呢，就下结论，未免太早了吧。"

路璐赶紧接过话："话不能这么说。首先，听你之前的叙述，已经可以判定这个卫先生一定是个好男人，单纯，长情，正义，细心，温柔，简直符合所有好男人的标准。其次，我们简大小姐能看上的，还能是个庸庸之辈？"

简西笑了笑，自顾自地开车，没有回答路璐的话，兴许是旅程累了，路璐渐渐地在车上睡着了。

简西想起了刚才路璐对卫斯明的评价，的确，用再多的形容词来褒奖卫斯明都是不为过的。他是个好男人，百分百好男友。但在卫斯明身上，简西总觉得少了些什么。他们的恋爱太顺畅，太甜蜜，本该在爱情中出现的不安与纠结似乎都被卫斯明打磨得近乎完美。这样的完美让简西觉得不真实也不自在。

姚采采神情慌张地回到了家里，姚晨东正好轮班回家换衣服，看见妹妹回来，已经猜到了几分。

"怎么？轮胎还好用吗？"姚晨东拿妹妹开起了玩笑。

姚采采还有些"惊魂未定"，冲到餐厅，大口地喝了几杯水，长舒了一口气。

姚晨东跟了过去，问道："怎么？这就爆胎了啊？"

姚采采摆摆手，说道："比爆胎还严重，简直，简直……"姚采采被水呛了一下，狂咳了起来。

姚晨东抚了抚妹妹的背，"别激动，你不是有很多个备胎么，多一个不多，少一个也不少。"说着姚晨东便要赶去换岗。

姚采采一把拉住他的手，定了定情绪，说道："哥，你知道我看见谁了吗？"

"谁啊？不就是那个美国网友么？"

"我看到叶琛了。"

"叶琛？"姚晨东开始回忆这个熟悉又陌生的名字，"哦！就是以前大院里那个'学霸'吧。你以前不还总是崇拜人家的吗？怎么？他也来上海了吗？"

叶琛在大院里也算是个名孩子，基本上是女孩见他就崇拜，男孩见他就歇菜。但是姚晨东不知道，采采对叶琛的崇拜，总隐藏着更深更复杂的情愫。并且，在这些年的岁月里，这些情绪也渐渐在叶琛的心里生根发芽。

姚采采接着说道："嗯，我在机场看见他了。"

姚晨东并不知道叶琛和姚采采之间不间断的联系，他以为妹妹又犯了花痴，无奈地说道："行啦，都这么些年没联系，你这种小妹妹崇拜大哥哥的情结也该结束了吧。"

"不是，哥，我在机场看见他了。"采采特地强调了"机场"这两个字，"你懂了吗？"

姚晨东彻底被采采搞糊涂了，"没弄明白，我说采采，你到底说不说，不说我可要走了。"姚晨东实在没兴趣听妹妹的花痴细节。

"哎哎哎，你别走，我说，我说。我今天去机场见网友，谁知道见到的网友就是叶琛！"说完姚采采一头扎在了沙发上，喊道，"他还约我去吃饭，哥，你说我该怎么办？"

姚晨东不敢相信，叶琛居然会对自己的妹妹情有独钟，不过这种想法很快被他压回了脑子里，其实仔细看看，采采除了有些花痴，偶尔不着四六，其他么，还是挺好的。

"这不是很好嘛，应该是正中你下怀的事情啊。"姚晨东不知道采采在纠结些什么。

采采抱着沙发靠垫坐了起来，说道："是，逻辑上来说，这件事情简直就是白雪公主找到了白马王子。但事实上，我心里怎么就，怎么就说不清了呢！"

看着采采满脸的复杂和不安，姚晨东终于明白了几分："原来是我们的采采妹妹害羞了，不好意思了是吧？"

采采拿起靠垫就朝着姚晨东砸去："去去去，赶紧去换岗，不出主意还嘲笑我，你是我亲哥哥吗？"

姚晨东捡起靠垫放回了沙发上，看了看时间，说道："不跟你说了，我真得走了，你自己的事自己决定，想这么多干吗，不就是吃个饭么？还能毒死你啊。"说着姚晨东拿起车钥匙便出去了。

姚采采大叹一声，又一次倒在了沙发上，这晚上，到底是去，还是不去呢？

这边姚采采还在纠结，那边叶琛早早地回酒店整理好行装，便出门去了约定的饭店。一身简单的白衬衫，配上一件休闲的黑色西装外套，显得端正又不过分隆重。他抬手看了眼时间，八点还差五分，他将目光转向窗外，雨下得有些淅淅沥沥，街上的行人变得步履匆匆，兴许是急着赶回家。叶琛缓缓地转着手中的杯子，他此刻的心情和外面的行人一样，急迫担忧，采采究竟会不会来呢？

几乎同时，饭店的迎宾热情的"欢迎光临"让叶琛猛地抬起了头，但让叶琛惊奇的是，来的不是姚采采，而是他在美国时的朋友，路璐。

路璐一进门便看见了叶琛，两人对视一笑，路璐跟一旁的简西说："我正好碰到个朋友，你们先进去，我去打个招呼。"

简西的目光跟着路璐的背影望去，看见了远处有礼貌地站起身来的叶琛，意味深长地笑了笑，拉着卫斯明就去了包间。

叶琛有礼貌地帮路璐拉开椅子，绅士地微笑，"这么巧，你怎么也来这儿？"

路璐像是随意地理了理头发，说道："几个朋友要为我接风，大家随意地吃个饭。"

叶琛点点头，抿了口茶，"对了，你怎么也突然来了上海？"

路璐极好地掩饰了脸上的慌张，双手紧握着手袋，"主要……主要就是来看看朋友，好久没见了。"

"哦……"叶琛恍然大悟地点了点头，说着拿起了桌上的纸巾，从口袋中掏出了一支钢笔，在纸上写了起来，"这是我在上海的电话，我会在这儿长住，过几日可能就不住酒店了，到时候再联系。"

路璐接过了纸巾，见叶琛好似在等人，她也有些不好意思，寒暄了几句便走去了包间。


包间里卫斯明正在麻利地和服务员讨论着要什么样的海鲜，见到路璐来了，简西忙问："路璐，正点菜呢，你看看你要吃什么？"

卫斯明立马把菜单递了一份给路璐："对，你看看，要吃什么？"

路璐摇摇手，把菜单还了回去，"没事，你们点吧，我没什么忌口的。"

卫斯明看了眼简西，简西表示没有异议，卫斯明便又随意地点了几个炒菜，吩咐了服务员几句。

卫斯明主动地为路璐倒了橙汁，并自我介绍："你好，我叫卫斯明，是小西的男朋友。听小西说你可是她从小玩到大的闺蜜，这不，我就自告奋勇地要请你吃饭了，以后啊，还要麻烦你在简西面前替我说说好话。"卫斯明半开玩笑半认真的表情一下子就将所有尴尬和冷场的可能都解除了。

路璐接过饮料，笑着说道："看来咱们小西还找了个能说会道的男朋友啊。"

"是是是，我是能说会道，但是和那些花花公子们可不一样，我是句句真心，字字用情。我对小西的心那可是日月可鉴。"卫斯明说着举起右手做了宣誓状，逗得简西和路璐都笑了。

简西笑着用手拍了下卫斯明的右手，说道："得了得了，别贫了，人家路璐难得来，别把人家又吓回了美国。"

卫斯明憨憨地笑了笑，挠了挠头，主动为路璐布菜："对对对，你多吃点，上海的菜可不比美利坚的差，来了可就别走了，在这儿陪陪小西，她一个人住我也怪不放心的。"

"那你就赶紧加把劲，早点登堂入室啊，光靠我可不行。"卫斯明的自来熟一下子也让路璐放开了心怀。

简西瞪了路璐一眼，路璐回以一脸狡黠的微笑。

卫斯明可来了劲："我这不是快马加鞭地在往前赶嘛。"他顿了顿又说，"正准备等待时机，来个瓮中捉鳖。"

话才出口，路璐笑得差点没把一口橙汁喷出来，简西怒视了一眼卫斯明："你才鳖呢！"卫斯明这才知道用错了成语，连忙向简西道歉。

大厅里的叶琛终究没有等到采采，他失落地离开，路过包房他看了眼里面谈笑风生的路璐，正巧被路璐的眼神撞到，他尴尬地回以笑容。

一顿饭吃完，大家准备散了，简西的家离饭店很近，她坚持不用卫斯明送，卫斯明拗不过简西，只好嘱咐她一定要小心，到家第一时间给他打电话。

一路上，路璐对卫斯明大加赞赏。帅气，阳光，幽默，温柔，体贴，简直快把卫斯明夸成了人中龙凤。

"行啦，我知道他很好。"对卫斯明的褒奖，简西早就听得耳朵生茧了。

"小西，我怎么觉得你这恋爱谈得有点怪怪的。"路璐一眼就看出了问题。

简西心虚地掩饰："哪有，哪里奇怪了？"不等路璐回答，她便想办法转移了话题，"我看你才奇怪呢，你倒是给我说说，刚才酒店那个男人是谁啊？"

路璐聪明地看出了简西的目的，她实行了迂回战术："朋友啊，怎么？你还看上人家了？想一脚踏两船？"

简西伸手就捏住了路璐的鼻子："臭丫头，净胡说。"

简西戳中了路璐的软肋，弄得她连连求饶。两人嬉笑打闹了一路回家。谁知在拐进小区的最后一个路口，突然有个男人手拿菜刀一把抓住了简西，路璐见状不禁尖叫。男的用手狠狠地在路璐颈后一敲，她便晕倒在地，简西挣扎地想要逃跑，男的捂住简西的嘴，硬将她拖走。

简西只感到空气渐渐稀薄，她被那个手掌按得太紧，几乎透不过气来，还没来得及多反应，便昏了过去。等她醒来，已经被关在了一个暗暗的小屋子，分不清白日黑夜。

眼前的男人有些眼熟，但是简西想了半天却始终无法想起他是谁。男人看到简西醒了，连忙冲了过来，用手掐住了简西的脖子，怒吼道："说，我老婆呢？"

他的手越握越紧，简西根本喘不上气，更别说说话了。她伸手想要

遥远的距离，都是因为太过聪明

扒开男人的手，并指了指嘴示意他自己没法开口，男人稍稍松了点劲，眼神依旧凶狠。

简西完全不明白他在问什么："你老婆是谁？我根本不认识你老婆啊。"

男子从口袋里抽出了一把短刀，抵在了她的脸上："胡说，我那天明明看到你把我老婆带走，你肯定认识我老婆，说，她在哪里？"

简西这才想起来，这人就是那个殴打老婆的男人。看他满脸的惊慌愤怒和时而流露出的悲切，简西猜想，他可能精神上出现了问题。她想了想，还是要先安抚住他的情绪："先生，你先冷静点，我只是个记者，我不认识你老婆，你想想，你老婆是不是去了朋友家或者，或者出去旅行了？"

男子恍惚地站了起来，嘴里喃喃自语："不，没有，不会的，她，她肯定是躲起来了，不，肯定是被你们藏起来了，还有我的女儿，你们肯定，肯定把她们一起藏起来了。"男人快步走向桌子，拿起桌上的酒瓶就往自己的头上砸去，碎片瞬间飘散，简西大叫了一声，闭起了双眼。

数秒之后，简西只觉得脸上有些隐隐地疼痛，她睁开眼，发现那个男人头上破了个很大的口子，鲜血直流，简西吓坏了，拼命地挪动着自己的身子，幸运的是，裤袋里的手机随之掉了出来。

简西一个侧身护住了手机，生怕被那男人看见。鲜血流入那男人的眼角，他却好似一点也不痛的样子，狰狞地笑了笑："为什么？为什么？为什么？"

简西胡乱地按着手机，想要能够拨通哪怕一个电话，那男的突然冲向了她，用残破的啤酒瓶对着简西："说，你把我老婆藏在哪里了？"

简西双手无力地颤抖，根本不知道在手机上按了些什么，直到退到了墙角，她再也没有任何退路。

## Chapter 08

# 其实我心里明白，
# 永远远得很

- - - - - - - - - - - - - - - - - - - - - - - - - - - - - - - - - - - - -

他站在露台上，望着远处一片黑暗的城市，努力地吸了口气，像是在这空气中寻觅着
简西的味道，但无论如何努力，除了苦涩的无奈似再没有其他踪迹。

简西已经失踪了一天一夜。

卫斯明没有接到简西的电话，打电话也打不通就知道不对劲，后来接到局里的通报说是简西附近的路口有女子被袭击，他担心地跑到医院，被袭击的路璐将事情发生的经过全都告诉了卫斯明。

通过路璐的描述，卫斯明大概猜到绑走简西的就是那个实施家暴的男子。经过调查发现那名男子因为老婆带着女儿离家出走，精神崩溃，早就有不正常的行为出现。

简西失踪的消息很快姚晨东也知道了，姚晨东当晚正好因为另一个案子在简西家附近，收到消息之后立刻赶到了局里，但是一日一夜的搜索都没有任何简西的消息，这让所有人都焦急不已。

已经二十四小时不眠不休的姚晨东回到家里，但他根本睡不着，想着简西可能遭受的危险，他简直都快要发疯了。但是卫斯明的疯狂可以随意地宣泄，因为他是简西的男朋友，一切都变得名正言顺，可他呢？他凭什么能在众人的面前为好兄弟女友的失踪发狂呢？

姚晨东压抑着心中的情绪，他站在露台上，望着远处一片黑暗的城市，努力地吸了口气，像是在这空气中寻觅着简西的味道，但无论如何努力，除了苦涩的无奈似再没有其他踪迹。他重重地将手砸向露台的栏杆，仿佛将所有的痛楚都发泄在了上面，很疼，疼的不是手，是心。

"简西……"他歇斯底里般地呐喊，在这寂静清冷的黑夜，他想要用这一声怒吼穿透黑暗，让简西能够感受他的担心和无助。

姚采采听到了哥哥的喊声，吓得从床上跳了起来，她走到露台，站在了姚晨东的身后，采采不知道简西失踪的事，但是姚晨东的疯狂却很好地证明了——这么多年来，简西从来没有离开过姚晨东的生命。

这时，姚晨东的手机响了起来，他焦急地拿出了电话，来电显示让他的手不住地颤抖，是简西，是简西的电话。他连忙接了起来，但电话那头除了信号不好传出的"嗞嗞"声，再没有别的声音。

多年执勤的经验让姚晨东知道这一定是简西慌乱中拨通的电话，他也不敢出声，他戴上蓝牙耳机，用手挡住通话口，并让姚采采赶紧打电话给卫斯明告诉他有简西的下落，让他们通过简西手机的GPS定位，说着便冲出了门口。

简西不知道自己在慌乱中拨通的是姚晨东的电话，她只看到手机闪着通话的亮灯，无论如何，她要想办法告诉对方自己的位置。

男子的鲜血渐渐往下滴，染红了简西白色的衬衣，她开始感到恐惧，但又不得不强迫自己冷静下来："先生，你冷静点，你的头在流血，你想想，要是让你女儿看到你现在这个样子，她会害怕的。"

男子一愣，用手摸了摸头上的伤口，匆忙地用衣服擦了擦："你知道我女儿在哪儿是不是？"男子突然哭泣地跪在了简西面前，"我求求你，你告诉我，告诉我。"

简西灵机一动："好，好，我告诉你，但是我有要求。"

"什么要求？"

"你妻子和女儿在哪儿是一个秘密，我不能随便地告诉别人，除非，除非你拿另一个秘密跟我交换。"

"好，好，我交换，你要知道什么秘密？"

简西佯装为难："嗯，那就，那你就把现在我们在什么地方告诉我，我自然就把你老婆女儿在哪里告诉你。"

男子精神已经不正常，他欣然答应了下来，但是又好像完全不记得现在所处位置："现在在哪儿呢？哦！这是最南边，最南边，以前结婚前，老婆总说喜欢南边，这里一定是最南边。"

电话的那头，姚晨东也听到了他们的对话，姚晨东知道简西的目的。他打开了车载导航，此时，手机进来了卫斯明的电话，他接了起来。

"晨东。"

"怎么？你们那儿有定位消息吗？"

"有，根据手机显示，通话信号应该是在金山发出来的。"

"金山，南边。"想着刚才男子的疯癫之语，突然想明白了，"斯明，你带人往金山走，随时跟我保持联系，我这就过去。"

"好。"

两人匆匆挂了电话，姚晨东踩尽油门，驱车赶往。

简西还想要继续套他的话，可是他疯疯癫癫的样子，根本就是语无伦次。那男子反问简西："好了，交换秘密了，我老婆在哪儿？"

简西想了想，为了能让他跑远一点，于是随口说道："你现在赶紧去上海火车站，你老婆要坐火车走了。就是今天，你快去。"

男子还有些怀疑："真的吗？"

"再不去就来不及了，你想永远见不到你的老婆和孩子吗？"男子被简西唬住了，他慌忙冲出了屋子，过了好一会儿，简西都没有听见别的动静，显然，男子是真的走了。

姚晨东在车上露出了一丝放心的笑容，看来这个小丫头还真有点临危不乱的本事。他突然想起了那次演习，仿佛又看到了那个倔强坚强美好的简西。但突然，简西的手机断线了，姚晨东再往回拨，通信显示已经关闭。

由于简西手机的断线，大家都没了消息，但是可以确认的是那个男的似乎把简西抓到了一个废弃的工业园区里，姚晨东因为离得近，所以首先找到了那个地方。

其实我心里明白，永远远得很

手机没电了，简西没有了跟外界联系的唯一工具。她拖动着身体，用满地的酒瓶碎片割开了绳子，虚弱地站起来，朝着门口奔去。但没想到的是，那个男人临走时居然将门反锁了起来。

屋内玻璃窗户紧闭，还加了很多不锈钢的封条，将所有的出路全部挡死。简西无助地敲打着门，几乎使出了全身的力气，可还是得不到任何的回应。她虚弱地蹲靠在门上，黑暗让她的心越来越往下沉。

姚晨东也着急了，再这样下去，那个疯男人指不定会随时折返，到时候简西就会更加危险。他大声地喊着简西的名字，希望可以得到简西的回应。

简西已经一天一夜滴水未进了。她已经抵挡不住绝望和恐惧，渐渐地昏迷，但却好似清醒地听到了有人在叫她，那是姚晨东的声音吗？她下意识地用尽唯一一丝力气站了起来，用桌边的椅子砸向铁皮门，想要回应外面的呼喊声，但她太虚弱了，椅子才扔出，人便因为体力不支而昏倒在地。

幸好，这一声巨响被姚晨东听到了。他停住脚步，辨别着声音的方向。终于在园区的深处，找到了这间铁皮屋子，他用手机电筒照亮，发现简西躺在地上。慌乱间，姚晨东徒手扯开了锈迹斑斑的铁条，伸手一拳打碎了玻璃窗，他顾不得处理满手的血迹和铁锈，一个翻身进到了屋子里。

他将简西抱在怀里，不停地呼唤着她的名字。简西的眼睛微微睁开，她又一次看到了姚晨东的眼睛，又一次感受到了他的体温，又一次触碰到了他的心跳，那么的熟悉，那么的安心。

简西终于沉沉地睡去，这次，还是梦境吗？

简西醒来已经是两天后的事情了。再一睁眼，床边焦急等待的是卫斯明，简西竟然有一种失望，那，原来还是梦。

卫斯明急切地握住简西的手，哽咽地说道："小西，你终于醒了。"

简西勉强地挤出一丝微笑，说道："我没事。"

卫斯明摸了摸简西的额头，放心地说道："还好，烧已经退了。你想不想吃点什么？我去给你买。"

简西喉咙口一阵干燥，摇了摇头："不想吃，给我倒杯水吧。"

卫斯明麻利地倒了杯水，把简西的床头调高，喂她喝水。

"哎哟，才刚醒就这么恩爱啊。"刘湘见简西醒来，放心了不少，还不忘调侃起了这对患难小情侣，"看来这英雄救美还是救得及时啊。"

简西诧异地看着卫斯明："是你救的我吗？"卫斯明愣了愣，刚想回答，又被刘湘抢去了话，"还能有谁啊？难不成你晕了还能自己逃出来。"

众人一阵嬉笑，拎着水果篮、补品走近了简西。姚晨东跟在展文博后面，双手插在衣袋里，面无表情看着简西和卫斯明。

简西的脸色有些苍白，说话也变得无力，刘湘一脸心有余悸地看着简西，说道："还好你没事，你不知道，你真是把我们都吓死了，还好有卫斯明在。"

一向话不停的卫斯明此刻倒像是被人锁住了嘴似的，只是一味尴尬地笑。

"有这么好的男朋友，那就更应该好好爱惜自己。"姚晨东走到了卫斯明的身后，对着简西说道。

卫斯明回头看了眼姚晨东，姚晨东若有若无地微笑，卫斯明领会地无奈笑笑："我哪有这么好。"

刘湘不明就里，故作惊讶地说道："哎，卫斯明，你什么时候开始学会谦虚了啊，这可不像是你的性格。"大家哄然大笑，好像化解了所有的尴尬。

简西刻意地看了眼姚晨东，他正和卫斯明若无其事地说些什么，他满脸淡然的表情把简西最后的期盼都打碎。这场梦，不想醒的人，终究还是自己，始终只是她自己。

由于简西身体状况还没恢复，大家待了一会儿便陆续离开，卫斯明为了陪简西已经好几日没回局里，在简西的强烈要求下，卫斯明也只能依依不舍地离开。

简西缓缓闭上眼，思绪不禁蔓延。他的呼唤，他的眼神，一切的一切，都是姚晨东的身影。简西用力地翻了个身，捂住双耳，她不想再做梦，不想再做这样一个永远不会实现的梦，她害怕自己又一次沉浸在梦里，再醒来时又被姚晨东残忍地打碎。可为何，每次的梦境都真实得如此可怕，简西觉得自己被困在了现实和梦的边缘，一边是卫斯明，一边是姚晨东，她挣扎地想要回到现实，可心却不由自主地奔向只有姚晨东的梦境。


走廊里，卫斯明追上了姚晨东，拍了拍他的肩膀："喝一杯？"

姚晨东步履放慢，像是漫不经心地说道："你不回局里处理下后续的事情？"

卫斯明缓缓说道："不用了，那人已经抓住了，他老婆女儿也找着了，没什么好问的了。之前打老婆，把老婆女儿逼走，自己却承受不住，精神崩溃，又哭又闹的。男人娶女人，本来就是要疼要爱的，他这样都是自找的，不值得同情可怜。"

姚晨东没有应答，两人打了车，去了常去的那间酒吧。还没到黄金时间，酒吧里的人有些稀少，音乐也显得不这么的嘈杂。

他们拣了靠角落的位子坐下，卫斯明一叫就是一打啤酒。姚晨东想要阻止，卫斯明硬拦着不肯："今晚我们两兄弟好好喝一杯。"姚晨东只好作罢。

酒一上来，卫斯明便连饮了三瓶啤酒，姚晨东觉得不对劲："你这是干吗？"

卫斯明笑笑，又开了一瓶："再喝点，壮壮胆，不然接下来的话我怕我不敢讲。"

姚晨东不屑地夺过他的酒瓶："看你这德行，有话就快说。"

"你手怎么样了？"卫斯明指了指姚晨东被包扎得密密实实的双手，这是他救简西时留下的伤痛。

姚晨东随意地甩了甩双手："这点小伤算什么。你就想问这个？"

卫斯明想了想，继续说道："晨东，咱们认识快十年了吧。我卫斯明是什么样的人你应该知道。今天，我很谢谢你救了我们家小西，也很谢谢你把这个功劳让给了我。但是以后，我想请你离我们小西远点。"卫斯明的语气缓和却坚定，像是祈求又像是命令。

姚晨东没有说话，目光刻意地移开，喝了口酒。

卫斯明还没说完："小西是个好女孩，当初我说过我们公平竞争，你却没有给回应，现在好不容易我和小西在一起了，你却抢着做英雄。你这样做，不够男人。"

姚晨东苦涩一笑，是啊，他不够男人，他从来就不够男人。三年前不够，现在更不够。

卫斯明见姚晨东没有说话，以为他真的对简西动了心思，便借着酒劲激动地说道："姚晨东，你究竟是个什么意思，有种咱们出去干一场，谁赢了谁说话。"说着便站了起来。

姚晨东把酒瓶重重地往桌上一放，用手压下了卫斯明："坐下，你这样像个什么样子？你以为简西是什么，刚还说人家是个好女孩，现在就把她当成比武彩头了啊？"

卫斯明也觉得自己激动过了头，看了看周围，还好没有人注意，他压低了声音："我不是这个意思，可是……"

姚晨东冷静地说道："要是今天被抓走的是你，是刘湘，是任何一个人，我都会奋不顾身地去救，这不是对简西的专利。"

卫斯明半信半疑："真的？"

"嗯。"姚晨东继续喝着酒，不紧不慢地说，"所以你大可放心，但有一点你要记住，对简西好点，不然就算不是我，还是有很多人会跟

其实我心里明白，永远远得很

你抢的。"

卫斯明放心了大半:"除了你,我还怕过谁啊。"

接下来,卫斯明开始大谈自己为简西设定的将来,姚晨东好似不经意地聆听着,他却不由自主地想象,故事中的男主角要是他自己,那该是多么幸福的事情。可是,简西的未来从来不会有他,也注定不会有他。

卫斯明有些醉意,姚晨东扶着他走出了酒吧,这时,卫斯明的手机响了,他缓缓地接了起来,不久,便激动地大叫了起来。

姚晨东被他吓了一跳:"你喝酒喝傻了吧。"

卫斯明抓住姚晨东的双臂,在原地又蹦又跳,像个孩子似的:"小西,小西打电话叫我陪她一起回家过年,见见她妈妈,哈哈哈,我的机会来了,机会来了啊!"

姚晨东愣在原地,像是被重锤击胸,又痛又闷,对着卫斯明的欢欣鼓舞,他还是挤出了一丝笑意,"行啊,臭小子,好好表现,千万别丢人。"

卫斯明一个劲地点头,对着街上兴奋地大叫:"简西带我回家过年啦!"街边的路人不时地望向这个发疯的小伙子,姚晨东根本按不住他,只好无奈地笑笑。

这一刻,卫斯明觉得他仿佛已经拥有了全世界。这就是他和姚晨东的区别,他的世界只有简西,而姚晨东的世界,却有着太多太多的羁绊。


简西被绑架受伤的事情很快通过刘湘这张大嘴巴传到简玉珍的耳朵里,虽然刘湘已经避重就轻,没让她大老远地跑来医院,但是一个不留心便把简西男朋友如何英勇营救的光荣事迹给说了出来,于是简妈妈对见这个未来女婿的迫切指数急速飙升,简西没办法,只好答应过年带卫斯明回家。

简西的父亲早年过世，母亲一个人带大她可谓操碎了心。简西对母亲的催婚政策虽然厌烦，但是母亲守了一辈子寡就为了好好抚育她，光就这份艰辛，简西对母亲的所有话都不敢也不会再有微词。

卫斯明为了在未来丈母娘面前有个好印象，特地买了好多东西，简西一再告诉他随随便便就好，可他仍旧是大包小包，还说出了一堆理直气壮的理由，简西实在是说不过他，只好由他这么做了。

当然，简西不得不承认，卫斯明这一招对她母亲来说还是很管用的。对这个未来女婿的第一印象，简直可以用完美来形容。

就从餐桌上卫斯明碗里满满的菜就能看出简玉珍对这个女婿的满意程度，简西实在是看不下去了："妈，你夹这么多菜，斯明怎么吃得完啊。"

简玉珍瞪了简西一眼，说道："你懂什么，人家斯明上班多辛苦，不多吃点补补，那怎么行，你看他这身板，这点菜算得了什么。"

卫斯明也是对这个未来丈母娘极尽阿谀奉承："是是是，我吃得下、吃得下，阿姨烧的菜这么好吃，别说这一碗了，就是这桌上的菜全给我，我都能妥妥地给吃下。"说了朝着简西暧昧地笑了笑。

简西回了卫斯明一个白眼，低头吃饭，不再说话。

简玉珍听了这话更高兴了，极力地表扬卫斯明："你看你看，还是你懂事，你看我们家小西，身在福中不知福，都是被我惯的。将来你可得多担待啊。"

卫斯明马上接上了话："阿姨您放心，我一定好好地继承您的衣钵，继续惯着小西，我会把她宠得跟公主似的，绝对不会让她受丁点委屈的。"

简玉珍一听更加高兴了："好孩子，有你这句话，阿姨就放心了。来来来，多吃点，这可是你说的啊，这一桌子菜你都得吃了。"

卫斯明来劲了，对着简玉珍敬了个标准的军礼道："是，遵命。"逗得简玉珍笑得合不拢嘴。

简西看着母亲对卫斯明的满意之情心里也放心了不少，但奇怪的是，她却怎么也高兴不起来。

"斯明，你和小西是当年她在军营里实习的时候认识的吧。"简玉珍见没什么话题，便开始了闲聊。

卫斯明对简玉珍的每个问题都视为对自己的考验，不敢马虎："嗯，我对小西那也算是一见钟情，不过当年她拒绝了我。三年后我们又遇到了，我想也是种缘分吧。"

简玉珍还不知道这茬，看着简西问道："原来三年前人家斯明就对你有意思了，你看看你，什么眼光，这都能拒绝？"

简西觉得眼前肯定不是自己的亲娘，埋怨道："妈，有你这么说自己女儿的嘛，这都是什么年代的事情，当年不是还小嘛。"

卫斯明上来解围："对嘛，那时候大家还小。再说了，当年军营里好男子多的是，就我这样的，难怪小西看不上眼呢！"卫斯明故意谦虚，好让简西有个台阶下。

简西的心咯噔了一下，眼前不合时宜地闪现出姚晨东的身影，"我没有喜欢的类型，只有喜欢的那个。"他的话像是一把利刃刺痛了简西的思绪，很可惜，三年来，"那个"永远不会是自己。

简西没有说话，简玉珍倒是领了卫斯明的这份情："哪有，按照你们小年轻的话，像你这种高富帅恐怕都要绝种了吧。"卫斯明没想到简玉珍还能用这些时髦词，还把自己夸得这么好，嘿嘿地笑了起来。

饭桌上，简玉珍继续和卫斯明你来我往地互相夸赞，只剩简西像是个局外人，独自在一旁冷场。

饭后，简玉珍硬要简西带着卫斯明去楼下的院里逛逛，卫斯明看着简西一脸的疲倦，说道："要是累的话，还是在屋里休息吧。"

简玉珍的命令简西哪敢不从，只能挽着卫斯明的手往外走："没事，逛逛也好，消化消化。"

午后的阳光好得很，让人不自觉地放慢了脚步，身体也变得慵懒起来，简西的手有点冷，卫斯明下意识地握紧了一些，不知道为什么，卫斯明的这种温暖总让简西有一种隐隐的负罪感，他的爱太猛烈，好似无论简西如何努力都追赶不上他爱她的步伐。

"阿姨对我还是挺满意的吧。"卫斯明笑得得意，简西很喜欢看卫斯明笑，自由洒脱，自信灿烂。但简西总会不自觉地想到姚晨东的笑容，即使再灿烂，都像是被牵绊着。

"像你这种妇女之友，连你们局里扫地阿姨都能把你当干儿子，还怕有家长不喜欢你吗？"卫斯明的笑意感染到了简西，她的心情也轻松了不少。

卫斯明窃笑道："那不一样，你妈妈和她们都不一样。那是你妈妈，也就是我丈母娘。"

"切。"简西故意一副不屑的样子，"话说早了啊，这才吃了一顿饭，还得看你以后的表现呢。"

卫斯明突然变得很认真："小西，你有想过我们的将来吗？"简西看着地上，没有注意到这份认真，随意地回道："顺其自然嘛。"

卫斯明眼中闪过一丝失落，但马上又恢复了他平时那副样子，自信地说道："我想过。"

简西抬头看了看卫斯明，只见他一脸胸有成竹的表情，便问："什么样的将来？"

"我会给你一个家。"卫斯明顿了顿，继续说道，"我们在一起，工作生活，结婚生子。如果我们吵架了，我会第一时间认错道歉哄你。如果有一天我们都老了，我还会牵着你的手，像现在一样。还记不记得你在军营那会儿给我的那本读书笔记？你在第一页写的那句：执子之手，与子偕老。"

阳光下，卫斯明的眼眸像是毫无浸染过世间浑浊一般清澈透亮，他的一字一句坚定认真，轻轻敲打在简西的心口。没有一个女人会拒绝这样的告白，也没有女人会拒绝像卫斯明这样真诚的爱意。

其实我心里明白，永远远得很

简西的眼前渐渐蒙眬，她感动于卫斯明的执着，脑中回荡着无数句话语想要回应这份爱，但却始终没有说出口。卫斯明轻轻地俯下身子，阳光斜斜地洒向他的侧脸，闪过简西的眼前，一种似曾相识的感觉掠过她的脑海。

他的气息渐渐靠近了简西，她心跳加速，身子不由自主地向后仰去，直到卫斯明的双唇覆上她的，她才乖乖地被卫斯明搂在怀里。

她身子一阵酥软，缠绵的感觉惹乱了她全部的思绪，但脑中竟在一瞬间闪过了姚晨东的身影，那种感觉，那种气息，那种温度。

简西无法再回应卫斯明，她轻轻地推他，故意尴尬地朝着卫斯明摆了摆手："这里都是老邻居，让人看到了不好意思。"

卫斯明这才作罢，嘴角向上一斜，不甘地说道："好啦，现在就放过你。"

简西觉得自己简直疯了，为什么会在这时想起姚晨东，她紧紧地皱起了双眉，努力让自己忘记姚晨东的一切。

"小西。"卫斯明轻轻唤道，"你愿意嫁给我吗？"

简西原以为自己已经够疯狂了，没想到卫斯明还能问出更加疯狂的话。简西一时之间没了方向。

"小西？"卫斯明以为简西没听见，又说了一遍，"你愿意嫁给我吗？"

简西呆呆地望着卫斯明的双眼，他的认真让她再一次不知所措，嫁给他？一辈子？卫斯明对将来的勾勒是每一个女人渴望的幸福，但是这样的幸福让简西觉得似乎是一种甜蜜的窒息。她变得没有勇气去接受这种好似原本就不该降临到她身上的幸福。

卫斯明的眼中流露出一丝的失落，但立即又变回了他原本那副嬉皮笑脸的模样："不行不行，这样不行。"

"嗯？"简西被他搞糊涂了。

卫斯明清了清嗓子，夸张地说道："要娶到像你这么好的老婆，哪能就这样求婚。不行不行，刚才那个不算，不算。"卫斯明又一次露出了他标准的卫式微笑。

简西一下子舒了口气，卫斯明轻轻地拥抱着简西，柔声说道："小西，你放心。我一定会让你知道，嫁给我是一件多么幸福的事情。"简西缓缓迎合卫斯明，在他的怀抱中，她的那份负罪感又一次油然而生。

**Chapter 09**

# 证明感情总是善良，
# 残忍的是人总会成长

-----------------------------------------

但是，这一次，所有的梦境，都像是泡沫一般被戳破，还原成了最刻骨铭心的真切。

路璐并没有回军区大院过年，而是和家里找了借口留在了上海。与其回去面对种种流言和揣测，她还不如安静地待在上海。自从简西回了老家过年之后，房子里只剩下路璐一个人，但城市里并不怎么浓郁的年味，也让她少了几分思乡之情。

　　大年初一的夜晚，街边的店铺早早地关上了门。路璐悠闲地在街上闲逛，在这个地方，没有人认识她，没有人知道她的过去，没有人会在她身边窃窃私语。这样的感觉让她觉得舒服自在，就连空气也变得格外的清新。

　　"路璐。"叶琛在转角处看到了路璐，上来打了招呼。

　　路璐的心一颤，熟悉的声音，除了简西之外，这个城市里认识她的还能有谁，她立即回过了头。"叶琛？你怎么会在这儿？"

　　"我租的房子就在这附近，你怎么也没回去过年？"叶琛一身黑色的长大衣将他的身形修饰得恰到好处，他加快了步伐，赶上了路璐。

　　路璐下意识地理了理头发，回道："爸爸妈妈正好出国旅行，我回去也没什么意思，还不如就留在这儿。"

　　叶琛随意地"哦"了一声，微微一点头。两人并行，路璐低着头，努力地克制着自己疯狂跳动的心脏。

　　"难得在国内过次年，你怎么也不回去呢？"眼见没有什么话题，

证明感情总是善良，残忍的是人总会成长

路璐只好反问。

叶琛笑笑，想了想，说道："总有个人，会是你不想离开一个城市的理由。"

路璐的心就快跳到了喉咙口，这个人，会是自己吗？

"是哪个女人这么有魅力让你愿意留在这里？"路璐不知道自己哪里来的勇气，居然问出了这样的话。

叶琛也没想到平时文静内敛的路璐还会问这些，尴尬地笑笑，这个笑容让路璐不由得低下了头，恨不得挖个洞钻下去。

"你有喜欢的人吗？"叶琛轻轻地问道。

路璐愣在了一边，不知道该怎么回答叶琛的话。

叶琛也觉得自己冒昧了，连忙打了圆场："可以不回答，但我有。"

"那，你们在一起了吗？"路璐试探地问道。

叶琛无奈地笑了笑，说道："我们一直在一起，小时候玩在一起，长大了之后她也经常跟在我身边转悠，再大了一点，我去了美国，但我的心一直和她在一起。"

路璐的心瞬间沉到了谷底，显然这个和叶琛能算上青梅竹马的女孩，根本不可能是自己。

"那她知道你的心意吗？"

"如果有一个男生喜欢你你感受不到，只有两种原因。第一，他做得还不够多，所以你感受不到。第二，你故意逃避他对我情感的感知，因为你根本不愿他喜欢你。"叶琛是个很理性的人，他善于在感情中分析，而且每次都准确地戳中关键。

"那你，还想要努力吗？"

"当然，她是我留在这儿的理由，既然我还在这儿，那这个理由显然还成立。"叶琛笑得自信执着，但却直刺入路璐的内心，这样的笑容，并不是对她而绽放。

一场还没开始就已经结束的恋爱，总是每一个女人的伤痛。

姚晨东因为要值班所以也没回去过年，姚采采害怕独自回去面对母亲的唠唠叨叨，就以"陪伴哥哥"为由赖在了姚晨东的家里。姚晨东实在是受不了姚采采在家的日子，整日的不修边幅，把家里弄得邋里邋遢，他几次想把姚采采撵回去，但最终还是败给了妹妹的死缠烂打。

　　大年初三，姚晨东值了几十个小时班，好不容易回到家，进门便倒头就睡。还没入梦，就被一阵门铃声给吵醒。姚晨东下意识地喊了句："采采，去开门。"

　　片刻，敲门声依旧。姚晨东心里暗骂了一句，只好起身开门，谁知门口站的人竟是叶琛。

　　姚晨东对叶琛的印象还停留在儿时那个被万千小女生所追捧的学霸少年。再见叶琛，想来早已互不相识了。

　　"你是……"姚晨东警觉地问道。

　　"你是晨东吧，你好，我是叶琛。"

　　姚晨东这才恍然大悟，招呼着叶琛进屋，"你好，你是来找采采的吧，我去房里叫她。"叶琛不好意思地笑笑，略略点了点头。

　　姚晨东转身进了采采的房间，却发现她并不在屋里。

　　"这小丫头一早上不知道去哪儿了，你先坐会儿，估计一会儿就回来。"姚晨东客气地给叶琛倒了杯水，强压着困意招呼起了叶琛。

　　叶琛虽然和姚采采走得近，但对姚晨东也是知之甚少，若不是三年前姚振昆去世，叶琛赶回来参加了葬礼，恐怕如今都未必认得出姚晨东了。

　　不知为何，姚晨东对叶琛总有点羡慕，并不是因为年少时在少女心中地位的相形见绌，而是因为叶琛并不是家中的长子，作为叶家的老二，他的生活似乎可以无拘无束，任意妄为。而这，恰恰是姚晨东所没有的。

　　"听人说你在美国博士都毕业了，还考了行医执照？"姚晨东挑开了话题。

证明感情总是善良，残忍的是人总会成长

159

"嗯，不过在美国待久了，还是想念起祖国的好，所以准备回国发展了。"叶琛似有所指，姚晨东领会地笑笑。

姚晨东接着说道："现在在哪儿工作？"

"人民医院，回国前已经联系好了，过完年就该去报到了。"叶琛漫不经心地说道，对于所有学医者都梦寐以求想要进的医院来说，他的话语显然轻巧了不少。"你呢？"叶琛也礼貌性地回问。

"退伍后就当了警察，一直到现在。"姚晨东淡淡地说道，对于做警察这件事，他没有卫斯明如此高的成就感。

叶琛若有所思地点了点头，无意间看到了姚晨东双手的绷带，问道："手受伤了？"

"干这行的，习惯了。"由于轮岗办案，一直没有好好养着，手上的伤势有些反复，到现在还不得不绑着绷带。

叶琛微微一点头，两个男人之间的话题似乎快要聊完，姚晨东突然话锋一转，说道："采采这丫头，别看她平时大大咧咧的，其实还是有些心思的人。"

叶琛像是早已了然于胸的样子："我知道。"

"从小到大，什么事情都有爸妈和我给她挡着，我希望以后也会有个人给她担着受着，不想她受委屈。"

"嗯，这些我都懂。男人嘛，爱了就要认，认了就要做。"叶琛坚定地说道，"你放心，我绝不会让采采受委屈的。"

叶琛的话让姚晨东放心了不少，却也让他无地自容，他的爱，甚至连承认的勇气都没有。

两人的话还没说完，姚采采便风风火火地开门回来了："哥，你看我这个做妹妹的不错吧，特地给你去买的早点。你的手还没好，要多吃点有营养的补补。"

刚一转身，姚采采就对上了叶琛饶有兴趣的双眼，她迟疑片刻，接着迅速放下了手中的早餐，风一般地冲入了房间，关上了房门。

姚晨东无奈地笑笑，起身拍了拍叶琛的肩膀："交给你了，我可不管了。"说着走进餐厅，整理起了早餐。

叶琛敲门，姚采采并没有应。叶琛轻轻推开房门，姚采采正在梳妆台前涂脂抹粉，看到叶琛，赶忙遮脸，大叫道："再给我两分钟，两分钟就好，等会儿等会儿等会儿。"

叶琛有些哭笑不得，原来一副素颜的姚采采火急火燎地冲进房间，是为了化妆。叶琛走过去，拿过她手中的粉饼，笑着说道："已经很好看了。"

姚采采愣了一愣，立刻夺回了粉饼："谁说我化妆是为了给你看，我是为了给我自己看的。"

叶琛面对嘴硬的姚采采还是很有办法的："你以为我在美国待久了，连'女为悦己者容'这句话都不记得了？"

姚采采知道自己转文肯定是说不过叶琛的，干脆不理他，自顾自地继续化妆。叶琛也不再纠结，在一旁默默地等着她。

不久，姚采采折腾完了，站起来，深吸一口气："说吧，找我干吗？"

"上次叫你吃饭怎么没来？"

"本姑娘没空呢，怎么？万人迷做久了，还没给女孩放过鸽子吧。"

"那今天有空了吧？"

"说不准。"

两人有的没的对话了半天，估计也就只有叶琛能招架住采采的那张嘴了。说累了，也斗累了，采采渐渐卸下了一开始尴尬的防备。

叶琛终于可以进入正题了："采采，我们打个赌。"

"什么赌？"采采诧异地看着叶琛。

"赌你会爱上我。"叶琛眯起了双眼，嘴角微微上扬，故意凑近了采采说道。

采采被他温柔的气息一下子迷得没了方向，她完全没想到一向绅士的叶琛也会做出如此"轻薄"的举动。

"怎么样？敢吗？"叶琛咄咄逼人。

"敢，有什么不敢的。"采采还没说完，叶琛便是俯身一吻，蜻蜓点水般地掠过采采的双唇，"那就从这一秒开始。"

采采心里比谁都清楚，叶琛的优秀是会让世界上所有女人都为之倾倒的。她突然想到了这么一句话：世界上最幸福的事，是你喜欢的那个人，刚好也喜欢着你。这一刻，采采幸福满溢。


简西和卫斯明回来了，卫斯明一副顺利见完丈母娘的自信模样，不由得让路璐嘲笑了半天，但是他还一副挺乐意的样子，将简西送回了家后，便赶去局里销假。

简西累得倒在了床上，这几日应付妈妈、亲朋，还有卫斯明时不时的小惊喜，她简直身心俱疲。

路璐倒了杯水给简西，关切地问道："怎么你放个假还这么累呢？"

简西叹了口气，说道："心累。"

路璐扑哧笑出了声，"哎，简大小姐，你家那位英勇的警察男友还舍得让你累着啊？"

简西抬手示意路璐打住："打住，别提他。"

"怎么了？"路璐觉得有些奇怪，"你们吵架了？"

简西摇了摇头："要是吵架倒好了。"

路璐这回更听不懂了："没吵架？看来更不妙了啊。"

"反正别提他，让我静一静，我现在满脑子我妈和他那张脸，我得缓缓。"简西将头埋进了被窝里，其实她的脑海里何止这两张脸。

路璐一把拽起了简西："正好，我让你看张帅哥脸缓缓，怎么样？"

简西满脸倦容，实在是没兴趣："不要，长得像布拉德·皮特我都不要。"

路璐还是不肯放过简西，一个劲地说道："真的，你就陪我去看一眼吧。"

简西觉得路璐有点不对劲，八卦地问道："怎么？你男朋友？"

路璐眼底流露出的失落让简西一下子明白了过来："行吧，看在一场朋友，等我好好装扮一下，陪你看一眼就看一眼。"

路上，在简西作为记者巧妙的问话之下，路璐终于将她和叶琛的故事给说了出来。原来，当年路璐是为了叶琛才故意提议要去美国读研的。婚事作罢之后，她窃以为可以和叶琛有所发展，三年来，一直以小学妹的身份留在他的身边，可谁知到头来都是一场梦。

简西完全能够理解这种没开始便结束的爱情，对于路璐的经历她也感同身受。

"好吧，不就是个男人嘛，就我们路璐这长相，还怕没有好男人排队送上门吗？"简西安慰着失落的路璐。

路璐释然一笑，"算了，本就是我一个人的梦，人家从来也没表示过。这也不算失恋，对不对？"

简西佩服路璐，同样是梦，她却像掉入了一个梦魇似的，一沉便沉了三年。

"那他今天约你是什么意思呢？"简西疑惑了。

"带他的那个青梅竹马出来给我见见呗，其实也是我犯贱，还想约人吃饭，谁知人家早已约好了女朋友，然后我又犯贱，说那就带你的女朋友出来见见呗。然后，就成了现在这样了。"路璐说话的口气简直就是想抽自己耳光。

"没事没事，有姐姐我在呢，给你壮壮胆，保不准就把那个青梅竹马给吓跑了呢！"简西继续安慰着路璐。

所以说，空口大话没事别说，才到了饭店，吓跑的不是青梅竹马，而是简西自己。路璐对于简西的惊慌失措完全不明就里。"你干吗呀？"

简西一个劲地躲在路璐的后面，不敢进去，原因很简单，简西见到了姚采采。

"我还没躲你躲什么呀？"路璐问道。

简西故作镇定，脚步还是放慢了："路璐，我想过了，我都不认识他们，见面多尴尬，这样，我就坐你们边上那桌，这样也算是给你壮胆了不是吗？"

路璐不可思议地看着简西："小西，你没事吧，这可不像是你的风格啊。"

简西突然一个箭步跨上前，在姚采采和叶琛边上的位子坐了下来，两个位子其实靠得很近，只不过隔了一道雕花的木屏风，这才看不清对方的脸。

路璐拿她没办法，正好又被叶琛看到了，只好一个人走过去。

"路璐。"叶琛有礼貌地站了起来，帮路璐拉开了椅子。路璐微笑打了招呼，刚才只顾着和简西闹腾，还没来得及看清楚叶琛身边的女人，但这一抬眼，看到了姚采采，两人都不由得一愣。

"路璐。"

"采采。"

两人几乎不约而同地开口，身边的简西闻声也看过去，这是怎么一回事？

叶琛也没想到采采和路璐居然是认识的："怎么？你们认识啊？世界还真是小呢。"

路璐简直不敢相信，原来叶琛心心念念的那个青梅竹马，居然是姚晨东的妹妹姚采采。叶琛为路璐倒了杯茶，并把菜单递给了她："既然都认识，那就不用拘束了，看看想吃什么。"

"你什么时候回来的？"姚采采弱弱地问道，她没想到路璐居然已经回来了。

"年前才回的，还没回过大院呢。"

"你也是军区的？"叶琛对路璐其实不怎么了解，根本不知道她居然也是军区大院出来的女孩。

路璐微微点一点头，姚采采又插上了话："你不知道？"说完望了眼叶琛。

叶琛点头道："对啊，路璐是我在美国的小学妹，没想到这么巧，居然都是军区的孩子。"

"哦，原来是这样。"姚采采恍然大悟，"她就是路伯伯的女儿啊。"

这回换叶琛惊讶了："路伯伯的女儿，就是那个……"叶琛还没说完，姚采采就打断了他的话，"都是过去的事儿了。"

路璐的表情明显尴尬，她把头低得很低，不时地朝着简西看过来，简西根本不知道他们之间打的什么哑谜，只能回以一脸的迷茫。

一顿饭吃得食不知味，路璐本想半途找理由离席，但是姚采采的性格总是那么的大而化之，她整顿饭都在咋咋呼呼，弄得路璐连找借口的时机都没有。

简西在旁边揣摩着三人的关系，姚采采明显是和姚晨东有关系，那路璐和叶琛和姚晨东一家又有着怎么样的关系呢？她的思绪绕了半天都没有着落。

"服务员，给我打包份猪肘汤。"姚采采的嗓门让简西也吓了一跳。

叶琛不解地问道："你要猪肘汤干吗？"

"给我哥啊，他那个手，再不好好补补，还等着烂了不成啊？"姚采采一点都不顾忌还在吃饭的路璐。

叶琛哭笑不得："他这是外伤，喝猪肘汤有什么用？"

"你们这些做医生的都是理论性，没用。我们这是用的老法子，伤筋动骨的不都得喝汤补补啊，吃什么补什么，你个喝洋墨水的懂什么。"

路璐放下了碗筷，问道："你哥受伤了？"

"嗯。"姚采采回道，"这个见色忘义的姚晨东，一见到那个女人就跟没了魂似的，别说是手了，总有一天连命都不要了。"姚采采一脸嫌弃的表情继续说，"害得我跟我妈妈日日为他操心，真是男大不中留啊。"

"哪个女人啊？"叶琛问道。

姚采采摇了摇头："都说了你是书呆子，前阵子这么轰动的女记者挟持案你没看新闻吗？不就是那个女记者嘛！"

"救人的是你哥？"路璐一直以为救简西的那个人应该是卫斯明，怎么又会扯上姚晨东呢？

"对啊，是我哥啊，不然他那满手的伤是从哪儿来的？救了人还不见那个女的上门来道个谢。枉我哥哥对她痴心一片，到头来呢？"

"嘭……"简西的脑中像是被什么炸开了一样，她手中的杯子应声而落，破碎的声音打断了姚采采的侃侃而谈。

"小西。"路璐慌忙地站了起来，还没等她多说什么，简西便跑出了饭店。

"简西……"路璐又叫了一声，简西像是没听见一样，转眼便不见了人影。

"简西。"采采默念着这个名字，"她叫简西吗？"她问路璐。

路璐沉默。

采采若有所思，她就是那个简西吗？


简西一路狂奔，她捂住了自己的耳朵，她告诉自己，刚才姚采采所说的一切都不是真的。又只是一场梦，她不能再沉浸在姚晨东的梦里，无论再真实都好，他给她的梦到最后都会让她遍体鳞伤。

但是，这一次，所有的梦境，都像是泡沫一般被戳破，还原成了最刻骨铭心的真切。那个唤醒她感知的人是姚晨东，那个奋不顾身拥住她的人也是姚晨东，那个本以为在她生命中连过客都不会是的姚晨东，却早已真真实实地住进了她的心里。到头来，挥之不去的不是她独自的梦魇，而是姚晨东早已给过的美好。

直到精疲力竭，简西再也跑不动了，她的身子瘫软在姚晨东工作地的大门口，她独自靠在墙角，仿佛自己一个转身便能看见姚晨东的身影，她还没有准备好，她也害怕姚晨东还没准备好。

　　"滴答滴答……"阴沉的天际落下了久违的雨水，偌大的雨点敲打在简西的脸庞，简西分不清这是雨还是泪。

　　雨越下越大，局里的门卫撑着伞出来将门口的自行车往里推，简西怕被人看到，一下子站起来，躲进了门口的电话亭。看着亭外（倾盆的大雨），她渐渐蹲下身子，蜷缩成了一团。她到底该怎么办？

　　雨势并没有减弱，姚晨东手伤未愈，也没开车，他一路小跑着出了大门，准备去对面打车，却看到了电话亭里的简西。

　　姚晨东走了过去，想打开门，却被简西从里面反锁住了。

　　"简西？"姚晨东试探地问，（大雨浸没了他的声音），简西只能从他的唇间看出他是在唤自己的名字。

　　"简西，你怎么了啊？开门啊！"姚晨东伸出被绷带包紧的双手，用力地敲打着电话亭的门。

　　简西压抑着心中的思绪，挣扎着不让自己再次沉沦，姚晨东的双手像是两把利剑生生地刺入她的内心，让她再一次控制不住自己的情绪，泪水潸然而下。

　　姚晨东急了，看见简西低头擦拭泪水，他用力地摇着电话亭的把手，力气大得像要把整个亭子都震倒。白色的绷带隐约现出了丝丝血迹，红得那么刺眼。

　　简西再也看不下去，这鲜红的血液，像是对她内心的撞击，她再也忍受不了这种痛苦，她突然打开了门，轻轻地握起了姚晨东的手。虽然包着纱布，他手心的温度依旧触手可及。

　　"为什么？"简西早已泣不成声。

　　姚晨东的心也吊到了嗓子眼，他不知道简西为什么会知道，但是隔着纱布，他仍旧能够感受到简西的手在颤抖。

"没事的，不疼。"姚晨东不知道怎样才能止住简西的泪水，他的声音也在不住地发颤，不等简西反应，他迅速用手反握住了简西，拉着她一起躲了进去。狭窄的空间，他们能清楚地听见彼此并不均匀的呼吸声。

姚晨东的手并没有松开，他紧紧地握住简西的手，生怕一个不留神她就会从自己的身边溜走。简西略微挣扎了一下，却再也没有逃离开他的坚定和温暖。

"为什么不告诉我？"

"什么？"

"为什么明明是你救了我，你却不告诉我？"简西责问。

姚晨东像是一个犯了错的孩子一般，低下了头，千言万语他都无从解释。

"为什么每次都要这样！"简西突然抽出了自己的手，姚晨东还没意识到，手心已经被简西的指尖刺痛。他倒吸了一口凉气，却没有流露出太多的表情。

简西又一次哽咽："姚晨东，你到底是要我怎么样？我已经花了三年的时间来忘记你，我已经花了三年的时间告诉我自己这是梦，我已经花了三年的时间让自己面对现实。为什么，为什么你又要打破这样的安宁，为什么？"她的手不由自主地砸向姚晨东的胸口，姚晨东任由简西疯狂地发泄，他什么也不能做，这是他唯一能够承受的。

简西累了，她再也打不动，再也问不动了，再也想不动了。她瘫软地蹲在了地上，她不想再面对姚晨东，她不敢再面对自己的心。

姚晨东缓缓地蹲下身子，用力地将简西拥入了怀里。这也是他的梦，而这一刻，也成了现实。

"小西。"他轻轻唤着她的名字，"我没忘。"

简西呆呆地怔住，她抬头看着姚晨东的双眼，不知是自己的泪水朦胧了这样的画面，还是他的眼眸中本就伴着湿润。

"那次演习，在山洞，我没忘。"

果然，那也不是她独自的梦，是属于他们两个人的回忆。

"为什么要骗我？"简西永远看不透姚晨东，他的眼神从来就不纯粹，这种虚幻的温柔她已经经历了太多次了。

姚晨东强忍住泪水，压低了声线："我在骗我自己。"他顿了顿，拥住简西的力道又大了不少，继续说道："小西，你会给我力量的是吗？"

简西不自觉地点头，她会的，她从来都会的，她甚至想告诉姚晨东，只要他一个眼神的真实，她就能放下自己所有的顾虑和骄傲。

姚晨东笑了，简西从来没有见过他这样的笑容，即使在泪水和雨水夹杂的湿润里，他却笑得这样的真诚与洒脱。

简西的身子微微一颤，雨水湿透了她的衣衫，她有些冷。姚晨东感觉到了，他迎上了简西的身子，用力让自己的温度传递到她的身上，他们靠得如此的近，她清楚地听到了姚晨东的心跳，坚强有力，像是对简西所有梦境的真实回应。

简西还想抬头和姚晨东说些什么，他却早已用湿润的双唇堵住了简西的嘴。他再也管不了别的，这一刻，他只想抱着她，吻着她。

自由地相爱，这是姚晨东内心的声音。

喜欢的那一个，简西的脑中响起了姚晨东的声音，原来，真的是自己。她幸福地沉溺在姚晨东的吻里，再也不想醒来。

## Chapter 10
# 你的爱是个梦，
# 却有真实的痛

- - - - - - - - - - - - - - - - - - - - - - - - - - - - - - - - - - - - - -

他还来不及和这个世界好好地说一声再见，便带着他自信的笑容、
爽朗的笑声和全部属于他的阳光与美好，离开了。

卫斯明已经好几日没有见过简西了。队里正好有件大案子，他甚至连睡觉的时间都没有。简西不是一个喜欢黏着男朋友的女人，也不太喜欢打电话和发短信，卫斯明也没法从这种通信方式中感受到她的心。

简西和姚晨东的心情也是极度复杂，那日之后，他们就不停地在想该怎么同卫斯明交代他们这种关系，简西不想伤害卫斯明，姚晨东也不愿就这么伤了多年的兄弟之情。两人左右为难，举步维艰。

姚晨东决定背着简西去找卫斯明谈一谈，这是两个男人之间的事情，他不愿看着简西再次痛苦。

还是那个熟悉的酒吧，就是在这里，姚晨东骗了卫斯明，更骗了自己。

"喂，怎么想起来找我了？"卫斯明一脸疲态地坐在姚晨东的对面，随手拿起一瓶啤酒，喝了一口，"最近都忙死了，我可只有半个小时的时间啊，回头大队长又得找我了。"

卫斯明显然还不知道简西和姚晨东之间发生的事情，姚晨东不知道如何开口，几次话到了嘴边都咽了回去。

"你和简西最近怎么样了？"到了最后，他问出了这样的一句话。

卫斯明惊讶地问道："你怎么也像刘湘一样八卦了？"

姚晨东笑笑，再没有追问，反倒是卫斯明自己说了起来："我这恋爱谈得苦啊，我已经五天没有见过小西了。我这才知道，思念真的是一种病，我都快病入膏肓了。"说着，他往椅子后面一靠，一脸的无奈惆怅。

姚晨东突然有一种乘虚而入、横刀夺爱的感觉，他尴尬地回应道："你可是大忙人啊。简西没有兴师问罪？"

"才不会，我们家小西可是通情达理的好女人。绝对的贤妻良母啊，哎，兄弟，我告诉你一个秘密。"

"什么？"

"等忙过了这阵子，我准备向简西求婚，我连戒指都选好了，到时候你可得来帮忙。我一定要来一个世纪大求婚。"

姚晨东吓得一口啤酒呛在了喉咙口，一个劲地咳嗽了起来。

卫斯明大笑："怎么？兄弟我赶在你前面，害怕了吧？"

姚晨东缓了缓，说道："这么快？简西知道吗？"

"当然不知道，知道了能叫惊喜吗？活该你交不到女朋友，女人都喜欢这种突如其来的意外惊喜，这叫浪漫，你懂吗？"

姚晨东还想再说什么，卫斯明的手机响了起来，他接起了电话，眼神一变，立刻和姚晨东道别："有任务，先走了，这顿你请啊，我就不客气了。"

姚晨东望着卫斯明的身影，无奈地叹了口气。


简西的心里也不好过，她摆弄着手机，想要打电话给卫斯明，却始终不知道如何开口。简西预想了无数种和卫斯明说分手时的场景，但想了又想，还是不敢直面卫斯明的双眼。

简西打开了手机，在屏幕上打上了一大段话，按键发出，她关上了手机，强迫自己快点睡着可以逃避，却是一夜未眠。

深夜，简西家里的电话响了起来。

"小西。"姚晨东的声音颤抖且无力，着实把简西吓了一跳。

"晨东？怎么了？"简西有一种不祥的预感。

"我在你家楼下，你快下来，现在。"姚晨东的语速不快，但却是不容置疑的坚定。

简西随意地换了身衣服，匆匆地出了门。

姚晨东坐在车里，呆呆地望着简西奔向自己的身影，他脑里轰轰地像要炸开，他飞快打开车门，迅速迎上简西，用力地抱住了她。

简西被他突如其来的动作吓得愣住了，她怀抱住浑身都在颤抖的姚晨东，他的身体像是僵硬似的伫立在了原地，任凭简西拥住。

"到底怎么了？"简西急了，她从来没有见过姚晨东这个样子。

姚晨东一直没有说话，他的身体颤抖得更加厉害，他的头静静地挨着简西的肩膀，似有似无的抽泣让简西的心里更加着急，她用力支起姚晨东的身子，摇了摇，大声问道："你说话啊。"

"斯明走了……"

这是简西有意识前听到的最后一句话，当她再次清醒，已经是在医院的病房里，就是她接受卫斯明表白的那间病房。

这次，床边的人再也不是卫斯明，而是姚晨东。

简西心里泛起一阵苦涩的恶心，像是嘲弄着她的际遇，她多想这次看到的那个人是卫斯明，是那个活蹦乱跳的卫斯明，是那个会情不自禁亲吻她的卫斯明。

可一切又变成了她的噩梦和奢望。

姚晨东的眼睛发红，任谁都能看出他的痛苦和绝望。他将手中的一包东西塞到了简西手里，那是卫斯明被压坏了的手机，斑斑的血迹还没擦拭干净，隐隐的血腥味让简西不由得干呕。

姚晨东直直地看着这袋东西，说道："刚入伍的第一天，教官让我们说理想，斯明第一个站了起来，他说他想做英雄，做一个能被所有人都记住的大英雄。"

姚晨东笑了，充满了苦涩："傻小子，我们当初都在笑他，就他一

你的爱是个梦，却有真实的痛

个人还说得跟真的似的。但是，他做到了，他居然做到了。"姚晨东再也忍不住眼中的泪水，一时语塞。

简西早已泣不成声，她将卫斯明的遗物抱在了怀里，她想再一次感受他的温度，哪怕只有一秒，但是等待她的只有痛彻心扉的寒冷。

卫斯明走了，在行动中，他为了救被歹徒挟持的队友，奋不顾身，不幸被歹徒连捅数刀，当场身亡。他还来不及和这个世界好好地说一声再见，便带着他自信的笑容、爽朗的笑声和全部属于他的阳光与美好，离开了。

卫斯明的死让简西很久都不敢面对这个世界，她把自己关在了房间里，即使路璐怎么敲门，她都没有任何的反应。

直到有一天，刑警支队的人上了门。简西的伤疤又一次被深深地撕裂。

"简小姐，我们是卫斯明所在支队的，这是卫斯明同志储藏柜里的东西，我们整理了出来，你是他女朋友，我们想还是交给你保管比较妥当。"简西默默地接过东西，轻声道谢，转身又进了房门。

她本想将这包东西摆在一边，却无意中发现了袋中的一个戒指。简西的心又一次被撕开，钻戒耀眼夺目，像是映衬她有多么的卑微和不堪。她伸手取出袋中的钻戒，那是卫斯明为她选的求婚戒指，他是认真的，他从来都是认真的，他的每一句话、每一个词都是认真的。

她疯狂地跑向床头柜，从里面取出了那个被压得不成形的手机，她拼命地想要打开看，却始终没能成功，简西一手握着手机，一手拿着那枚戒指，无助地倒在了地上，泪水止不住地往外流。

卫斯明的死让所有人的心里都像是蒙上了一层黑纱，这层无形的阴影也蔓延到了简西和姚晨东之间，在这样的时刻，他们不知道该如何面对彼此。

卫斯明的道别会上，简西和姚晨东再一次见面，他们像两个完全陌生的路人，任由彼此的目光交错闪过。

唯一让姚晨东有些意外的是，他见到了路璐。

"你，也认识斯明吗？"姚晨东从没想过卫斯明会成为他和路璐之间的交集。

路璐再次见到姚晨东也有些尴尬："我是简西的朋友，所以认识了卫斯明。"

姚晨东再次错愕，没想到，这个世界竟会是如此之小。他和路璐想用微笑来缓解这样尴尬的气氛，但是这样的情况，他们谁都笑不出来。

"对不起。"姚晨东一直欠路璐一句对不起，一欠就是三年。

路璐摇了摇头，说道："你没有对不起我，我应该谢谢你。"

姚晨东不解地看着她，明明是他摧毁了路璐的未来，让她成为军区里所有人茶余饭后的笑料，到头来居然还要谢谢自己吗？

路璐继续说道："就是因为你的所作所为，让我摆脱了家族的束缚，可以自由地选择自己的人生。"

原来这样，姚晨东的心释怀了一大半，是啊，自由是多么美好的事情，如果三年前他就已经拥有了这份潇洒，那如今又会是怎样的一番场景呢？

简西想要出来找路璐，却发现她和姚晨东在说话，简西没有多想，低着头走了上去。

"路璐。"她轻轻地叫道。

路璐一回头，看到了一脸悲切的简西，她和姚晨东打了招呼，便匆匆向着简西跑去。姚晨东心疼地看着简西红肿的双眼，此刻，谁又能给他们两个人自由呢？

生活还要继续，只是简西和姚晨东之间再没了联系。

丁佳萱因工作关系而被调去了北京，一下子少了拍档，简西的工作变得越加繁忙起来。她喜欢这样的忙碌，这能让她不知不觉地沉溺在这种偷来的心安理得里。

主编安排了她去采访嘉年华盛典本是一番好意，想要她放松心情，好好玩一玩，但简西却在这样的狂欢夜想起了与卫斯明的相遇。

去年的跨年夜，她跟卫斯明便是在这儿不期而遇，而如今，徒留下物是人非。

拥挤的人群肆意地享受着这样的狂欢，简西穿梭在其中，拍了几张像样的照片后就想要回家，不知道从什么时候开始，她开始不适应这样的吵闹。可人群实在是拥得密密麻麻，别说是打车，就连走路的缝隙都没有。简西无奈地叹了一声，独自坐在街边的某个石礅上，静静地等待着人群散去。

虽然现场的气氛越来越热烈，可她却感到了从未有过的寒冷和寂寞，她脑海中不自觉地回忆起了重遇卫斯明的场景。

"简西……"卫斯明的声音像是穿透了所有的尖叫声一样，直逼她的耳膜，如此的真实。

简西不由得回头一看，拥挤的人流中没有出现任何熟悉的身影。受伤的心即使愈合结疤，也会留下永久的印记。而卫斯明就是这个印记，将永远留在简西的心里。

广场上的人群渐渐散去，简西抬手看表，已经是凌晨一点了。她站起身来，一路步行回家。

凌晨的外滩，少了五彩的灯光与喧闹的人群，仿佛一时间没了生气。狂欢过后的寂静总让人感觉格外清冷。正如此刻简西的心境，从未如此孤独。

沿江而行，简西的步伐渐渐放缓，路璐回了军区看父母，此时回家又是一个人，与其在家独自度过寂寞深夜，还不如漫步在寂静的外滩，享受片刻的宁静与自由。月色朦胧，铺洒在路面上，简西不由得看着地上的人影，心里暗想："形单影只"大概指的就是这个意思吧。

周围变得越来越安静，简西能清楚地听到自己高跟鞋的踢踏声，走着走着，她只觉得声音变得更加沉重，这是一种不同于她步伐的声音，却渐渐地向她靠近。

熟悉的气息仿佛扑面而来，简西不敢抬头，她仍旧守着自己的频率，伴着愈加快速的心跳声，朝着前方走去。

姚晨东也看到了简西，他的脚步加快，似在刻意地迎上简西的步子，两人的距离越来越近，可是离得越近，他们的心却像是两个同极磁铁那般，互相远离。

简西开始憎恨这样的安静，让她可以如此清晰地听到姚晨东的脚步声。她已经感觉到了姚晨东走到了自己的面前，她有想过停下来，至少他们可以互道一声节日快乐，然后彼此释怀，继续走自己该走的路。但简西没有勇气停下脚步，她没有给自己一秒钟犹豫的机会，她低着头，继续向前走着。姚晨东也像是若无其事一般，迈着原本的步调往前走。

（也许这是世界上最痛的擦身而过，本以为爱可以让他们的心寄附于彼此的心上。然而命运却硬把他们的心撕扯成了两条平行线，看似无限接近，却永不可能再有交集。）

不知是月色朦胧，还是泪眼婆娑，姚晨东再看不清眼前的道路，没有简西的未来，他该如何继续走下去。他猛一转身，却只看到简西渐行渐远的背影，即使再不甘心，再不愿意，他们还是注定了要错过。姚晨东回过头去，他的未来，注定只有自己一个人。

姚晨东的脚步声变轻，简西的心却迟迟不能平静，泪水肆意地从眼眶蹦出，她控制不住眼泪，就像是她控制不住自己的心。她想再看姚晨东一眼，最后一次望向他那只对自己真实的眼神，最后一次感受他们之间本该有的亲近距离。她转过身去，月光下，姚晨东的身影依旧挺拔，黑色的风衣让他仿佛与夜色融为一体，她再也追不上他了，即便有再多的不舍，他们的未来注定再也装不下彼此了。


自从卫斯明死后，简西一直拒绝和朋友们聚会。刘湘觉得再这样下

你的爱是个梦，却有真实的痛

去，简西不得忧郁症也会得自闭症。为了把简西从失去卫斯明的痛苦中拯救出来，周末刘湘拖着行李住进了简西家，美其名曰闺蜜之夜。简西毫无办法，只能任由刘湘自说自话。

"简大记者，您现在的架子可不是一般的大啊，请你都请不动啊。"刘湘熟门熟路地走进客房，大字形地往床上一躺，"既然这样的话，那我只能送货上门了啊。"

简西随意地斜靠在门框上，看着刘湘在床上折腾，她知道刘湘的好意，但是她还没有做好面对朋友们的准备。她害怕听到大家的安慰和同情，害怕从别人的口中听到卫斯明的名字。

刘湘见简西没有说话，便站了起来，走到了她的身边，说道："行啦，小西。人生没有过不去的坎，你这样，你让上面的卫斯明看着像话吗？你还为他茶饭不思的，我都能感觉到他那股嘚瑟劲了。"刘湘的话虽是调侃，语气却带着莫名的伤感。这世上再也没有一个卫斯明能接得住她的话语，能扛得住她的嘲弄了。说着，刘湘的内心也是一阵唏嘘。

简西的眼眶又有了些湿润，"卫斯明"这三个字在她这儿就像是一种无形的催泪弹，她控制不住自己的眼泪，呆呆地站在了原地。

刘湘本想稍微缓和下情绪，谁知这话让简西更加伤心，她立即安慰："好好好，是我说错了，小西，不哭了。"说着拥抱住了简西，轻轻地拍了拍她的背。

简西抽泣着靠在刘湘的身上："刘湘，卫斯明会怪我吗？"

"怪你什么？"刘湘问道，还不等简西回答，她又继续说道，"卫斯明这么喜欢你，无论你做错什么他都不会怪你的，他那个性格你还不知道啊。"

简西听了之后更加收不住眼泪，她沙哑着嗓子，说道："这次他肯定不会原谅我的。"

"你怎么了，简西？"刘湘觉得她有些不对劲。

"他是故意的，我伤得他这么深，他才故意用死亡来惩罚我，让我永远对不起他，永远忘不了他。"简西的声音苍凉而无力。

刘湘望着简西空洞的双眼："简西，你看着我。"

简西没有抬头，刘湘升高了音调继续说："简西，你看着我，我有话问你。"

简西缓缓抬头，泪水浸湿了她的脸庞，她无助地看着刘湘，像是溺水的人挣扎着想要得到最后一丝生的希望。

"你到底和卫斯明发生了什么？"

简西紧紧地咬住下唇，悲痛地闭起了双眼，她脑海中又一次浮现出那晚她给卫斯明发短信的场景，那是他们之间最后一次对话，也是最绝情的一次对话。

也许卫斯明曾经无数次拨打过她的电话，也许她曾有无数次选择可以让他不用带着失恋的痛楚离开这个世界，但是她却毅然决然，为了自己内心的安宁选择了一条最可恨的路。简西恨自己，恨自己的无情无义，恨自己的铁石心肠。

"我和他分手了。"终于，简西说出了这句话。

刘湘一脸惊讶和迷茫："这，这怎么可能？在他去世前几天，他还说要和你求婚的呢。这是什么时候的事情？"

是啊，卫斯明永远是这样一个执着的傻小子，为了爱，他可以义无反顾，为了简西，他甚至可以生死相搏。他说过，会让简西知道嫁给他之后会是多么的幸福，他很努力地在做，可简西却不断地将他推离自己的世界。

"就是那晚，我不知道怎么跟他说，就发了短信给他。我不知道他有没有看到，但是他已经……"简西哭着蹲在了地上，她从没和人说过，可这件事就像是在她心底的一块石头那样，压得她喘不过气来。

刘湘终于知道简西的"与世隔绝"并不只是悲伤的原因，在她的心里，还藏着对卫斯明深深的歉疚和对自己更深的谴责。

"我是不是个坏女人？"简西无助地问刘湘。

刘湘蹲下身，继续环抱住简西："怎么会？我们的小西是世界上最完美的女人。"

"不，我是个坏女人，卫斯明这么好，我却要推开他。"

"小西，你爱他吗？"刘湘反问。

简西沉默，她爱卫斯明吗？这是她从来没有想过也从来不敢去想的问题。卫斯明的完美男友表现让她没有任何不爱的理由。

"我不知道。"简西缓缓地吐出了这几个字。

"你不爱他，小西。"简西的沉默和犹疑让刘湘一语道破，"所以你没错，你不爱他，所以要和他分手。"

"可是，他爱我。"

"那是他的劫数。爱一个人，是命中注定的劫数。"

"那是不是我害死的卫斯明？"

"小西，卫斯明的死是意外。假如他没死，你想想，以卫斯明的性格，他会怪你吗？会恨你吗？他不会。他只会傻笑着跟你说：'小西，去吧，不过你可别后悔，要找到像我这么帅又这么好的男朋友可是很难得的哦！'"刘湘模仿着卫斯明的表情和语气说道。

简西半信半疑地看着她，刘湘接着说道："你相信我，当你也遇到你的那个劫数的时候，你就会知道，无论发生什么，你都不会怪他。"

简西恍然，她的劫数，其实早已遇见。她开始能明白刘湘的话，的确，即使到了这一刻，她心中不曾有过一秒钟怪过姚晨东，恨过姚晨东。她宁可将所有的责任都揽在身上，也不愿意推卸给姚晨东。

卫斯明此刻的心情，是否会和她一样？

简西站起身来，擦拭着眼泪，"刘湘，谢谢你。"

刘湘见简西伤感略减，便又恢复了那份嘻嘻哈哈的样子："跟我还这么客气。我在你这儿住两天，你好好招待我就行了。"

刘湘果然没客气，整个周末都耗在了简西家里。简西也将她招待得很好，洗衣做饭，样样全包。简西甚至感叹，像你这么不会做事的人，展文博怎么会看上你的。刘湘又很好地用"劫数"来回应简西的问题。

她也是展文博命里逃不掉的劫数。

周日，在简西家好吃好喝地住了两天之后，刘湘终于抵不住对展文博的思念之情，准备回家了。

"你送送我呗。"刘湘想让简西出去走走，故意这么说。

简西看了下时间，吃过晚饭才七点，还早，于是便同意了。

送完刘湘，本还想在她家坐坐，但刘湘和展文博一副小别胜新婚的样子，简西也实在不好意思再打扰，于是找借口说要赶稿，便离开了。

没有刘湘的声音，家里一下子便冷清了不少，简西简单地收拾了下被刘湘折腾得不轻的客房，便躺在床上，上起了网。

夜色渐浓，简西不禁泛起了困意，她起身走到窗前，准备拉上窗帘睡觉，却看到了姚晨东的车子停在下面。她猛地一个闪身，躲进了窗帘的后面，她害怕看见他。

这已经不知道是第几个夜了，姚晨东习惯性地在开车路过简西家楼下时，静静地在楼下等上几个小时，这是让他能够靠近简西的唯一的办法，只有在这里，他才能尽情地回忆和简西的过去。

他不知道简西有没有看见自己，或者还是和以前一样故意地逃避着自己，在经历了这一切之后，姚晨东终于明白，即使可以欺骗全世界，也不能再骗自己的心了。他想用这种方式来告诉自己，即便他们再也不能在一起，他也会永远记得他和简西之间的点点滴滴。

姚晨东抬眼望去，简西房间的灯光已经暗下去，他抬手看了下时间，比起以往，简西今日睡得有些早，姚晨东安心了不少，看来她心里的伤已经开始渐渐愈合。

在漆黑的灯光背后，是简西彷徨不安的内心，她躺在床上，根本无法入睡，即使住在这么高的地方，她似乎都能够感受到姚晨东厚重的呼吸声。

今夜不知怎么了，姚晨东总有一种特殊的感觉，似乎有一种莫名的

你的爱是个梦，却有真实的痛

吸引力让他不愿离去。他不知道自己这是怎么了，他下车走进了附近的一家便利店。

他本来只想买瓶水，却买了包烟，他根本不会抽烟。卫斯明总说姚晨东不抽烟是一种自我压抑，抽烟本就是男人的本性，所以姚晨东这种违背本性的行为简直让人无法理解。

姚晨东看了眼手中的那包烟，缓缓地将它打开，卫斯明总说抽一根烟，消一日愁。如果真是这样，那这一整包烟是不是能将他心中所有的愁绪都化解呢？

他不熟练地点燃了一支烟，吸了一口，烟味一直从喉口呛到了脑门，他不住地狂咳。几口下来，他已经渐渐习惯这种呛人的味道，最终吐出的烟圈，像是内心被卷走的愁绪，每吐一口，他的心就安了一分。

他开始理解卫斯明的话，这是男人的本性，抑郁难发的烦恼，自我压抑的痛楚，也只有靠袅袅烟圈得以挥散。

不知不觉，他已经抽了大半包的烟，他又抬头看了眼简西的房间，漆黑一片，他似乎又能感受到有同样的目光正在偷偷地注视着自己，是简西在看他吗？他傻傻地自问，随后又摇头苦笑。

但是，简西确实在看他，姚晨东抽烟的动作让她有些惊讶。对于一向自律的姚晨东而言，抽烟基本已经可用放纵来形容了。简西隔着窗帘呆呆地望着街边的姚晨东，她能看到他的一举一动，也能感受到他的一悲一喜。她和姚晨东的心，本就是离得这么的近。

简西有一种冲动，她想要冲下去抱住姚晨东，告诉他，我们都是命里的劫数，我们逃不掉，也别想再逃。可她做不到，她相信姚晨东也做不到，他们之间的爱，最缺的便是勇敢。

姚晨东踩灭了脚下的烟头，他想要走，但却有一种无形的力量将他绊在了原地，心里有个声音在喊："为什么不上去见见她？"姚晨东觉得自己肯定是疯了，他不理如此疯狂的声音，强逼着把自己压进了车里，迅速地关上了门，发动了车。

发动机的声音划破了夜里的宁静，简西的心微微一颤，是他要走了吗？她迅速披上外衣，冲出了房间，开门的一霎，她又犹豫了。

"我这是在做什么？"简西放下钥匙，喃喃自语，如此疯狂地冲下去又能怎么样呢？又能有什么用呢？早在伤害卫斯明的那一刻开始，她就应该知道，她和姚晨东也不会再有将来。

"姚晨东，我该拿你怎么办？"简西将头埋在了膝盖里，她凌乱的思绪不停地冲击着她的内心，她的冷静与疯狂席卷成了一场龙卷风，惹得她焦躁不安。

这是她的劫数，既然她避无可避，那就让它一次性来个干净吧。想罢，简西即刻冲下了楼。

姚晨东艰难地压抑住内心对简西的思念，他的上一次冲动造成了他们之间无法弥补的伤痕，他怎么能重蹈覆辙，让悲剧重演？他宁愿自己守着对卫斯明那份永远的愧疚，好让简西一个人平静地生活。他逼迫自己踩下了油门，疾驰而去。

简西匆匆地走出大楼，姚晨东的车子早就不见了踪影。她望着空无一人的街道，看着满地姚晨东留下的烟头，这些烟头就像是他们之间爱的遗迹，每个烟头里都有一段他们的回忆，而现在都被彼此残忍地熄灭。

## Chapter 11
## 最爱的人未必适合在一起，
## 相爱是彼此做自己

-----------------------------------------

也许这是世界上最痛的擦身而过，本以为爱可以让他们的心寄付于彼此的心上。
然而命运却硬把他们的心撕扯成了两条平行线，看似无限接近，却永不可能再有交集。

路璐从军区回来了，姚采采闹着要和叶琛一同来接机，叶琛没办法，只好答应。当然姚采采是有目的的，她想从路璐身上了解一些关于简西的消息。

　　路璐坐在车后座，看着眼前的叶琛和姚采采，心情又一次变得复杂。

　　"路璐。"姚采采回头问道，"你和简西很熟吗？"

　　"嗯。"路璐漫不经心地回答道。

　　"那你觉得简西这个人怎么样？"姚采采还真是单刀直入。

　　"挺好啊，长得漂亮，性格也好，工作能力也强。"说着，路璐觉得有些不对劲，姚采采为什么要问关于简西的问题，"怎么了？"路璐反问。

　　"哦，没什么，我就八卦一下嘛，她也算是我们市里的名记者了。"

　　路璐没有多想，可姚采采又开始问了起来："那你知道简西有男朋友吗？"

　　"采采，你这是怎么了？"叶琛也觉得采采问得有点太宽了。

　　"你别烦，我这是在问路璐呢。"采采冲叶琛努了努嘴，"你好好开你的车。"叶琛拿姚采采没办法，只好闭嘴继续开车。

　　"你问这个干吗？"路璐疑惑了。

　　"呃，我有个朋友对她有点意思，就托我问问。"姚采采胡乱地编了个理由。

路璐看她一眼，淡淡地说道："是你哥吧？但我劝他还是算了吧。"

"为什么？"

"她男朋友刚刚因公殉职。"

"啊？"叶琛和姚采采异口同声。

"殉职了？"姚采采诧异地问道。

"嗯，就是前一阵子，救队友牺牲的那个警察就是她男朋友。我还在道别会上看见你哥了。"

"卫斯明？"姚采采又一次和叶琛异口同声。

"你怎么知道？"姚采采转向叶琛。

叶琛解释道："当晚是我值夜班，卫斯明就是送进我们医院急救的，可惜送来的时候已经没有呼吸了。"叶琛惋惜地摇了摇头。

姚采采和卫斯明基本没有什么交往，只知道是姚晨东当兵时的一个好兄弟，前一阵子卫斯明去世的阴影一直笼罩在姚晨东的生活中，她一直以为哥哥是在为好兄弟的死感到伤心，可没想到，这位好兄弟的女朋友竟然就是那个简西。

"那道别会上我哥和简西说话了吗？"姚采采没头没脑地问道，路璐愣了一下，还没反应过来，姚采采又自己圆话，"我的意思是，我哥有没有安慰简西，毕竟他也是卫斯明的好兄弟。"

路璐下意识皱了下眉头，"好兄弟？你哥喜欢好兄弟的女朋友？"吃饭那次，姚采采无意间说出姚晨东对简西的感情，路璐只当是一场误会或者普通的单恋，所以也没在简西面前提起。葬礼时遇到，路璐也以为姚晨东与卫斯明仅仅是一个系统的人，没想到竟还存在这样一层关系。她不知该如何看待姚晨东，这个曾经同她有过婚约的男人。

姚采采脸色变了变，一时不知该如何接话。

路璐没在意，继续说："安慰没安慰我没注意，好像没有看到他们说话。道别会之后没多久我就和简西回家了。"

"哦。"姚采采转过头去，她不知道为什么简西会变成了卫斯明的女朋友，也不知道哥哥为什么会拼了命地去救别人的女朋友。到底他们三个之间发生了什么？

到了简西家，叶琛本要送路璐上楼，但路璐执意拒绝，叶琛只好作罢，继续开车送采采回家。

在车上，叶琛对姚采采刚才对简西的好奇感到奇怪，于是他问道："你怎么对那个简西这么感兴趣？"

姚采采回答道："不是我对她感兴趣，是我哥对她感兴趣。"

"你哥？"叶琛实在搞不懂他们之间的这段三角关系。

"嗯，你还记不记得我哥当年那件事情？"

"记得，当年你哥哥和路伯伯家的女儿，后来我才知道那是路璐，订了婚事，但是结婚前，你爸爸突然过世了，婚事不就不了了之了吗？"这是叶琛对那件事情的认知，估计也是除了当事人之外的其他人对这件事情的所有认知。

"你只说对了一半。"姚采采顿了顿，说道，"当年我哥从部队退伍回来，家里准备让他和路璐尽快完婚。谁知我哥不知道是中了什么邪，硬是不肯结婚，说是要去上海。于是我爸就去军营里调查，发现他和来军营实习的女记者有些暧昧。"

"女记者？"叶琛问道，"不会就是简西吧？"

"还能有谁？我爸回来就火冒三丈，质问我哥，我哥竟然还供认不讳，说是要追求自由的爱情，肯定不会和路璐结婚，一定要去上海。"姚采采无奈地叹了口气，"你也知道我爸爸那代人的思想，怎么能允许我哥这么大逆不道，于是便把我哥毒打了一顿。可谁知满身是伤的哥哥还敢和爸爸顶嘴，说宁愿不做姚家的儿子，也要去找那个简西……"

"然后呢？"叶琛焦急地问道。

"然后，然后我爸就把我哥关了起来。可是不巧的是，第二天我爸就突发脑溢血过世了。"

"……"叶琛一时语塞，不知道该如何回应。

"之后全家人都认定我哥是个不孝子，气死了我爸爸。从此之后，我哥只能对家里唯命是从，家里让他去哪儿发展他都不敢说个'不'字。后来我来了上海，我妈不放心我一个人，便把我哥也安排了过来。本以为三年了，我哥早就忘了那个女人了，可想不到还是……"

"那这个简西怎么又会和卫斯明在一起呢？"叶琛没能理解。

"这我也不知道，前一阵子简西被人绑架的时候，我哥为了救她还弄得满手的伤呢，可她为什么又成了卫斯明的女朋友了？"姚采采完全给弄迷糊了。

"我看啊，你也别去问你哥了，感情这回事，只有自己最清楚。旁人说不清也道不明。"

姚采采无奈地点了点头。


路璐到家之后才打电话给简西，简西责怪她为什么不早点通知自己好去接机，路璐实在是不想麻烦简西，又不好意思告诉她是叶琛和姚采采来接的自己，只好随便编了个飞机提早的理由搪塞过去。

简西还有一堆的稿子要赶，实在没时间回家招呼路璐，只好连声抱歉地挂了电话。

没过多久，刘湘的电话来了。

"小西，我有了！"刚接起电话，刘湘高分贝的声音就穿透了简西的耳膜，简西吓得手一抖，把电话都掉在了地上。她马上捡起手机，看了一眼，屏幕有一道明显的裂痕。

"大小姐，你叫什么呀，害得我把电话都摔坏了。"简西对刘湘这种一惊一乍的样子嗤之以鼻。

刘湘根本就没有声下留情，继续叫道："小西，我有了！我有了！"

简西一边对着电脑，一边冷静地问道："你有什么了？"

"我有孩子了！简西，我怀孕了！"

"真的啊？！"这回激动的人换成了简西。

"真的真的！医院的报告都出来了，简西，你知道我现在的心情吗？简直，简直开心到爆了！"刘湘实在是找不出一个雅致的形容词来形容自己此刻的心情。

简西扑哧笑了，看来要为人母的喜悦已经塞满了刘湘的心了。

"简西，你来我家吧，现在！我叫了几个朋友一起来我家，我要为我的宝宝举办人生第一场party！"刘湘兴奋地说道。

"现在？我还赶稿子呢！"简西看了眼时间，迟疑了。

"说好了啊，你赶紧来！"刘湘根本没有听见简西的话，说完便挂了电话。

简西无奈地看着手机，笑了笑，这个刘湘，都要做妈妈了，还是这个样子。于是，她也只好收拾了下东西，赶去了刘湘家。

可让简西没想到的是，刘湘邀请的朋友里，居然还有姚晨东。

刘湘的那些狐朋狗友，简西基本都打过交道，但姚晨东与他们并不熟悉，刘湘和展文博在厨房忙活着，只好拜托简西招呼姚晨东："小西，你看姚晨东一个人站在那里多可怜，你过去陪陪他吧。"

简西的心咯噔了一下，"不用了吧，这么大个人还要人招呼。"

刘湘推了推简西："你就当给我个面子，你看他一脸冰冷的样子，别到时候怪我招呼不周。"

简西没办法，只好走向姚晨东。两人并肩站着，等待着对方出声。

"你好吗？"姚晨东问道。

简西低着头，轻轻说了声"还好"。

两人又一次冷场了。

刘湘端着水果盘来到了他们两个身边，见姚晨东冷着脸，简西低着头，她立刻瞪了一眼姚晨东，"姚长官，你这是摆的什么臭架子，竟敢给我们小西脸色看。"

简西上来解围，"没有，没有，湘湘你误会了。"

刘湘不客气地说道："姚晨东，我可告诉你了啊，你要是再敢欺负我们小西，我可对你不客气。"

姚晨东勉强挤出了一丝笑容，说："不敢不敢，你刘湘的本事我可是见识过的。"

刘湘这才罢休，简西为了缓解气氛，说："恭喜你啊，就要做妈妈了。"

刘湘露出一脸幸福的笑容，"小西，你知道吗？生命真的好神奇，我现在好像就能感觉到他在我肚子里动呢！"

"哪有这么快，才两个月啊。"简西被她逗笑了。

"哎哟，你不懂，真的，我能感觉到。"刘湘煞有介事地说着。

姚晨东在一旁听着两人的对话，看着简西偶尔露出微笑的侧脸，心里一阵酸楚。

刘湘很快被朋友叫走。聚会上，刘湘不顾身孕满场飞奔欢笑，展文博跟在她身后不时地关切，两人的一动一静成了这晚最为甜蜜的风景线。

看着眼前幸福甜蜜的刘湘，三年前的往事不禁浮现在简西的眼前。那年在营地，她和刘湘、卫斯明、姚晨东一起躲在车里打牌的场景恍如还在昨日。时间是世界上最锋利的刀刃，它雕刻出了每一个人的人生，各有各的精彩，也各有各的伤怀。

一直到午夜，大家才逐渐散去，刘湘命令姚晨东一定要把简西安全送到家。

两人走到楼梯口，简西想了想，说道："我自己打车回去吧。"

姚晨东边走边说："还是我送你吧，简西，我有话和你说。"

简西没有再说什么，上了姚晨东的车。一路疾驶，路上几乎都没有行人，简西单手靠在车窗沿，支起了头，若有所思。姚晨东时不时地侧头望着简西，想要说什么，却始终没有说出口。

到了简西家楼下，两人都没有要下车的打算。

"抽烟对身体不好，还是别抽了。"简西突然说道。

姚晨东一惊，想到了那次在楼下的等待，原来她早就知道，原来那种近在咫尺的感觉不是自己一个人的执念。

"好。"姚晨东的声音有些颤抖。

过了好一会儿，简西说："不早了，我先上去了。"说完欲打开车门。姚晨东突然拉住了简西的手。他掌心的汗水夹杂着无数紧张和彷徨，他目光直直地落在简西脸上："我们就只能这样了吗？"

一句话戳中了简西的心脏，姚晨东眼里的不甘和不舍她都能感同身受，但是同样的无奈和悲痛她也不知如何诉说。

"我该怎么办？"简西像是自问，也像是在问姚晨东。

"我不想……"姚晨东顿了顿，像是鼓足了所有的勇气，缓缓说出，"我不想就这么放弃。"

简西的泪水夺眶而出，她又何尝想要放弃。

"小西，再给彼此一次机会。"姚晨东抛开了所有的顾虑，因为他，简西已经失去了太多的美好，他不忍心再在这个时候扔下她一个人独自承受。

简西同样不忍地看着姚晨东无助恳求的双眼，她轻轻地拭去他眼角刚刚落下的泪水，身体缓缓前倾，靠近了他。姚晨东伸手搂住简西，双唇紧接着覆住她的。他的双手更加用力，像是要牢牢地抓住对简西的每一丝爱意，他生怕自己清醒时的理性再一次将所有的爱压抑。他爱简西，是一种谁都阻挡不住的执着。

在这种内疚与深爱的矛盾中，简西完全迷失了方向，但是姚晨东的坚定让她的心不知不觉地跟着他走，即便前路是万丈深渊，她也必能不离不弃。


虽然简西将自己和姚晨东的感情藏得很好，但还是不小心被同住的路璐发现了。

简西向路璐介绍了姚晨东，两人之间尴尬的笑容让简西觉得奇怪，她突然想起卫斯明道别会上路璐和姚晨东说话的场景。

简西想了很久，还是决定问清楚："路璐，你从前就认识姚晨东的是吧？"

路璐本想回避这个问题，但是以简西的聪明，她知道根本不可能，只能说："对，我们都是军区出来的，当然认识。"

简西心想姚晨东的家庭在军区毕竟也是响当当的角色，她卸下了之前的疑虑："那你觉得他这人怎么样？"

路璐突然觉得很可笑，她和姚晨东除了父母订的那一纸婚约之外，几乎对对方没有其他的接触和了解，她根本不知道姚晨东是个怎样的人。只是，她有些不能接受简西同姚晨东在一起，不是因为她同姚晨东有过婚约，而是她有道德洁癖，看不得这种觊觎好兄弟好战友女人的行径。但她又不愿意说重话伤害简西，于是她摇了摇头："其实我对他并不了解，只是见过几次，上次在卫斯明的道别会上重遇，也就说了几句话。"路璐并没有说谎，语气显得很平静。

简西点了点头，没有再追问下去，她想想姚晨东那种性格，想要别人真的了解他，也不是件简单的事情。

"简西，你怎么会和姚晨东在一起的？"路璐没有忍住，还是问出了口。

简西没有出声，路璐觉得自己的问题太过直接，于是又解释："我的意思是，你们……"

路璐还没说完，简西便回答道："有时候我也不知道为什么。我躲不开他，他也避不开我。"

路璐不想再问，她相信简西的选择，况且以她作为女人的直觉来看，姚晨东是真心喜欢简西的。而且事情的真相究竟是怎样的，只有当事人最清楚，作为局外人的她能给予的只能是深深的祝福。

简西的手机突然响了起来，原来是姚晨东的电话。

"你怎么这么早？不是说好五点的吗？"简西问。

"事情提早办完了，就想早一点见到你。"姚晨东在电话那头轻轻说道。

简西一脸娇羞，惹得路璐不由得做了个发抖的动作，她戏谑道："鸡皮疙瘩掉了一地。"

简西不好意思，匆匆地挂了电话，转向路璐，"他约了我吃饭，你要不要一起来？"

路璐嘴角弯了弯："行啦，你这种非真心实意的邀请，我还听得出来，快去吧，别让人家等太久。"

简西无奈笑笑，拎起包就出了门。路璐站在窗边，静静地看着他们，虽然离得很远，但是她却能感觉得到，简西与姚晨东的才是爱情。罢了，只要简西觉得幸福，就好，其他都不重要。


姚晨东开着车，简西在一旁回着工作邮件。

"双休日还这么忙？"

"临时有个稿子被替换，我要和排版部的人说一下。"

姚晨东看着简西那个已经裂开屏幕的手机，"你怎么这么节约，换个手机吧。"

"这个手机是我上次被绑架之后换的，才多久啊？"简西无奈地说，"要不是刘湘一惊一乍的，也不会摔成这样。"

姚晨东抚着简西的掌心，说道："是是是，都怪这个刘湘不好，你让她赔你一个。"

"让她赔？算了吧，她赖账的本事可比写作的功力高多了。"简西双手将姚晨东的手握在自己手心，有意无意地摩挲着。

"那我们等会儿去买一个新的吧，你这样节约也不是个事儿啊。"姚晨东担心地说，"万一哪天打着打着电话爆炸了，你美丽的小脸蛋不就毁了吗？"

简西故意调侃："说出心里话了吧，要是我的脸被手机弄伤了，你是不是正好有借口甩了我？"

姚晨东连着笑了好几声："我哪敢甩你？！"他握起简西的手继续道，"我都跟你黏在一起了，谁都甩不了谁。"话锋一转，"我跟你说真的，换个手机吧，这个用着真的不安全。"

简西还是不舍得："不用了，什么时候我拿去维修点换个屏幕还能用。"

"真是个勤俭持家的好媳妇啊。"姚晨东不由得感叹，"那行，你去换的时候叫上我，我陪你一起。"

简西点点头，姚晨东再三叮嘱她用手机的时候一定要小心，最好戴着耳机接听电话，简西从不觉得姚晨东是个如此啰嗦的男人，心里却说不出的甜蜜。

两人选了家清静的餐厅用餐，姚晨东熟练地点了几个菜。简西很喜欢姚晨东这样"自作主张"地点菜，她不禁对着姚晨东多看了几眼。

"怎么了？"姚晨东被简西看得有些不自在。

简西摇了摇头，说："没什么，就想多看你几眼。"

姚晨东微笑，简西第一次发现棱角分明的姚晨东笑起来左边居然有个浅浅的小酒窝，她不由得伸手碰了一下，"你怎么还有酒窝？"

姚晨东自己也没注意，"是吗，我也不知道。"

简西俏皮道："你知道吗？人家说酒窝是上辈子你离开人世的时候，为了某个人而不愿意去喝孟婆汤，所以轮回时才会留下这个印记。"

"怎么你们女生都喜欢研究这个。"

简西不肯罢休，继续问："你说你上辈子是为了谁不肯喝孟婆汤？"

姚晨东无可奈何地摇了摇头，"别闹了。"

简西拉着姚晨东的手，追问："问你呢，好好回答。"

姚晨东没办法，清了清嗓子，"我上辈子、这辈子、下辈子，不肯喝孟婆汤的理由都是简西、简西、简西。"

简西被姚晨东的表情给逗笑了，明明心里很开心，嘴上却说道："油嘴滑舌。"

姚晨东捏了捏她的脸颊："你们女人还真难伺候，明明心里想要的就是这个答案，还要口是心非。"

简西嘟嘴回应："这你就不懂了，任何年龄段的女人都有幼稚的一面。就跟你们男人一样，再理性的男人都会有感性的一面。"

姚晨东回味了一下简西的话，"应该这么说，你认为男人很理性，只是他把所有的感性都给了某个人，然后把他的理性展现在了其他人面前。"

"所以？"简西饶有兴致地问。

姚晨东望着简西的双眼，认真地说道："所以，小西，你是我所有感性、冲动和疯狂的理由。"

简西幸福地垂下了眼眸，姚晨东突然站起身在她的脸庞轻轻一吻："下辈子，你这里也会有个酒窝，这是我给你的印记，到时候，你也不准喝孟婆汤。"

此刻，简西完全沉浸在姚晨东带给她的幸福中。原来，做姚晨东心中的那一个女人是这么的幸福。原来当爱和被爱产生共鸣的瞬间，会将所有的美梦都变成现实。

这是他们之间难得的一次相处，没有任何的顾忌。他们敞开心扉，回忆往事，畅谈未来。他们从对方的眼中看到了不一样的自己，爱情会令人改变，原来是真的。

晚上，姚晨东送简西回家。简西刚要上楼，被姚晨东叫住："小西。"

"怎么了？"

姚晨东走上前去，从袋中掏出了一个精美的首饰盒，取出一条项链。"这个送给你。"姚晨东为简西戴在了脖子上，"想了很久，也不知道送你什么，就挑了这个，你看看喜不喜欢。"

简西低头拿起项链的吊坠，是一个小小的箭头，上面镶着几粒碎钻："有什么特别的含义吗？"

姚晨东眉角一扬，从衣领里掏出了一根一模一样的项链，"这是一对的。"他拿起了简西的那根，摆了摆位置说，"你看，你的箭头往东，我的箭头向西，表示我的心向着你，你的心也向着我。"

简西想了想，默念着："向东，向西。"突然恍然大悟，那是他们的名字：简西，晨东。她没想到姚晨东会准备这么有心思的礼物。她低头亲吻着箭头，说道："我很喜欢这份礼物。"

姚晨东伸手环在简西的腰间，低头轻吻着她的眉梢，"小西，我们的心会永远都向着彼此的对吗？"

简西将脑袋柔柔地靠在他的肩上，闭上了眼："嗯，永远。"

自从和简西在一起后，姚晨东表面还是淡淡的样子，但是内心洋溢出的幸福早就被善于观察且无比八卦的姚采采捕捉到了。叶琛去了北京参加了医学交流会，姚采采顺理成章地开始打扰姚晨东的生活。

"哥，你是不是谈恋爱了？"姚采采躺在客厅的沙发上问。

姚晨东不理她，继续做着自己的事情。

姚采采不罢休，起身蹦跶到姚晨东身边，使出磨人神功："哥，你肯定是谈恋爱了，是不是？"

"你管得太宽了。"姚晨东还是不想回答她。

姚采采使出终极绝招，"你要不跟我说，我就去告诉妈妈你谈恋爱了。"这一下子便戳中了姚晨东的软肋。

"你敢。"姚晨东拔高了嗓门。

"哈哈，那就是默认了。"姚采采一副胜利者的得意，"是谁？"

姚晨东无奈地摇了摇头，继续以沉默应对。

"你不说我也知道是谁。"姚采采自言自语，"是简西吧。"

虽说姚采采平时大大咧咧，但始终是姚晨东的亲妹妹，对于哥哥的心思还是有一语道破的本事的。

"你怎么知道是她？"姚晨东若无其事地问，"就不能有别人？"

"不是不能，是不可能。"姚采采斩钉截铁地道，"以你的个性，认定的事情、认定的人是绝不会变的。我说对了吧。"

姚晨东以微笑回应了采采的猜测，姚采采继续说道："你和她在一起，我倒是没有意见。可是哥，妈妈这边你可得想想怎么办。"

姚晨东在做事的手突然停顿，这也是他一直想要处理的问题，他们感情中的障碍何止是卫斯明一个。

"我会和妈妈说的，要么不去选，选了就要走到底。"

姚采采一掌拍在了姚晨东的肩上，"哥，我支持你！"

姚晨东很感谢妹妹的支持，他心里对采采有些内疚，"采采，你怪哥哥吗？"

采采疑惑地问道："怪你什么啊？"

"当年要不是我，兴许爸爸就不会这么快离开。"姚晨东眼底掠过一丝痛苦。

姚采采看着哥哥，"哥，我不怪你，我也从来没有怪过你。从来就不是你的错，爸爸的死是意外，也是命。这么多年来，你背负了太多的责任，我都懂。可现在你的债都还清了，是时候去追求自己的幸福了。"

姚晨东很感动，原来他觉得自己的妹妹是个永远长不大的小女孩，可如今站在他面前的却是一个善良懂事的女人了。姚晨东不禁感叹："看来叶琛的魅力不小，一下子就把我的妹妹给感染了。"

姚采采瞬间又露出了一副倔强小女孩的样子："谁说的，明明是我感染了他好不好。要不是有我，他也就是个书呆子。"

姚晨东笑而不语。在爱情的世界里，彼此都在不断地改变着。他似乎也在被简西感染，他不再习惯于收藏自己的情绪，不再执着于往事的痛苦，不再对未来的不定彷徨迷茫。他变得更加坚定，更加勇敢，更加为爱奋不顾身。这些都是简西带给他的，他很享受简西在身边的生活，真的很美好。

## Chapter 12

## 曾经存在的爱情,
## 要怎么证明

-----------------------------------------

这是他们之间难得的一次相处,没有任何的顾忌。

他们敞开心扉,回忆往事,畅谈未来。

他们从对方的眼中看到了不一样的自己,爱情会令人改变,原来是真的。

简西约了姚晨东一块去换手机屏幕，同时她也带上了卫斯明那个坏了的手机。她知道，卫斯明始终是她和姚晨东之间的一个心结，想要彻底地解开它，就不能再逃避。

　　姚晨东看了一眼，问："这是斯明的手机？"

　　简西也看了他一眼："嗯。"

　　"怎么想到拿这个？"

　　"晨东，这是我们迟早要面对的问题，我不想逃避，我想知道斯明最后有没有想要对我说什么。"

　　姚晨东没有说话，他的心里已隐隐地感觉到了不安。尽管他们不提不说，卫斯明却始终是他们心里一道必须要迈过去的坎。

　　简西的手机很快就修好了，但是卫斯明的却耗费了不少时间。姚晨东和简西焦急地等待着，他们的心情很矛盾，希望能修好，又希望永远修不好。

　　"简小姐，您的手机好了。"服务员将手机拿了出来，简西的手有些微颤。

　　一路上，姚晨东看到简西一直将手机握在手里，却始终没有打开。

　　"不打开看看吗？"姚晨东问。

　　"晨东，我有些害怕。"简西颤颤地说道，"我总感觉一打开这手

曾经存在的爱情，要怎么证明

机，你就会离开我了。"

姚晨东的心咯噔一下，他也有同样的预感，这个手机会消耗掉他和简西现在的美好。

"我们要面对，不是吗？"姚晨东故作冷静地说，"是你说的，看看斯明最后想要和你说的话。"

简西犹豫着按下了开机键，卫斯明的手机密码根本不用猜，一定是简西的生日。

简西翻看着记录，发现根本没有自己的那条分手短信。她诧异地自言自语："怎么会没有？"

姚晨东问道："什么东西没有了？"

"短信，我发给斯明的那条短信。"

"什么短信。"姚晨东压根不知道简西曾经给卫斯明发过分手短信。

"斯明出事那晚，我原本想要和他说分手的。我开不了口，就发了条短信给他，但是短信怎么不见了？"

"是不是没发出去？"

简西翻出自己的手机，看了下记录，明明已经发出去了。她又翻查了卫斯明的手机，发现有很多段视频。

她逐一点开来看，每一段对简西而言都是一把利刃，刺入了她的内心。原来卫斯明为了求婚，让局里的每一位兄弟都录了"嫁给他"的视频，这里面包含了卫斯明对简西所有的爱和对他们将来所有的期盼。

简西又点开了一段，那是卫斯明的自拍：

"小西，我一直想给你一个浪漫而难忘的求婚。想了很久，想了好多办法，想了好多话，总觉得不够诚意。后来我想通了，再多的话也不足以表达我对你的爱。但是有一句话，我必须要说。小西，我想爱你一辈子，疼你一辈子，照顾你一辈子。不管发生什么，是生是死，我对你的爱都会守护着你一直到老，你愿意给我这个机会吗？"

"别看了。"姚晨东用手遮住了手机屏幕，看着简西满脸伤感的泪水，他心有不忍。

"你让我看完。"简西推开了姚晨东的手，执意想要看。卫斯明说的，他的爱直到死都将围绕着简西，她要把卫斯明对爱的执着全部看完，"还有最后一段，你让我看完。"

姚晨东一把夺过了手机，大吼一声："别看了！"

简西被他的声音吓了一跳，下意识地松了手，姚晨东眉心紧皱，用力地握住了手机，简西能看到他的双手在明显地颤抖。

姚晨东调整着情绪，他渐渐冷静下来，"小西，别看了。"他从一开始就知道，卫斯明是一条他们永远无法逾越的鸿沟。无论他们再怎么努力，爱错了时间，就是万丈深渊。

简西知道，姚晨东在生气，生他自己的气。他是一个多么会掩藏情绪的男人，能让他这么丧失理智地自责，足以证明他在这段感情中需要鼓起多么大的勇气。简西伸手握住了他拿手机的那只手，她将姚晨东的手紧紧地握在了手心。她的温柔使得姚晨东逐渐松弛了下来，简西拿回了手机，并放到了姚晨东的口袋里。

她搂着姚晨东，将头紧紧地贴在了他的胸口。他们紧紧地相依相靠，想用自己的体温温暖彼此寒冷的内心。

"小西。"姚晨东用微弱的语气说道。

简西把手指竖在了双唇之间，示意他别说话。姚晨东低头看了她一眼，简西露出了一丝苦笑："再一会儿，一会儿就好。"

姚晨东低头不语，他轻轻吻去简西脸上的泪水，他的手又用力了一些，简西的手臂被他抓得生疼，但是内心的痛苦早已掩盖住这种微不足道的疼痛，她贪婪地享受着在姚晨东怀里的每一秒，哪怕这是最后一秒。

不知道过了多久，简西从姚晨东的怀中挣脱开来，也从内心的沉醉中清醒。她把所有的爱意和恨意都从过往中抽离，她感觉到了一种从未有过的空虚与清冷，像是再也感受不到这世间所有的温暖。

简西抬头看着姚晨东通红的双眼，泪水像是决堤般地泛滥，她的双手还停留在姚晨东的手里，她微微地抽出，姚晨东的手抖得更加厉害，四目相望，却再无言语。

执手相看泪眼，却无语凝噎。简西这时才能体会到这句话的意思。

"放手吧。"简西哽咽道，却故作坚强地抬头微笑。

姚晨东还是没有放手，他执着地望着简西，像是在记住简西脸上的每一寸肌肤，每一个表情，每一个细节。

"再下去，我们谁都舍不得。"简西用力地将手抽出，顿时，姚晨东再也忍不住泪水的肆虐，他内心的最后一道防线终于在简西面前崩塌。

最后，即使他们再怎么努力，还是无法和彼此走到终点。谁都逃不开命运的安排，谁都解不开命中注定的心结。

简西不敢再看姚晨东，她侧过身子，从他身边缓缓离开。

这一次的擦肩，便是永远的错过。

时间一分一秒地流逝，姚晨东的眼前不断地泛起简西的一点一滴。她的羞涩，微笑，娇嗔，温柔，坚强，一切的一切，恍如隔世般的美好重现。姚晨东不自觉地蹲在了原地，失声痛哭。

简西越走越快，慢跑，狂奔，她像是一个被世界遗弃的微尘，在风中释放着所有不甘的泪水，所有无奈的寂寞。她遮住双耳，尽量不让自己去想去听，直到耗尽了最后一丝力气，直到再也听不见姚晨东痛苦的哭泣，她终于跌倒在了路上，终于跌倒在了这段纠葛的感情中。

这一次，他们默契的同时选择放弃，这一次，他们默契地知道，再也不会有回头的机会。


姚晨东在家抽烟，被突然闯来的姚采采撞见，姚采采诧异地看着哥哥，问道："哥，你怎么了？"

姚晨东满脸的胡楂，空洞的双眸，一脸苦笑地望着姚采采："没什么。"

采采上前一把夺过他的烟，着急地说："哥，你从来都不抽烟的啊！"

"从来不代表永远。"

"哥，你到底怎么了？"

姚晨东看着妹妹焦急的目光，安慰道："没事，都是些工作上的烦心事，抽几根烟排遣一下。"

采采将信将疑："真的吗？"

"嗯。"姚晨东站起身来，接着问采采，"你怎么来了？"

姚采采一下子想起来了，她来找姚晨东可是有正经事的。"哥，我要结婚了。"姚采采兴奋地说。

"什么？"姚晨东以为是自己听错了。

"我，要，结，婚，了！"姚采采一字一顿。

姚晨东简直不敢相信自己的耳朵，这个从来不着边际的妹妹居然说要结婚了。

"和谁？"

"还能有谁啊？当然是叶琛啊。"姚采采满脸都是幸福的笑容。

"他向你求婚了？"

"嗯，我已经答应了。"

"采采，你可要想清楚，婚姻可不是儿戏。"

"我想得很清楚，我知道婚姻不是儿戏，我也从没把婚姻当成儿戏，我想要和叶琛过一辈子。"

"你知道一辈子是多久吗？"

姚采采想了想，说道："一辈子就是永远，我想要和叶琛永远在一起。"

姚晨东从没见过妹妹如此的坚定。

"叶琛已经和他父母说好了，我也跟妈妈说了，他们过几天就会来上海见面。"

"什么？"姚晨东没想到采采已经先斩后奏了。

"哥，我想过了，你到时候也把简西带来吧。我要结婚，嫁的还是叶琛，可把妈妈开心坏了，到时候你再解释和简西的事情，成功率也高了不少。"

姚晨东愣在了原地，没有出声。采采拍了拍他的肩膀，"怎么了？被我这么好的计划给感动了吧，以后可再也别说我这个妹妹净给你惹麻烦了，我也有帮忙的时候！"

姚采采蹦跶着走向了门口："我还约了叶琛有点事，就这么说好了啊。等妈妈来了，我再通知你！"还没等姚晨东说什么，采采早就不见了人影。


听到女儿要嫁给叶琛，黎素萍随即便赶来了上海。采采叫了姚晨东出来，还特地告诉了黎素萍，哥哥也会带未来的儿媳妇出席。黎素萍激动又担心，可没想到，姚晨东竟是独自前来。

"哥，我未来嫂子呢？！"采采诧异地问。

姚晨东微笑着说："哪有什么嫂子，臭丫头净瞎说。"说着便看了眼黎素萍，"妈，你别听她胡说。"

黎素萍突然松了口气，"采采，你的消息不准确啊。"

采采既委屈又愤怒，她用手肘撞了撞姚晨东，说道："不是我情报不准，是哥当兵当久了，侦察和反侦察学得好。"

姚晨东尴尬地笑笑，采采则恶狠狠地瞪他。

一家三口的饭很快吃完，姚采采硬要抢着出门买单，房里只剩下了姚晨东和黎素萍。

"到底是怎么一回事？"黎素萍终于开口问道。

"什么怎么回事？"姚晨东明知故问。

"女朋友的事。"

"采采胡说的。"

黎素萍略带着教训的语气："最好是这样。你应该清楚，你和采采不一样，你的婚姻最好是循规蹈矩。"

姚晨东不说话，黎素萍却没有要放过他的打算，"我知道你的脾气，越不想你做的事你就越要做，越不想你喜欢的人你就硬要喜欢。别以为我在军区什么都不知道，那个简西也在上海，你最好能跟她安安分分。"

姚晨东强忍着内心的怨恨，黎素萍却继续火上浇油："我不会让历史重演，也决不允许那个简西进我们姚家的门！"

"嘭！"姚晨东捏碎了手中的茶杯。

"你这是什么态度？"黎素萍震怒。

"不会有简西，从来就没有简西，也不会再有简西。你满意了吧，你们都该满意了吧！"姚晨东的声音沧桑而低沉，像是压抑着所有复杂的情绪，将所有痛苦咽回了自己的心底。

此时，姚采采刚巧买单进来，看着这一幕蓄势待发的场面，立刻上来解围："妈，我给你准备了房间，你也累了吧，我们早点回去休息吧，哥还要值班呢，哥，是吧？"说着她向姚晨东使了个眼色。

姚晨东面无表情地站起身来，一句话也没说便离开了饭店。他漫无目地走在街上，他觉得全世界都在逼他，逼他离开简西，逼他放弃自己的爱。他孤独无力，他很努力地挣扎想要摆脱所有的束缚，可从来都没有真正成功过。

他取下颈中的项链，那个曾经指向简西的吊坠在月光下显得更加苍白，就像他的内心一样。他将吊坠握在手心，紧闭双眼，再一次感受着简西的温度。


叶琛和姚采采的喜帖很快传到了路璐的手里，这是叶琛亲手交给她的。路璐拿着喜帖，拖着疲惫的身心回到了家中。

简西为她开门，路璐一下子扑到了简西身上哭了起来。

"怎么了？"

"他要结婚了。"路璐一边抽泣一边说。

“谁？”

“叶琛。”路璐从包中拿出喜帖，递给了简西。

“是和姚采采吗？”简西问道。

路璐点了点头。

简西的内心泛起了一阵酸楚，他的妹妹要结婚了，这对此时的姚晨东而言是一种无声的冲击吧。

简西拉着路璐来到客厅，她此刻的心情真的不知该如何安慰别人。

路璐看着眼前的喜帖，问道：“你说我是不是很傻？”

简西苦笑：“当然不。”

“可是他都要结婚了，我还是放不开。”

简西摇了摇头：“放不开并不是错，只是一种执念，也许在未来的某个时间，你会突然忘记这个人。”简西像是安慰路璐，也像在告诉自己。

“真的么？”路璐问道。

简西点了点头，她也想让自己相信，会有这么一天，她也会忘了姚晨东，也会不再记得他们之间所有的过去。

“小西，我好羡慕你。”路璐突然说道，“你喜欢的人也喜欢你，你知道这有多么的幸运吗？”路璐还不知道简西和姚晨东已经分了手。

简西淡淡地说道：“没有谁的爱情永远是幸运的。”此时，简西突然觉得路璐其实也是幸运的，至少她从来没有得到过任何幸福的假希望，比她得到之后的绝望要幸运得多。

“简西，你会去婚礼的是吗？”路璐问道，“姚晨东会带你一起去的吧。”

简西只能说谎道：“应该不会吧，我和他，才……才刚刚开始。”

路璐露出一脸慌张：“那么，简西，你陪我去吧。”

简西有些为难：“不好吧。”

路璐继续劝说：“就当你是我的朋友，我不说你和姚晨东的关系，他们不会知道。简西，我求你了，我一个人不敢见他，我怕我会失控。"

路璐带着哭腔的请求，简西实在是找不到理由拒绝，只好暂时答应了下来。她能懂路璐的害怕，这种恐惧也将萦绕在她的心头。

叶琛和姚采采的婚礼办得简单得体，他们不希望自己的婚礼变成交际舞会，于是双方也就请了亲朋好友相约举办了一个小型的婚宴。

简西陪着路璐来到了婚礼现场，她不时地四处张望，尽量避开姚晨东的身影，心里却不自觉地想要见他。

"你不去和晨东打声招呼吗？"坐在席间的路璐问道。

简西故作镇定地喝了口水，说道："不用了。"

路璐以为简西是害怕姚晨东的家里人看见，也就默不作声了。

叶琛突然走了过来。"路璐，你来啦。"

路璐脸色一变，硬挤出了一丝笑容，说道："是啊，恭喜你。"

叶琛笑笑，也看到了简西，"简西也来了。"

简西尴尬一笑，问道："新娘子呢？"

叶琛一脸幸福："在里面化妆呢，你们先坐一会儿，我去招呼亲戚朋友。"说着叶琛匆忙地走了。

看着叶琛离开的背影，路璐把僵硬的笑容收了起来。简西依旧在四处张望，就在这时，姚晨东的身影出现了。

他一身笔挺的黑色西装映入了简西的眼帘，姚晨东手握酒杯，正在和一些长辈寒暄着。举手投足间的风采不禁让简西着迷。虽然姚晨东一副若无其事的模样沉浸在妹妹嫁人的喜悦之中，但是简西能明显看到他眼角不经意间淌过的忧伤。

姚晨东感觉到了一种熟悉的目光，他不经意地转身，直直地对上了简西的双眸，他没有想到简西也会来。

黎素萍顺着儿子的目光望去，却并没有在人群看见什么熟悉的身影："看谁呢？"

姚晨东淡淡地回道："没有，我在看采采怎么还没来。"

黎素萍看了看手表，时间确实已经不早，便让姚晨东去提醒一下采采："你去化妆间看一下吧，怎么还没好。"

姚晨东放下酒杯，走向了化妆间。才走到门口，就听见里面新娘伴娘传出的清脆笑声。

"采采。"姚晨东敲了敲门。

采采很快便来开门，一身白色婚纱的她显得格外漂亮，姚晨东不得不感叹："哟，没想到丑小鸭也有变天鹅的一天啊！"一句话惹得采采的几个姐妹一阵哄笑。

"哥！"姚采采不满地噘嘴。

"动作快点吧，妈妈叫我来催你。"姚晨东微笑着说。

采采想了想，和周围的姐妹团说："你们先出去招呼客人吧，我要和我哥哥说会儿悄悄话。"

姐妹们都很识趣，相继走了出去。

"怎么？有什么话要和哥哥说的？"姚晨东看着即将为人妻的妹妹，其实心里也很不舍。

"哥，我挺不放心你的。"一向咋咋呼呼的姚采采突然的认真令姚晨东很不习惯。

"傻丫头，说什么呢。"

"哥，我一直知道你挺难的。"姚采采顿了顿，继续说，"这么多年来，你为了这个家牺牲了事业和爱情，我希望你也能找到自己的幸福。"

姚晨东定定地看着妹妹，露出了坦然的微笑："傻瓜，谁说哥现在不幸福了？"

"那你幸福吗？"

"嗯，"姚晨东点了点头，"我很幸福。"

到底怎么样的人才能做到，痛得如此疯狂放肆，还能装得若无其事。

姚采采将信将疑地看着他，安慰地笑了。"哥，你也要和我一样幸福。"

姚晨东为妹妹理了理头上的发饰，"去吧，大家都在等着你呢。"

姚采采走出了化妆间，叶琛早就在门外等候，采采挽上了叶琛的臂弯，幸福地回头和哥哥告别。

姚晨东呆立在化妆间里，看着采采的背影，脑海中唤起了对简西所有的回忆。他也曾经想过，会有那么一天，简西会美得像天使一样，穿着一身洁白的婚纱，和他许下一辈子的承诺，可如今，所有的想象将永远只能是幻想了。


婚礼上的幸福刺痛了姚晨东，也伤到了简西。望着美丽的新娘，回忆着卫斯明的求婚，想着姚晨东的绝望，简西觉得自己的心像是要被掰成了几片似的，痛得她说不出话来。

路璐的心情也不好，拉着简西就想回家，简西顺水推舟，两人便悄悄离场。一到门外，简西总算舒了口气，里面稀薄压抑的空气快让她喘不过气来，她拉着路璐准备去打车，却在门口看见正在抽烟的姚晨东。

"姚晨东。"路璐惊讶道。

姚晨东一转身便看到了简西和路璐。

"路璐。"姚晨东掐了手中的烟头，打了声招呼。

路璐对于硬拽着简西来参加婚礼有些不好意思，急忙向姚晨东解释："是我要简西来的，不会给你们带来什么麻烦吧？"

"不会。"

"不会。"

姚晨东和简西几乎异口同声。

路璐这才释怀，"这就好。我主要是……"路璐还想再说什么，简西打断她："时间不早了，路璐，我们先回家吧。"

"要不你和晨东再聊一会儿，我先回家吧。"路璐不想做电灯泡。

"不用了。"

"不用了。"

两人又一次默契地回答。

路璐以为他们两人是在害羞，不禁笑道："还挺有默契的嘛。"说着便松开了简西的手，"没事的，小西，你们聊，我正好也想一个人静一静。"说着便对着姚晨东微笑，转身疾步走开。留下简西独自面对姚晨东。

简西和姚晨东两个人低头站在原地，谁都没有说话，谁都不知道该说什么。

时间飞逝，不知过了多久，姚晨东起步准备离开，简西依旧没有任何的反应，姚晨东走过她的身边，她想要伸手去拉住他，可手却像是被铅灌注了一样，怎么也抬不起来。他们都在期待奇迹，可最后所有的奇迹还是成了奢望。

昏暗的路灯，两人的影子越离越远，他们的爱没有谁不够勇敢，只是他们谁都不能再勇敢了。


这一晚，姚晨东喝得很醉，叶琛和姚采采送他回家的时候他几乎已经醉得不省人事，嘴里念着的全是简西的名字。

"你哥这是怎么了？"叶琛把姚晨东扶到床上，没想到自己结个婚，姚晨东会喝得比他还厉害。

姚采采一脸担心地看着姚晨东，撇撇嘴，"我也不知道。"

"和那个简西吵架了吧？"叶琛猜测。

姚晨东似乎听到了简西的名字，微微睁开眼睛，拉住了采采的手："小西，你别走。"

采采轻轻将他的手放进了被子里，对着叶琛说："看这样子，我觉得像。"

叶琛无奈地摆了摆手，示意不要打扰姚晨东休息。

"今晚的事可别和妈妈说啊。"采采提醒着叶琛，"他和简西的事，妈妈还不知道呢！"

叶琛会意地点了点头。

姚采采还是不放心哥哥，但又是和叶琛的新婚之夜，想了想，"你有路璐的电话是吗？"

"有啊，怎么了？"

"路璐和简西是好朋友，我想通过她联系简西。"

"可是这么晚了，不太好吧。"叶琛有些顾虑。

"那我们也不能把我哥一个人留在这儿啊。他喝了这么多酒，万一出事怎么办。"

叶琛想来也觉得有道理，于是便给路璐打了电话。简西接起电话的一霎也愣住了。

"那个……简小姐，是吗？"姚采采也是第一次和简西通话，有些生疏。

"你好。"简西的声音很轻。

"你好，我是姚晨东的妹妹，我哥喝得很醉，但是我今晚又不方便照顾他，能请你来照顾他一下吗？"

姚晨东从不喝酒，怎么会喝醉呢？简西想了千百种借口告诉自己姚晨东喝醉一定不会是因为他们两个之间的事情，但是这些理由连自欺欺人的资格都没有。

简西只能答应下来，她不放心把那样的姚晨东一个人留在家里。

当简西赶到姚晨东家里的时候已经是凌晨，姚采采交代了一些事情之后便和叶琛离开了。临走前，她抓住简西的手说道："那我就把我哥交给你了。"

简西能听出采采这话的分量，也能听出她的弦外之音，她点了点头。姚采采这才放心地离去。

简西走进了姚晨东的房间，姚晨东蜷缩着躺在床上，双眉紧锁，嘴角微微在动，像是在说些什么，简西不由自主地靠近了他，没想到醉着的姚晨东一把捉住了简西的手，将它紧紧地放在自己的胸口。

"小西……"姚晨东迷迷糊糊地喊着简西的名字，简西本想挣脱，却被他唤得停了一停。

"我在这里。"简西轻轻地应答，她坐在床边，用手轻抚过他的额头，捋开被汗水粘黏的刘海，温柔地吻了上去。姚晨东仿佛能感受到简西的安抚，紧握的手略微松了些，静静地将头转向简西的那边，安稳地入睡。

简西不由得伸手去抚平他深锁的眉头，太多的压力他需要独自承担，太多的痛苦他需要独自承受，他就是这样一个男人，宁愿全世界的苦难全部压向自己，也不愿对身边的人吐露半分。

"晨东……"简西呼应着他的呼吸声。她不知道该说什么能抚平彼此心间的伤痛，所有的事都回不去起点，却也到不了终点。

就这样，他们相拥了一夜，直到清晨，简西将手抽了出来，手上麻得早就没有了知觉，为了不吵醒姚晨东，她轻手轻脚地退出了房门。

她走进厨房，姚晨东显然是个不太会做饭的人，冰箱里基本空空如也。简西只能简单地煮了个白粥，并在餐桌上留下了字条便离开了。


姚晨东一夜宿醉，醒来的时候已经接近中午，他头痛欲裂，强撑着身体起来，却在枕头上发现了项链的吊坠，他下意识地摸了下自己颈间的项链，发现吊坠明明还在。再仔细一看，才发现这个是简西的。

原来昨晚看见简西的身影、听见简西的声音都不是自己的梦境，而是真实的情境。他跑出房间，冲进客厅，却没有找到简西。

厨房里的粥已经凉了，他拿起餐桌上的字条，简西娟秀的笔迹他怎么可能会认不出来。简简单单地一句"记得起来喝粥"让姚晨东的心又一次揪了起来。

姚晨东曾很多次这样想，如果这种分离的痛苦只有他一人承受，那他内心可能还会好过一些，可如今，他知道简西内心的焦灼并不比自己少，她所承受的痛苦也绝不会比自己少。

卫斯明去世后，简西的感情再次成为简玉珍关心的话题。她不知道简西和姚晨东的事，以为女儿迟迟没有走出阴影，于是她擅作主张，为简西安排了一次相亲。

简西来到饭店，才知道被母亲摆了一道。

相亲的对象是简西老家邻居的儿子成功。虽然两人小时候曾见过几次，可长大后就没了交集。

成功是一家银行的客户经理，有车有房，长得也算是一表人才。成功对简西算是倾慕已久，对这次简玉珍提出的相亲也是正中下怀。

"简西，好久不见。"成功的开场白很简明。

简西没有说话，只是回以尴尬的微笑。

"我知道阿姨安排这样的饭局会让你很尴尬，不过你不用太有心理压力，只当我们叙叙旧。"成功倒也是个明白人，看出了简西的别扭。

简西这才放心地开口："我明白的。"

成功憨憨地点了点头，这种笑容，仿佛当年的卫斯明，简西看呆了。成功被简西看得有些紧张，问道："怎么？我脸上有脏东西吗？"

简西这才知道自己失礼了，连忙解释："不，没有，只是……只是我觉得你和小时候长得不太一样了。"

"呵呵，是吗？"成功笑着说道，"你也不太一样，更好看了。"

成功笑得有些腼腆，夸简西的时候甚至不敢直视她的眼睛，这点和卫斯明还是不同的。

"你现在是做记者？"成功问道。

简西点了点头。

"这个职业好，能遇见各式各样的人和事，听着感觉挺刺激的呢！"

简西低头笑笑。

成功见简西还是有些窘迫，便问道："你是被阿姨逼着来的吧？"

简西被他看穿后也有些不好意思："也不算是吧。只是……"

"没关系的简西。"成功笑着说，"你的事我多少也听说了一些，我明白很多东西不是说忘就能忘的。"

简西心里一震，虽然成功不知道她经历了些什么，可这一句话却说到了她的心里。她的眼睛有些发涩，可还是忍住了。

"我是不是说了什么不该说的话？"成功紧张地问道。

"不，没有。"简西忙说。

成功马上换了话题，"对了，我听阿姨说，你喜欢看书，你喜欢什么类型的呢？"

简西也随意应酬了几句，但她实在是没有心思再多说什么，还好成功还算是个健谈的人，要是换成另一个人，估计已经被简西的冷淡给吓跑了。


姚晨东在附近一带工作，刚巧路过这家餐厅，透过窗户看见简西和成功正在里面吃饭，且谈笑风生，他便目不转睛地盯着他们二人瞧。

简西似乎感觉到了他的目光，回过头去，发现正是姚晨东直愣愣地盯着自己。还没等简西反应过来，姚晨东便冲了进来，拉着简西的手就往外走，留下成功一人不知道发生了何事。

"你干吗？"简西的手被姚晨东捏得生疼，她用力想要挣脱。

姚晨东的表情凝重，就是不肯放手。

"姚晨东，你松手。"简西有些生气了。

姚晨东渐渐松开了手，简西的手腕处有明显瘀青的痕迹，他有些心疼："对不起。"

他目光中闪过的一丝凄楚，刚巧被简西捕捉到，简西的心一软，解释道："这是我妈给我安排的，不是我的意思。"

"我明白的。"姚晨东不知道自己为什么会如此冲动，为什么会这么生气。可是那一刻，他真的控制不住自己。

为什么？为什么明明不能带给简西幸福，却不能放手让她去追求自己的幸福。姚晨东简直恨自己，恨自己的自私和软弱。

简西转身想走，突然驻足停留，"有些事，即使过了再久，也是不能忘记的。"说完便头也不回地走了。

姚晨东伫立在原地，他听懂了简西的话。

一语双关，忘不了他，也忘不了卫斯明。

回到家的简西思绪凌乱，她仰着身子躺在了床上，突然感觉颈中空荡荡的，怎么脖子上的项链不见了。

她急忙起身翻遍了家里的每一个角落，努力地在回忆里找寻项链的踪迹，但是怎么也想不起来，简西失落地倒在床上，也许这便是天意吧。

简玉珍知道简西把成功一个人扔在饭店之后气得不行，打电话来兴师问罪。简西百般解释，谁知道成功将简西被姚晨东拉走的事情也告诉了简玉珍，这下简玉珍更加师出有名。

简西没办法，为了不让简玉珍再为自己的终身大事操心，只好瞒骗母亲说自己已经和姚晨东在一起，简玉珍半信半疑，但是简西却言之凿凿，不由得她不信，最后只好作罢。

由于最近心烦意乱，睡眠也不好，简西上班显得心不在焉。

"简西。"单位同事小李突然唤道。

简西缓过神来，问道："什么事？"

"总编让你进去一下。"

简西整理了下思绪，走进了总编的办公室。

"简西。"总编老王是个五十来岁的老学究。

"总编，您找我有事吗？"简西觉得每次老王找她进来谈话一般都不会有什么好事情。

"有一件好差事，想要便宜你。"老王每次都用这招忽悠下属。

"什么好事啊？"简西表面微笑，内心却又对老王鄙视了一把。

"来，你坐。"老王客气地招呼简西坐下。

简西意识到事情可能会更加超出她的想象。

"我们社里要做一个云南边远地区教育问题的专题报道，想派两名记者驻地采访。这可是个好差事啊，回来后保不准就能做副主编的位置呢。我向上头推荐了你和摄影组的小陈。小陈已经同意了，就看你的意思了。"

简西一愣，"要去多久？"

老王眉头一皱："说不好，要看报道的进展情况，我估摸着也就一年左右吧。"

"一年。"简西心里默念，说实话，换作别的时候简西肯定会毫不犹豫地拒绝老王的这个提议，要去云南一年，她妈妈首先就不会同意，但如今，却是个可以逃避现在环境的好机会。她可以利用一年的时间去忘记卫斯明，忘记姚晨东。

"好，我去。"简西几乎没怎么考虑就答应了下来。

老王没想到平时总是诸多想法的简西这次答应得竟然如此爽快，于是他兴奋地站了起来，赞许地说："简西啊，我还真是没看错你。我跟你说句真心话，整个社里我最看好的就是你，你放心，回来副主编的位置我一定帮你争取。"

老王的话简西向来就不放在心上，什么副主编主编也不是她真心在乎的事情，她只想找个机会可以赶紧逃离这个充满回忆和伤心的地方。


路璐得知简西要去云南，也吃了一惊。"什么时候出发？"

"这个月吧。"简西其实也不是太清楚具体日期，老王只同她说越快越好。

路璐挑眉，"这个月？现在已经是月中了啊！"

"嗯，临时接下的任务。"简西并不在意什么时候走，她心底深处也想着尽快逃离。

路璐扳住她的双肩，直视她的双眼，"要去多久呢？"

"一年。"简西答得飞快。

路璐简直不敢想象简西会冲动地接下这样的采访任务。"你平时不是一直有原则不接这种长期采访任务的吗？"

简西顺势抱了抱路璐，然后松开她："但这次是个好机会。"

"简西，你去这么远的地方姚晨东知道吗？他会同意？"

简西整理文件的手在半空中微微停滞，随即又恢复如常，"他还不知道，我不觉得这事需要向他交代，这是我的工作。"

路璐已经察觉到了她和姚晨东之间的问题："你和他之间出了什么事？"

简西默不出声。

"小西，这不是开玩笑的，你这是要去一年，不是一个礼拜，一个月，你不要为了一时冲动而做了错误的选择。"

简西微微叹气，"我想得很清楚了，不就去云南一年嘛。"简西说得云淡风轻，路璐却更加觉得奇怪，她按住简西的手，追问："姚晨东真的同意？"

"是，他会同意的。"简西拉长了嗓音回答。

路璐这才没了话说，但是她内心还是充满了疑问。她决定找时间单独找姚晨东详谈一次，她是个说一不二雷厉风行的人，第二天就把姚晨东堵在了警局门口。

"姚晨东，你到底是什么意思？"路璐一开场便是兴师问罪的架势。

"怎么了？"姚晨东根本不知道路璐找到这里来的目的。

"你心里到底是怎么想的？"路璐不明白为什么姚晨东这么困难才能同简西在一起，却就这样轻易地放她离开，"你心里到底有没有简西？"

姚晨东这才明白过来，原来路璐约他出来是因为简西。只是简西没有理由不告诉她实情，姚晨东略带疑惑地看她。

"你为什么会同意她去云南，这么远的地方，这么艰苦的条件，一去就是一年，你怎么能舍得？"路璐假设简西一个人在云南吃苦的场景，心里就有了不忍。

姚晨东一脸惊讶："简西要去云南？去一年？"

路璐看见姚晨东一脸不知所以的表情，"难道你不知道？"

姚晨东摇了摇头。

"可是小西说你同意的啊。你们到底怎么了？"

姚晨东的双目像是凝聚起了千万种复杂的情绪，路璐看不透他眼中流露出的意思，"我不知道你和小西发生了什么，但是我觉得，小西本意肯定是不愿意去云南的。"

姚晨东还是没有反应，路璐继续说道："既然她选择了这条路，一定已经做好了走下去的准备，虽然你和她之间的事情我知道得不多，但是小西是个好女人，你不能伤了她。"

路璐还想再说什么，姚晨东突然转身飞奔，任由路璐在身后喊他，可他却头也不回地一路狂奔。

姚晨东不停地奔跑着，他觉得自己好累，他快要撑不下去。他明明知道他的终点在哪里，却怎么也到达不了。他终于来到了简西工作的那幢大厦楼下。曾经，他就在这个位置等待简西，可最后所有的理智压抑了他对爱的勇敢，他离开过一次，放弃过一次，就是在这个位置，他错过了所有和简西本该有的美好。他深吸一口气，冲进了大厦，他等不及坐电梯，直接往上跑了十几层。

"简西！"姚晨东喘着粗气，汗流浃背地冲进了简西的办公室，他大叫一声，打破了原本的宁静，所有人的目光直刷刷地看着姚晨东。

简西坐在最靠里的位置，她的心被姚晨东叫得直发颤，她迅速站了起来，冲了出去，一把拉过姚晨东，走向了楼梯间。

姚晨东的气息还没平稳，脸上不知是泪水还是汗水，顺着他通红的眼角流向脸颊，简西从口袋中拿出纸巾想为他擦拭，可手被姚晨东一把握住，他用另一只手抵住简西的腰间，俯身就吻住了她。

霸道且不容抗拒的吻肆虐地侵袭着简西的唇齿之间，空气中弥漫着姚晨东浓重的呼吸声，他的吻伴着他的一呼一吸深刻地印在了简西的心里。简西根本逃不开这样的吻，就像她注定逃不开姚晨东的爱一样。

"小西，你别走……"姚晨东模模糊糊地说着。

简西还想回应，姚晨东突然用舌尖紧紧地抵住了简西，温柔却大胆地吻了起来。他不想听见简西的回答，他害怕听到简西的回答。

泪水无声地从简西的眼角滑落，她回应着姚晨东的吻，内疚、彷徨、无助交杂在一起，她把所有的不甘和孤寂宣泄在了这样的吻和泪水里。

可终究还是要清醒。简西恍然回归现实，用力地推开了姚晨东。"别这样。"她含泪说。

姚晨东驻足原地，迷茫地看着简西，他不知道刚才在做什么，这一刻，他什么都不想思考，什么都不想说。

"就当是Goodbye kiss吧。"简西擦去泪水，转身便要回去。

姚晨东突然拉过了简西，一脸痛苦："你还是要走是吗？"

"对。"

"为什么？"

"只是工作而已。"

"你问问你的心，真的只是工作吗？"

简西倔强地别过头去，不再看姚晨东。

"为什么？"姚晨东的声音颤抖，"为什么我们会弄成这样，为什么我们一定要弄成这样？"

简西的泪水再一次抑制不住，潸然而下："晨东，让我走吧，这样我们就都能解脱了。"

姚晨东双手拂过简西的脸颊，轻轻地托起她的下巴，"我们真的能

曾经存在的爱情，要怎么证明

解脱吗？"

"我实在是受不了了，我不能面对那些过去，不能原谅我自己，你让我走，让我走吧。"

"那你想过我吗？我该怎么办？你走了，我该去哪里？"姚晨东一脸惨然地笑，他直直地看着简西的双眼。

"我不知道。你让我自私一次，晨东，就一次。"简西思绪也渐渐混乱，她再也没有力气支撑起这些痛苦，她想找个地方将自己藏起来，将所有的悲伤全都藏起来。

姚晨东用手撑起简西的身体，"我们还要骗自己、骗彼此多少次才能得到宽恕和幸福？"

## Chapter 13

# 我们最后这么遗憾,
# 我们最后这么无关

- - - - - - - - - - - - - - - - - - - - - - - - - - - - - - - - - - - - -

　　时间一分一秒地流逝，姚晨东的眼前不断地泛起简西的一点一滴。

　　她的羞涩，微笑，娇嗔，温柔，坚强，一切的一切，恍如隔世般的美好重现。

　　姚晨东不自觉地蹲在了原地，失声痛哭。

简西从姚晨东的怀抱里挣脱开来，她想要逃，想要逃得越远越好，她冲回了办公室，姚晨东还想再努力一次，便追了出来。

这一幕恰巧被来访的刘湘看到，顿时三人僵持在原地。

刘湘即使再大大咧咧，此刻也能看出两人之间的问题。简西看了眼姚晨东，他想了想，退后两步，带着眷恋和不舍从楼梯口渐渐消失。只留下简西和刘湘四目相对。

"我给你十分钟时间解释。"刘湘把简西拉到了楼下的茶室，然后逼问。

简西低头抿着茶，一言不发。

"简西。"刘湘轻拍桌面，"你现在只剩下九分钟了。"

简西依旧不说话，刘湘知道简西的性格，于是使出了杀手锏："简西，如果你不想没了我这个朋友，你就赶紧给我说！"刘湘的嗓门很大，安静的茶室里仅有的几个客人齐刷刷地看向她们两个。

简西没办法，只好开口："解释什么？"

"解释你和姚晨东之间的事情。"

简西突然有一种被捉奸在床的羞愧感，不自觉地低下了头。

"你们什么时候好上的？"刘湘开启了挤牙膏式问答方式。

"我不知道。"

"那你们现在算是什么关系？"

"我不知道。"

"简西，你到底是怎么回事？"刘湘受不了了，"你是故意要气我动胎气是吗？"

简西没办法，只能说："我真的不知道，刘湘，我现在心里很乱，我自己都不知道我这是怎么了！"

刘湘知道再这么追问下去也不会有结果，于是便说："小西，我上次交稿一听到老王说你同意去云南我就知道不对劲，我本来还以为你是为了卫斯明的事情，可没想到闹半天是为了姚晨东。"

"不是。"简西想要辩解，但是话到嘴边又咽了回去，她无从狡辩，她的离开的确是因为姚晨东。

刘湘不能理解她和姚晨东之间千丝万缕的关系，更不能接受简西和姚晨东在一起的事实。简西的支支吾吾更让刘湘单方面觉得他们两个一定做了对不起卫斯明的事。一向仗义凛然、眼里容不下沙子的刘湘对简西极度失望："简西，我看错你了！"

没有人能理解她和姚晨东，简西的心从没有感受过这样的寂寞和无助。他们的爱就像是一把双刃剑，割伤了身边的人，也割伤了周围的人。

也许，离开这里才是最好的选择。


深夜，姚晨东握着简西的项链，这是他原本打算还给简西的。但既然简西已经选择了离开，这条项链对她而言还会有什么意义呢？

曾经他以为，拥有了简西就可以拥有全世界，可如今，全世界都在告诉他，他不可能再有资格拥有简西。

他打开抽屉，将项链扔了进去，无意间又看到了卫斯明的手机。这是当时和简西分开的时候简西放进他口袋的，他将手机拿了出来，打开，手机还定格在卫斯明和简西求婚的那段视频上。卫斯明阳光的笑容，羞涩的表情，举手投足间对简西表达出来的那份爱触痛了姚晨东的心。他突然明白了简西想要逃离的心，这样的卫斯明，这样单纯的爱，这样刻骨的痛，谁又能轻而易举地想忘就忘呢？

罢了，全都是命中注定，姚晨东关上手机，将抽屉紧紧地推上，可还是忍不住取出了项链，紧紧攥着，看了又看，最后放进了口袋。一切都应该到此为止，谁的执念都不能改变命运。


刘湘思来想去还是不肯罢休，她是个不打破砂锅问到底绝不放弃的人。她不顾展文博的反对，执意要上门去找简西，可简西没找到，却碰见了路璐。

刘湘和路璐也好久没见，虽然她知道路璐一直住在简西家，可是整个军区对路璐总是充满了流言蜚语，刘湘为免相见尴尬，所以一直没有来看路璐。这次倒好，撞了个正着。

"好久不见。"刘湘笑着打了个招呼。

路璐也回以微笑，招呼着刘湘进来。

"你是来找小西的吧，她们社里今晚开会，可能要晚一点回来。要喝点什么吗？"

"不用不用。"刘湘客气道。

路璐看了眼刘湘挺起的大肚子，"恭喜啊。"

刘湘腼腆地笑笑，虽然她和路璐从小就认识，但是这么久没见也难免局促。

"那还是喝开水吧，孕妇喝饮料咖啡的也不合适。"路璐倒了一杯温水给她。

刘湘突然想到既然简西不肯说，那以路璐和简西的关系，一定知道些什么，她想了想，便问出了口："路璐，你知道简西和姚晨东的事吗？"

路璐一愣，其实她对他们两个的事情也是知之甚少，看着刘湘的神情，她也不知道这是该说还是不该说。

"知道一点，但是具体的，我也不太清楚。"路璐支支吾吾，但说的倒是实话。

刘湘恍然，原来姚晨东和简西还真有过这么一段，她内心更加气愤，她怪简西没有告诉自己，怪简西明明有了卫斯明还要搭上姚晨东，怪简西搭谁不好偏偏是搭上了姚晨东。

刘湘的表情便有些怪异，路璐不禁问："刘湘，你没事吧？"刘湘这才缓过神来，装作若无其事地说："没事，对了，简西和姚晨东是什么时候开始的你知道吧？"

"好像是在卫斯明过世之后吧，具体的我真不清楚。"路璐也很为难。

刘湘的气稍微顺了点，还好简西没有一脚踏两船，不然她还真替卫斯明不值。

"那你觉得姚晨东怎么样？"刘湘试探地问道。

"我觉得，好不好，也是他们两个人的事。"路璐淡淡道。

刘湘还想问什么，就听见有人开门的声音。

"小西，你回来得正好，刘湘来找你了。"路璐看到简西简直像是看到了救命稻草，总算不用被刘湘抓着问八卦了。说完这句话路璐便溜回了房间，"你们慢慢聊吧，我先回房睡了。"

简西还没来得及说什么，路璐早就一溜烟地躲进了房间里。

刘湘一脸正经地看着简西，简西无奈，她知道刘湘一定不会就这么轻易放过自己，她就是这样的性子，不问清真相绝不罢休。

"简西。"刘湘清了清嗓子，"我这是来给你最后一次机会，要不就实话实说，要不我转身就走，绝不再来。"

简西放下手中的包，坐在了刘湘的边上："你要我从哪里开始说？"

"从你什么时候对他动心开始说，从你和姚晨东什么时候眉来眼去开始说，总之，我哪里不知道就从哪里开始说。"

简西想了想，便将她和姚晨东之间的故事挑了个大概和刘湘说了，不过她刻意避开了实习时候的一些事情，免得惹得刘湘心里更加不开心。

"然后呢？"刘湘着急地问道。

"没有然后了啊。"

"什么叫没有然后了？你们就这么结束了？"刘湘态度一百八十度大转变，她不再是责难，更多的变为关心。

"还能有什么然后？"

"你舍得吗？"刘湘问，"经历了这么多之后，你还能舍得吗？"

刘湘问到了简西的心痛处，如果没有经历过这些，她可以永远沉浸在自己的梦里，她可以当姚晨东和自己从来就没有过交集，她可以一直回味她和卫斯明的那段感情。她的人生会变得更加纯粹，她的爱也不会再有这么多的痛苦。可人生的轨迹就在和姚晨东相交的那一刻完全改变。

"不舍得又能怎样？"简西叹了口气，"我们选错了太多次，所以这一回，我们谁都没有选择的机会了。"

"那姚晨东呢？他怎么说？"

"我不想听他说，我怕自己又会忍不住，我怕卫斯明永远都不会原谅我。"简西低下头，满脸的痛苦。

刘湘也知道姚晨东的性格，在这个风口浪尖，他还能说什么，一边是自己的兄弟，一边是自己爱的女人，他应该也是彷徨的吧。

"所以你就选择逃走，去云南？"

简西轻轻地点头。

"姚晨东简直就是世界头一号的大笨蛋！"刘湘突然骂道，"喜欢一个女人还不敢追，现在女人要走了，还不追。怎么着？他还以为所有女人都会对他投怀送抱啊。他还以为他自己是布拉德·皮特、汤姆·克鲁斯结合体啊！孬种！"

刘湘越骂越响，连房里的路璐都听见了，她想要出去为姚晨东说些话，可是到了最后还是咽了下去。

"好了好了，刘湘，别说了。"简西做了个噤声的表情，刘湘的声音响得估计连隔壁邻居都听见了吧，"小心你肚子里的孩子。"

我们最后这么遗憾，我们最后这么无关

刘湘这才消了消气，她顺手拿起桌上的水，一口气便喝了下去。

"你不反对我和姚晨东在一起？"简西问。

"反对啊！"刘湘义正词严，"有这么好的卫斯明你不要，非要那个一脸晚娘样的姚晨东。"

"那你还让姚晨东来追我？"简西觉得刘湘一定是思觉失调了。

刘湘不假思索地说："我反对得了你的人，还能反对得了你的心吗？你心里装着姚晨东，我要是能强行把他删除了，还用得着在这儿干着急吗！"

刘湘不愧是刘湘，她是一个敢爱敢恨、敢争取敢放弃的侠义女子，简西有时候会想，如果她的性格有那么万分之一刘湘的样子，可能在三年前，她就会大声告诉姚晨东：我喜欢你。在三年后，她也会大声地告诉卫斯明：我们不合适。

"刘湘，谢谢你。"简西突然说。

"谢我什么？"

"谢谢你不怪我，谢谢你理解我。"

"打住。"刘湘说道，"一件事归一件事，我理解你对姚晨东的爱，并不表示我不怪你。枉你还说我是你多么多么好的朋友，这事儿到了这份上，还要我逼问你才说，我可怪着你呢。"刘湘一脸痛心疾首的模样，反而让简西安心不少。

"好好好，你怪我，那你说要我怎么补偿你。"

"我想要你好好的。"刘湘突然变得一脸的认真，"我想你一直都好好的，无论发生什么事。说实话，我不舍得你去云南，逃走并不是解决问题的办法。但是现在，我尊重也支持你的所有决定。"

刘湘的一番话让简西感动不已，这个时候，总算还有人能够愿意站在她这边，理解她，包容她。

人生有太多的未知数是我们无法预计的，即使路在脚下，你也不能每步都走得顺畅。

离简西去云南的日子越来越近，姚晨东尽量用工作来麻痹自己，他不分昼夜地加班，连周围的同事都看出了他的不寻常，可就在这个当口，姚晨东的母亲又来到了上海。

这次来的目的，还是为了姚晨东的婚事。姚采采曾经旁敲侧击地让母亲别为姚晨东的婚姻大事操心，可话还没说完，黎素萍便起了疑心，觉得姚晨东一定又会故技重施，她更加不放心，于是决定亲自再为姚晨东安排一门婚事。

黎素萍一来，姚晨东更是不顾所有的工作，想避开母亲的责难，避开所有可能出现的狂风暴雨。所以母亲来了好几日，姚晨东还没现过身。姚采采曾经几次偷偷打电话给姚晨东报信，姚晨东都当作不知道，他想等到简西走了之后再见母亲，这样所有的话他都可以编得更加理所当然。

可该来的总要面对。就在简西要走的前一天。采采的生日，叶琛不合时宜地安排了一场生日宴，姚晨东没法再躲。

黎素萍看见儿子憔悴的样子，不禁心疼道："你看看，没个女人在身边就是不像话。"

姚晨东没有理会，自顾自地吃着菜。姚采采用胳膊肘捅了下叶琛，示意他解围，叶琛会意，连忙说道："今天是采采的生日，我们一家人好不容易聚在一起，干一杯，也祝我们家采采生日快乐，永远年轻漂亮。"

大家顺势举杯相贺，但黎素萍还是喋喋不休："你看看人家叶琛，结了婚之后的男人才不一样。"

采采实在听不下去，"妈，难得吃顿饭，你就别挤对我哥了，他是工作忙，没时间恋爱。"

"呵，是因为没时间还是因为时间都被不知道哪个小妖精勾去了吧。"黎素萍对简西的存在一向刻薄。

一句话让气氛一下子降到了冰点，姚晨东依旧忍着，没有出声。

"来来来，妈，您吃这个鳜鱼，这是我们这儿的特色菜。"叶琛见形势不对，赶紧绕开话题。

黎素萍不肯罢休："晨东，我跟你把话说开了，这次来，主要还是为了你的婚事，我不管你在这儿和谁在一起，但是婚事必须由我做主。"

"妈，我都说了，哥没女朋友，上次是我开的玩笑，您怎么就当真了呢！"采采赶紧开口。

"你闭嘴，别以为你们兄妹两个打的哑谜我会不知道。"黎素萍喝止住了采采，"你哥那点心思我还看不透吗？"

姚晨东紧紧地抿住双唇，一言不发。

"要不是那个简西，你现在早应该和路璐结婚，你爸爸也不会被你这个不孝子气死！"黎素萍越说越来气，"我早就知道放你来上海就一定不会有好事，这个害人的妖精还想害我们姚家到什么时候。"

母亲对简西的侮辱之言让姚晨东再也忍不住，他站起身来，强压着内心的怒火说："妈，我再说最后一次，没有简西，也不会再有简西。所以收起你对她所有的侮辱，没人硬要勾搭你的儿子，你也太高看了我的魅力，我们姚家的魅力。"说着，姚晨东转身就朝门外走去，没等黎素萍反驳，他又一回头，"还有一件事我也想告诉您，在这个世界上，我想爱的、想娶的，只有简西一个女人。既然现在永远得不到，那您就对我的婚事死了心吧。"他的语气没有任何的犹豫，他没法和爱的人在一起，但他总有办法拒绝爱上别人。

"你……"黎素萍倏地站了起来，想要斥责姚晨东的言行，却一阵发晕倒在了饭桌上。

"妈……"姚采采一声尖叫，姚晨东回头，发现母亲已经没有知觉地晕了过去，叶琛上前简单地检查了一下，"叫救护车，马上送医院！"

急诊室外的姚晨东呆呆地靠着墙壁，双拳紧握，双眼紧闭，气愤、懊恼、恐惧齐齐涌上了心头。当年父亲急救的场景历历在目，恍如昨日。而今天，又是因为他的冲动任性，让母亲再次陷入危机，姚晨东觉得自己简直就是混蛋是畜生。姚采采在叶琛的怀里，早就哭成了泪人，虽然叶琛极尽所能安慰妻子，但也无济于事。

不知过了多久，医生才从急诊室出来，黎素萍的心脏严重阻塞，需要立刻做心脏搭桥手术，姚采采一下子瘫软下来，完全没了主意。

姚晨东签字同意手术，并让叶琛先带着妹妹回家休息，他在这里等消息。姚采采本来不愿意，但是在两人的坚持下，只好先回家。

时间一分一秒地流逝，手术室外的灯依旧亮着，姚晨东双手紧紧相握抵在下颚。一夜的担惊受怕让他的眼中布满了血丝。此时此刻，他孤独无助，像个惊慌失措的孩子，多么希望能有个人在身边给他力量。他从口袋中拿出项链，轻轻握在手心，他需要简西，需要她在身边告诉自己："一切都会好的。"

他抬手看了看手表，已经是凌晨五点，离简西登机的时间越来越近，他离简西的距离也将越来越远。

手机突然响起，原来是刘湘。

"姚晨东，你混蛋！"姚晨东刚刚接起电话，刘湘就是一顿劈头盖脸地怒骂，"你还是男人吗？小西今天就要走了，你居然一点反应都没有，你到底有没有心啊？"

电话这头的姚晨东任由刘湘数落，一句话也没有说。

"你不用说话！"刘湘很了解姚晨东，她知道此刻不会得到姚晨东任何的解释，但是她实在看不下他如此孬种的行为，"你就听我说。你知道小西为了逃开你才去的云南吗？你还跟个没事人一样？说什么对不起卫斯明，全是借口！你根本比不上卫斯明，你这样不仅对不起卫斯明，更会让卫斯明看不起你！你根本配不上小西，你就是个白痴，混蛋，你……"刘湘词穷，再也找不出词来骂人，"总之，你要还是个男人，就去机场给我把简西追回来！"说着，刘湘便挂断了电话。

姚晨东沉默了，他将头靠在墙上，静静地思索。

简西已经拿着行李准备去机场，她故意选了早班机，这样就可以让大家别来相送，没有再见的泪水，就不会有离别的伤感。

在机场，简西接到了刘湘的电话。

"小西。你在哪儿啊？"

"已经到机场了。"简西一夜未睡，索性起了个大早到的机场。

"这么早？"刘湘诧异。

"嗯。"

"姚晨东找过你吗？"

简西咬了咬唇，"没有。"

"这个姚晨东，骂成这样了也没反应。"刘湘气愤地说道。

"你找过他？"

"何止，我还把他彻彻底底地骂了一顿。"刘湘在电话里的语气依然气鼓鼓的。

简西叹了口气，"刘湘，你别这样。"

"怎么？你还不舍得啊？"

"不是……"简西想要解释，刘湘已抢着说："他这种男人就是该骂，骂醒了才知道自己到底在做什么，小西，你别护着他，他这样的男人，太把自己当回事了！"

简西无奈地说道："好了，都过去了。"

刘湘还想说什么，突然尖叫了一声。

"刘湘，你怎么了？"简西听着电话里的声音吓了一跳。

"啊……"刘湘又一次尖叫。

"刘湘，你别吓我啊，你到底怎么了？"

"小西，救命！"刘湘痛苦地喊道。

简西一下子站了起来，惊慌失措地说道："出什么事了？展文博呢？"

"我……我好像……要生了！文博去北京开会，今晚才回来！小西，我肚子好疼……"她的声音虽然尖锐却越来越轻。

简西吓得不轻，立刻说道："你等我，我现在马上来。"

简西一边冲出机场，一边拨打了120急救电话。


黎素萍的手术非常成功，姚晨东在手术室外也算是松了口气，他看了看时间，简西马上就要登机，他拨了简西的电话，却一直没有接通。

回想着刘湘刚才的一番话，姚晨东突然想到了什么，不论结果是什么，他都不想自己再有遗憾，他冲出了医院大门。

可就在此时，简西正陪着即将生产的刘湘冲进医院，刘湘一路叫唤，吓得简西眼泪直流。进产房时，刘湘吓得让简西陪在她身边，听着刘湘的一直惨叫，看着她满脸的泪水和痛苦，简西的情绪跟着刘湘频繁的阵痛起伏不定。直到一声清脆的哭声打破了所有凝重的氛围，新生命的降临伴着阳光，像是驱赶了所有的阴霾。

简西帮刘湘擦拭汗湿的额头，"快被你吓死了。"

刘湘虚弱道："没想到小家伙那么性急地要出来，这才七个多月。"她睁大了眼，"孩子没事吧？"

"没事，你刚不是听见他的哭声了，比谁都响亮。"简西笑着说。

刘湘这才放下心，实在是体力不支，睡了过去，简西的心也松了不少，当护士抱着刘湘的儿子来到简西面前的时候，她突然感受到了生命的魅力，那么的干净纯洁，那么的幸福甜蜜。

"以生为缘，便有老死。"简西突然想到了这句话，所有的一切都像是生命的必然规律，卫斯明的死，刘湘孩子的生，万物循环不息，有了生的美好，仿佛死亡也变得不再这么可怕。

简西去办理相关的入院手续，却在大厅里遇到了姚采采。

"简西。"姚采采先看到了她，"你怎么在这儿？"

"我……"还没等简西回答，姚采采便开了口，"是我哥叫你来的吧，简西，我劝你还是先回去，现在真的不是时候。"

简西纳闷了，"怎么了？"

姚采采继续说道："现在我妈妈这个样子，你来了不但不能解决问题，更是雪上加霜，你就不怕我妈到时候旧事重提，新仇旧恨一起给算了？"

简西彻底蒙了，什么旧事重提，什么新仇旧恨，虽然她和姚晨东在一起确实是双方家长都不知道，可也没有到这种程度吧？

"我不明白你的意思。"简西一头雾水。

姚采采吐口气："简西，我知道你跟我哥的事我不能插手，也没法插手。但是我也想提醒你一句，虽然我哥爱你、疼你、保护你，但是他也有受不住的时候。他心里有多苦你知道吗？"

简西还是莫名其妙，她知道姚晨东的苦，但是仿佛没有自己想得这么简单。

姚采采见简西没有反应，有些生气，"你到底了解我哥吗？你到底知道他为你付出了多少吗？"

"到底发生了什么事了？"简西被她说急了。

"三年前，我哥已经为了你众叛亲离，现在，他又为了你和我妈起了冲突，你是要我哥失去多少东西才能安心？"姚采采的口气也冲了起来。

三年前，简西的脑里一阵轰鸣，"三年前怎么了？"简西问，她的声量陡然拔高，姚采采也为之一惊。

"三年前的事情你不知道吗？"

简西摇了摇头："你快告诉我，三年前到底发生了什么事？"

"你怎么可能不知道？！"姚采采不敢相信，简西和路璐这样的关系，她竟然会不知道姚晨东的事情，"路璐没有告诉你？"

"路璐？！"简西更感到不可思议，"关路璐什么事？！"

姚采采这才明白，简西真的是一无所知，看来姚晨东把简西保护得很好，他不让简西知道一切他的往事，也不让简西与他一起分担这样的痛苦。

"看来我哥是真的爱你，简西，如果你是个值得我哥爱的人，就应该设身处地为他考虑。"姚采采叹了一口气，"其他的我不便多说，但是现在真的不是探望我妈的好时机，你还是先回去吧。"

简西被姚采采彻底说蒙了，还不等她追问，姚采采已经在人群中消失，只留下简西傻傻地站在原地不知所措。

考虑良久，她拨通了路璐的电话。"路璐，你是不是有事瞒着我？"简西单刀直入。

"啊？"路璐不知道为什么明明已经上飞机的简西会没头没脑地打来电话问这个问题。

"姚晨东，你是不是知道姚晨东什么事情没有告诉我？"简西耐着性子追问。

路璐在电话那头沉默了。

"路璐，你告诉我，你快告诉我。"

"我……"路璐语塞，"事情不是你想的那样，简西，你听我好好说。"

接着，路璐将她和姚晨东的故事告诉了简西。她能隐约听见电话那头简西的抽泣声。

"小西……"路璐试探地问道，"你还在听吗？"

"嗯。"简西哽咽地回答道，"为什么不告诉我？"

"我，对不起，我，不想让别人知道我的事，但是我和姚晨东之间真的什么都没有，我们……"路璐想错了，她的本意是不想让她和姚晨东的过去伤害到简西和姚晨东之间的感情，她没想到她故意抹去的那段过往，居然是姚晨东为简西所承担的所有磨难。

"为什么？为什么会这样？"简西自言自语，她挂断了电话，她不想再听，也没有勇气再听，她一直以为姚晨东和她承受的痛苦一样是源自卫斯明，可原来，他所经历的要多得多，要痛得多。

曾经，简西还想过要自私地逃离，留下姚晨东一个人独自清醒地承

我们最后这么遗憾，我们最后这么无关

受。她还天真地以为这是最好的解决办法，可她竟然把所有的痛苦又一次推给了姚晨东，把所有的孤独又一次还给了姚晨东。


姚晨东赶到机场，去昆明的那趟航班早就起飞，姚晨东无奈地看着航班信息，终于还是没有赶上，终于还是留下了遗憾。

姚晨东垂头丧气地回到医院，黎素萍刚刚苏醒，姚晨东还想道歉，她却故意别过头去，不想理会这个不孝子。

姚采采把哥哥拉了出来，说道："哥，妈现在这样，你还是别来的好。"

姚晨东退出了病房，采采也跟了出来。

"哥，你也别让简西来，这个时候真的不合适。"

"简西？"

"我知道你的意思，但是妈现在这样，就算是简西来了也表不了什么心意，只能添乱。"

姚晨东拧起眉头，"她来过？"

"早上来过，我看着情形不对，让她走了。"

"早上？什么时候？"姚晨东激动地捉住姚采采的手问道。

姚采采也迷糊了，"就……就在刚才啊，哥，你们这是怎么了啊？"

姚晨东什么都没说，转身就跑。


天渐渐阴沉下来，姚晨东不顾一切地往简西家赶。他疯狂地按着简西家的门铃，可出来开门的却是路璐。

"小西呢？"路璐一开门，姚晨东便冲了进去。

"她不在。"路璐从没见过这个样子的姚晨东。

"小西没去云南是不是？"

路璐迷茫地点了点头。

"她在哪儿？"姚晨东问。

"我不知道。"

路璐还没来得及告诉姚晨东，简西已经知道了三年前的事，姚晨东已匆匆离开。他边走边拨打着简西的电话，但是电话虽然接通，却始终无人应答。

空荡的大街上，姚晨东迷茫地在原地徘徊，同是天涯沦落人，此刻的简西也正在街边彷徨着。

她看到了无数个姚晨东打来的电话，她不知道接起电话该和他说什么。走着走着，她竟走到了那个他们曾经定情的电话亭。

简西推开电话亭的门，将自己反锁在里面，她静静地回忆起那晚她和姚晨东的相拥，这是属于他们的小空间，只有在这里他们才能肆无忌惮地相爱，才能互相拥抱着缓解内心的伤痛。她似乎感受到了姚晨东的温度，就在这个狭小的空间内，他们似乎只要拥有了彼此的爱，便能存活下去。

姚晨东闭上眼睛，他努力地回忆着他和简西的过去，所有的甜蜜和纠结，像是化成了一幕幕的电影闪现在他的眼前，姚晨东这才明白，所谓刻骨铭心的相爱，就是即使爱得多痛多伤，也同样念念不忘。他根本无法割舍简西，无法割舍他们之间即便是痛苦的回忆，他欠简西一份完完整整的爱，欠她一个幸福美满的未来。他必须找到简西，他必须重头来过，他必须弥补简西所失去的一切美好。

突然，他脑中闪过一个念头，一切的源头，对，就是那个地方。姚晨东的心颤了下，他仿佛能感应到简西的气息，没错，就是那个地方，那个让所有伤痛开始的地方，那个让他们的爱开始的地方。

姚晨东加快了步伐，风零乱地卷起路边的树叶，他疯狂奔跑，却似乎想通了很多东西。没有人能躲得过爱情的磨难，我们可以怕痛怕伤，却不能克制不爱。他爱简西，他必须要为这份爱负起责任。

爱是一种承担，一种痛并快乐着的承担。

他掏出口袋里那根项链，吊坠在风的吹拂下静静地指向了姚晨东，他露出了一丝坦然的微笑，这就是简西的心，也是他命里注定逃不开的爱。

远远的，姚晨东看到电话亭里简西的身影，他兴奋地对着电话亭大叫："小西……"

简西不敢相信自己的耳朵，她竟然听到了姚晨东的声音，转身望去，远处的竟真的是姚晨东飞奔而来的身影。她再也顾不了这么多，打开了电话亭的门，隔着马路，两人四目相接。

姚晨东停住了脚步，他拨通了简西的电话。

这一次，简西终于接了起来。

姚晨东举起手中的项链，吊坠又一次平稳地指向了他自己："小西，你相信命运吗？"

"嗯。"简西颤颤地说道，她看到了那条项链，那条她本以为早就弄丢了的项链。

"你逃不开我的。"姚晨东微笑地看着她，那种笑意仿佛浸润了所有的爱，也温暖着简西的心。

"为什么没走？"姚晨东问。

"刘湘……刘湘突然肚子疼……她早产了……"简西语无伦次地说。

"那如果没有刘湘，你会上那班飞机吗？"

"我不知道……"简西咬了咬唇，可还未等她思索，姚晨东便替她回答："你不会的，我的小西不会就这么离开的。"

他懂她，简西又一次看到了姚晨东脸上那种自信迷人的笑容，就跟三年前的他一样，就是这个眼神，让所有人都会为之沉醉的眼神。

可这一次，所有的魅力都只为简西绽放，所有的爱都只驻足在简西的面前。

"为什么？"这次换简西发问，"为什么不告诉我三年前的事情？"

"你知道了？"姚晨东微微皱眉。

"别皱眉。"简西突然说，"你为了我皱了太多次的眉，为我付出了太多的痛苦，我希望你好好的，晨东，我只想要你好好的。"

姚晨东复又微笑，"小西，有你这句话，我所有的痛都是幸福的。我们都会好好的。"

"会吗？"简西不敢相信，她每次以为的美好，到最后都会成为泡影。

"会。"姚晨东的声音低沉而坚定，"你相信我，小西，我会给你一个未来，我们会幸福的。"

简西喜极而泣，她相信姚晨东，这一次，无论再付出怎样惨痛的代价，无论再经历怎样痛苦的纠葛，她都选择相信姚晨东，相信他们之间的爱。简西想要奔向姚晨东，奔向属于他们的未来。

"你别动。"姚晨东说，"我来，你等我，我不会再做感情的逃兵，我向你保证，今后的一切我都会承担，你只要站在那儿，等着幸福来临。"

简西甜蜜地点了点头。姚晨东挂断电话，迈开步子，往前奔去。

风声呼啸而来，卷起了满地的尘埃，简西举手挥去眼前的灰尘，说时迟那时快，远处路口一辆货车正朝着姚晨东飞驰而来。

风声太大，姚晨东没有听见汽车的声音，只见简西朝着自己大声地说些什么。姚晨东眼里只有简西，根本没有注意周围的变化。

简西突然往姚晨东飞奔而来，姚晨东没来得及反应，就被简西一把推开，只听货车一阵嘶鸣，"嘭"的一声，简西从姚晨东的视线里急速消失，姚晨东的心突然沉到了谷底，全身一阵寒冷，只见血泊之中的简西微微地挪动着身子。姚晨东疯了似的奔过去，简西双目直直地看着姚晨东，伸手想要什么。

"小西……"姚晨东脱下外套，紧紧地抱住简西，想要维持她身体仅有的温度，"别怕，没事。"他像是在安慰简西，也像在宽慰自己。

"给我……"简西指着姚晨东的手。

"什么？你要什么？"姚晨东问。

"项……链……"简西口齿模糊，吃力地说着。

姚晨东顺着简西手指的方向望去，是他手中的那根项链，他明白过来，他拿起项链，为简西重新戴上。

"小西，你别扔下我一个人，求你，别扔下我一个人。"

戴上项链的简西露出了久违的笑容，安静地闭上了眼睛。

"小西……"姚晨东抱着她潸然泪下。

## Chapter14

全剧终，
看见满场空座椅，灯亮起，
这故事，真实又像虚幻的情景

- - - - - - - - - - - - - - - - - - - - - - - - - - - - - - - - - - - -

姚晨东彻底崩溃了，他站起身来，用手挥向墙壁，雪白的墙壁沾染着一个个血痕，
分不清是简西的血，还是姚晨东的。

救护车呼啸而过。

姚晨东被拦在了手术室的门口，满手的鲜血，充满着简西的余温，他绝望地蹲在了手术室的门口。

叶琛闻讯赶来，他刚做完另一台手术就被通知有一名生命垂危的女病人需要紧急抢救。

"是简西？"叶琛问道。姚晨东点了点头，看着他满手的血，叶琛神色凝重地走进了手术室。

姚晨东的心像是被掏空了一般，他感受不到自己的心跳，汹涌而至的寒冷席卷了他的内心。他脑海中不断浮现简西推开自己的身影。简西的叫声，货车的刹车声，所有的声音都透彻刺骨的绝望，姚晨东彻底崩溃了，他站起身来，用手挥向墙壁，雪白的墙壁沾染着一个个血痕，分不清是简西的血，还是姚晨东的。

姚采采赶了来，冲上前，拉开了姚晨东。

"哥，你这是做什么？"采采看着满手是血的姚晨东，心疼不已。

姚晨东低着头，他通红的眼角透着愤慨和悲伤，他转过身来，对着采采说道："你知道吗？只差一点点，我们就能在一起了，真的只差一点点。"他的声音苍白无力，透着揪心的痛楚。

真的，只差那千分之一秒，他们就有机会走到最后。

"她会没事的。"采采安慰哥哥。

姚晨东走到墙角，蹲下身子，蜷缩成了一团，他将头静静地埋入双腿里，整个人不住地颤抖。姚采采想要做些什么，可是此刻，再也没有人能够拯救哥哥的内心，他的心跳仿佛已经和简西的连在了一起。

要么同生，要么共死。

姚晨东仿佛已经听不到自己的呼吸声，他脑里不停地浮现出简西的身影，他的心像是在和简西对话，但却始终开不了口。

不知道过了多久，手术室的门缓缓打开，叶琛走了出来，四处找寻着姚晨东的身影。

姚晨东突然站了起来，冲到叶琛身边，问道："简西怎么样？"

叶琛一脸凝重，姚采采也忍不住了，"你倒是说话啊。"

"暂时还没过危险期，简单来说就是失血过多，大脑暂时性缺氧导致了脑部受损，现在还在昏迷。"

"那她什么时候会醒？"采采抢先一步问。

叶琛摇了摇头："不知道。"

姚晨东退后两步，姚采采抓着叶琛问："这是什么意思？"

"我们已经尽力了，现在只能靠她自己。"叶琛看向姚晨东，"你不能放弃，她的生命力很顽强，现在只有你和她一起打这场仗。"

姚晨东看着简西被推出手术室，他跟了上去。再不理别的，这一次，他一定要和简西在一起。

接下去的几日几夜，姚晨东陪在简西的身边，他不停地和简西说话，虽然只是自言自语，但他始终相信简西能够听见。

"小西，还记得你当初说的那些话吗？你说你希望你的恋爱是自由的。我努力了，我努力地去挣脱我的命运，只为了你，所以你现在也要为了我好好地活着，我会等你醒来。

"小西，今天队里破了件大案子，局长答应我给我一个月的大假。你不是说你喜欢巴黎吗？等你醒了，我们去巴黎！

"小西，你知道吗？我昨晚做了个梦，梦见你醒了，我们结婚生子，幸福地在一起。求求你，别让这些成为梦境好吗？这样真的很残忍。"

姚晨东的心好累，他害怕所有的将来会在某一天清晨随着简西的离去而永远逝去。他不敢入睡，害怕每一次清醒，又害怕每一日的到来。


简玉珍从老家赶来，看见女儿这个样子差点哭晕过去。

"阿姨，您别这样，小西会没事的。"姚晨东安慰着，这是简玉珍第一次见到姚晨东。

"您放心，我会一直陪着小西，直到她好起来为止。"姚晨东深情的目光始终停留在简西身上，"我相信她一定会好起来的。"

姚晨东拜托路璐照看简玉珍，他的痴情路璐看在了眼里，她无数次祈求上苍可以让简西快点好起来，希望她和姚晨东能够走到最后。

在采采的告知下，黎素萍也来到了简西所在的病房。

这是她第一次见到简西，从采采口中得知简西是为了救姚晨东才会这样，黎素萍也不禁动了恻隐之心，对简西再也反感不起来了。

"妈。"姚晨东没想到母亲会来。

黎素萍还想说什么，人心肉做，看着姚晨东和简西艰难地相守，她的心怎么会不软。

"什么都别说了。"黎素萍了解自己的儿子，此时此刻，还有什么比简西的生命安全更重要呢？

姚晨东看着母亲，黎素萍拍拍儿子的肩膀，"你也要注意身体，采采说你已经很久没有回去休息了。"

姚晨东逞强道："我没事。"

"怎么可能没事？"姚采采抢着说道，"你都几天几夜没睡了。哥，再这样下去，你的身体吃得消吗？"

"对啊，儿子，赶紧回家睡一觉吧。"

姚晨东还是不肯，姚采采只能使出杀手锏："妈才动完手术没几天，你这样不是要她为你担心吗？"

黎素萍看着姚晨东，"还是回家休息吧，否则简西醒了，你也倒下了。"

姚晨东没办法，这才同意回家好好休息一晚。

空荡荡的屋子里，姚晨东极力地想要睡着，可眼睛一闭上就是简西的影子。他根本睡不着。

虽然他极力地安慰着自己，简西会醒，可事实的残酷也将他一次次地击垮，无论他说什么，做什么，好似都不足以唤醒沉睡的简西。她就像一个睡美人，可他却不是那个能吻醒她的王子。

他走到桌子前，打开抽屉想找烟抽，无意中又看到了卫斯明的手机。

鬼使神差般地，姚晨东打开了手机。黑暗的屋子里，手机闪烁着唯一的光。姚晨东点开了视频。

他一遍遍地回看着卫斯明对简西的求婚，他居然已经感受不到那时的难过，取而代之的是羡慕。他奢望有一日，简西也能看到他对她的求婚，他对她的誓言，然后幸福地笑着答应和他一辈子在一起。

看着看着，姚晨东突然发现还有一段他和简西都没有看到过的视频。他点开了那段视频，心里顿时五味杂陈。

他带着手机冲出了家门，开车一路疾驶来到医院。他走进简西的病房，激动地握住了简西的手，他把手机打开，播放着那段视频。

"小西，你快听，这是卫斯明录给你的。"姚晨东几乎声泪俱下，"你听见了吗？小西，他原谅我们了，他早就都原谅了我们。"

终于，当他们的爱再没有了任何的阻碍，却要面临生与死的考验。

姚晨东不停地播放着视频，他的眼泪浸湿了简西的双手，他等待着一个奇迹。

……

简西醒来的时候，刘湘的孩子已经百日。她抱着孩子激动地来探望简西。

"小西，你知道吗？你可吓死我了。"刘湘还是一副一惊一乍的样子。

简西看着不禁觉得好笑："都当妈妈了，还这副样子，也不怕吓坏你的孩子。"

"我的孩子跟我一样呢，不会这么容易就被吓坏！倒是你，让我时时刻刻都放心不下。"

简西释然地一笑："这不都过去了吗？"

"你说得倒轻巧，你没看看你把我们一个个都吓成什么样子了！"

简西笑着没有说话。

"小西，你昏迷的时候究竟想了些什么？"刘湘好奇地问。

简西笑眯眯地，"不告诉你。"

刘湘瞪大了眼睛，"告诉我告诉我呗，也好让我多点写作的灵感。"

"喂，你这人还有没有良心，拿我的昏迷当灵感啊？"简西嗔怒。

"你就说一下嘛，就当满足下我的好奇心。"刘湘缠着她不肯放过她。

简西拗不过她，"我梦见卫斯明了。"

"啊？"刘湘张大了嘴巴，一副不可思议的样子，"你们说什么了？"

简西回忆了下，"我也不知道这算是我进了他的梦，还是他入了我的梦。反正那种感觉很真实，好像是我真的在和他说话。他说他早就知道了我和姚晨东的事情，他不怪我，而且祝福我们。"

刘湘听着就起了一身鸡皮疙瘩，说道："小西，你不会傻了吧？"

简西回了刘湘一个白眼，"是是是，我是傻了，才会跟你说这些，赶紧带着我的干儿子回家，孩子这么小，带他来医院干吗。"

刘湘还想再说什么，眼角的余光瞅见了在病房外踱步的姚晨东。

"怪不得要轰我走呢！"刘湘指了指外面，"看人家才站了几分钟啊，就心疼了是不是？"

简西压根不知道姚晨东在外面，连忙解释："胡说八道，我都不知道他来了。"

刘湘故作可怜地抱起自己的儿子，"儿子啊，你干妈都不待见咱们了。我们还是识趣地走吧。"走了几步，刘湘突然转过身，"小西，我觉得卫斯明是真的原谅你了，像这傻小子的性格。"

"嗯。"简西笑着点了点头，她目送着刘湘走了出去，神情交错间看见了姚晨东提着两大包的东西走了进来。

姚晨东和刘湘打了声招呼，刘湘故意怒道："姚大警官，你们家简西现在眼里可只有你了，连我这个好朋友和干儿子都抵不上你在外面站个五分钟。真是人情冷暖啊。"

简西急着说道："刘湘，你说什么呢？！"

姚晨东不好意思地笑了笑："是我不好，我该站远一点，不让她看见的。"

刘湘满脸的黑线，她没想到姚晨东竟然还真好意思说这话，她"切"了一声，"懒得理你们，我先走了。"说着挥了挥手，和简西道别。

姚晨东拎着大袋小袋地走到简西的病床前。

简西问道："这都是什么呀？"

姚晨东细细看了下袋里的东西："我也不知道是什么，都是我妈和你妈让我带来的。"

"啊？我妈和你妈？"简西没弄明白，"你妈妈怎么也……"

姚晨东走到简西的床边，用手在她的掌心间摩挲着，"你都救了我一命了，我妈还能拿我们怎么办呢！"

"……"简西什么都没说。

姚晨东抬头对上简西的眼睛："小西，我都不敢相信这是真的，你是真的醒了吗？"

简西微微点头，说道："说什么傻话呢？"

"我早上起来真害怕这又是一场梦。自从你昏迷之后，每晚我的梦里都是你醒来的场景，我很清楚我在做梦，但是我哀求我自己不要醒来，因为一醒来，这就真的是一场梦了。"姚晨东的声音有些发抖，他低头轻吻简西的手背，"小西，我有多害怕你知道吗？我害怕你永远都不会醒，我害怕你会永远离开我。"

简西抬手拂过姚晨东的脸庞，本就消瘦的姚晨东由于这几个月来的恐惧，两颊已经瘦得明显凹了进去。简西心疼地抚摸过他脸上每一寸肌肤，像是要用手记住他的轮廓，用心抚慰他的恐惧。

"我这不是好好的吗？"简西安慰道。

姚晨东嘴角微微上扬，说道："嗯。"

简西伸手从颈间掏出了那根项链："你看，这也好好的。"

姚晨东一把将简西搂了过来，嘴唇轻轻掠过她的双颊，姚晨东的呼吸在简西的耳边均匀而有力地流淌，像是在诉说着他所有的爱意。

"小西，你嫁给我好吗？"姚晨东忽然说道，带着一丝沉沉的忐忑，也带着一种无法割舍的眷恋。

"嗯。"简西答应了，没有任何的犹豫，她可以很自由地和姚晨东在一起，永远地在一起。

"晨东，你知道是谁把我叫醒的吗？"

姚晨东摇了摇头。

"是斯明，是他把我叫醒的。"简西开心地说道，"他说他原谅我们了。虽然是个梦，但是真的好真实，我相信他是真的原谅我们了。"

姚晨东笑着吻了简西的额头，说道："傻瓜，这不是梦，他真的原谅我们了。"

简西不解地看着姚晨东。

姚晨东从口袋中拿出卫斯明的手机，递给了简西。

"这是？卫斯明的手机？"

"对，你打开最后一段视频看看。"

简西滑动着手机，拉到了最后，那段她曾经不敢再看的视频，终于还是被她亲自点开。

卫斯明的声音再一次传入了她的大脑，就跟她梦里的声音一样。她静静地听着卫斯明的一字一句，泪水还是不自觉地流了下来，就像是刘湘说的那样，卫斯明就是这样一个人。

简西反复地播放着这段视频，几乎是声泪俱下地问着姚晨东："这……都是真的吗？"

姚晨东握住简西的双手："真的，千真万确。小西，我们有了卫斯明的祝福。"

简西怎么也不会想到，她还能听到卫斯明对她的祝福，她还能感受到这个阳光大男孩在爱中最后的退让和牺牲。


简西住院的日子里，姚晨东奔走于工作与医院之间，又要操办婚事，忙得团团转。简西几次劝他弄得简单点就好，可他执意要给简西一个最完美的婚礼。简西好想告诉他，她最完美的婚礼，只要有他就已经足够。

一日，简西在病房里无聊地玩着手机，一个陌生的女人走了进来。

"你是……"简西奇道。

"我是姚晨东的母亲。"黎素萍想了很久，还是想和简西谈一次。

"阿姨……"简西有些惊慌失措，她没想到会在这样的场景下见家长。

黎素萍走到简西的床边："身体好一点了吗？"

"好很多了。"简西轻声说，"阿姨，听晨东说您也刚做完手术，您没事了吧？"

"人老了，就是这点毛病，不碍事的。"黎素萍语气平缓。

简西微笑着，她想着应该怎样和这位未来的婆婆打开话题，可她本就不善言辞，此时更是说不出话来。

"简西，谢谢你。"黎素萍终于开了口，"谢谢你救了我的儿子。"

出于肺腑，黎素萍很感谢简西的奋不顾身。

"这没什么。"简西停顿了片刻又说，"当时我也没想什么，我想，救晨东也许是出于我的本能，换做是他，也会奋不顾身地来救我的。"

黎素萍感叹道："晨东从小就是个好孩子，他听话，乖巧，学习也好。我和他爸爸都以他为傲。可自从退伍之后，我们都觉得他变了。"

说到这里黎素萍不由自主地看向简西，简西愧疚地低下了头，她知道，姚晨东所有的改变都是为了她。

黎素萍继续说："我曾经以为，他忤逆不孝，大逆不道。气死了他的父亲，却还是一意孤行。"

"阿姨，对不起，我不知道……"简西急着想要道歉。

黎素萍打断了她的话："你先听我说完。久而久之，我发现我根本不了解我的儿子，从来就没有走进过他的世界。也许，我们为他的人生安排了太多，铺设得太完整。我们都以为他的人生就应该按照既定轨道行走。可人生总有很多意外，你就是他人生中的那个意外。"

"说实话，我曾经很讨厌你。"黎素萍说着这样的话，语气却依旧平缓和睦，"我讨厌你改变了我的儿子，颠覆了我的家庭。但是就在你昏迷的时候我真正看清了我的儿子。其实我接受你并不只是因为你救了晨东，也因为我真正开始选择去了解他。以前我总以为，他对你的感情是源于对家庭的叛逆，和对我们的不满。我们觉得他不成熟，不安定，更觉得他不孝顺。可当我看到你愿意为他牺牲性命，他也能为你魂不守舍的时候，我才真正意识到，一切都是我看轻了我的儿子。他已经不再是被我呵护在手心里的那个孩子了，他已经渐渐成长为一个有担当、有责任心的男人。简西，我知道，你是个好女孩，采采把你和晨东的故事都告诉我，我不再怪你，也不再阻挡你们相爱相守。"

"阿姨，谢谢您。"简西由衷地感谢黎素萍，解开他们相爱相守最后的束缚。

黎素萍摇了摇头，"你不用谢谢我，是晨东的不顾一切打动了我，是你的奋不顾身感动了我，是你们对爱的执着让我重新审视这个世界。也许我们那代人的观念真的已经老了。"

　　"不，阿姨，我还是要谢谢您。谢谢您把晨东带到了这个世界上，谢谢您同意我和他在一起。阿姨，我也请您相信我，无论何时何地，晨东依旧会是那个让您骄傲的好儿子。"

　　黎素萍看着简西，她很放心把儿子交给能说出这样一番话的女人，她一直错怪了简西，错判了他们的爱情，也险些让儿子错过了这样一段美好的姻缘。也许，她真的老了，老到需要停下来重新看看身边的孩子。

　　"简西，我把我们晨东交给你了，你们一定要好好地在一起。"黎素萍握着简西的手，语重心长地说道。

　　简西主动地拥抱了黎素萍，所有的恩怨，所有的对错，都在爱的感动下一一化解。


　　简西恢复得很快，叶琛说这也算是医学史上的一大奇迹了。是姚晨东和简西之间的爱让简西苏醒，是他们的执着，让所有的痛苦随之烟消云散。

　　简西出院那日，刘湘本来安排了一场盛大的"重生party"，可姚晨东却替简西推辞了，他有个更加重要的地方要带简西去。

　　在车上，姚晨东全程没怎么说话。

　　"你这样刘湘不生气吗？"简西对姚晨东推掉了刘湘的安排有些疑虑。

　　"就刘湘那个性子，她能生气多久？再说了，你身体才好，经不起她的折腾，谁知道她要闹出什么花样来？"

　　简西笑笑道："是你怕刘湘弄什么花样来折腾我，还是怕她又出什么怪招来折腾你啊？"

　　姚晨东笑而不语。

"这是要带我去哪里？"简西问。

"过一会儿你就知道了。"

"你妈妈来看过我了。"简西突然说道。

姚晨东微一皱眉，问道："她和你说什么你都别太放在心上。我妈这个人，嘴硬心软的。"

简西看到姚晨东一脸紧张不禁觉得好笑起来。"你以为她会和我说什么？"

姚晨东见简西一脸轻松，便已经知道没事。

简西继续说道："她和我说，让我好好监督你，一定要你对我好，不然就告诉她，她从军区赶回来打你这个不孝子。"

姚晨东笑笑，"这还没过门，就开始同仇敌忾对付我了，哎，看来以后我要被家里这三个女人烦死咯。"

简西笑得舒心畅然。"晨东，我觉得你妈妈挺不容易的。"

"嗯。"

"我从没想过她还能原谅我。"

"从来就不是你的错。"姚晨东打断了简西的话，"你什么都没做错，错的是我，她不是原谅你，只是接受了你。"

简西没有说话，姚晨东继续安慰她："小西，让过去的都过去吧。我们经历这么多就是为了往将来飞奔，不要再回头看了。"

简西郑重地点了点头："你说得对！我们要向前看，美好的未来等待着我们！"简西突然意识到姚晨东开的路线，"你是要带我去卫斯明那儿吗？"

姚晨东点头应了声："是。"

"我也有话要对卫斯明说。"简西闭了闭眼。


不久，两人携手来到了卫斯明的坟墓前。

简西不由得俯下身去，抚过卫斯明的遗像，他的笑容，他的温柔，不仅仅铭刻在了这冰冷的石碑上，更是刻在了简西和姚晨东的心里。

"斯明。"姚晨东突然开口，"今天，我们两个要当着简西的面来一场男人间的了断。"

简西狐疑地望着姚晨东，他的眼里透着认真，他蹲下身子，摆上鲜花，用手抚过埋葬骨灰的石磴，叹了口气，说道："臭小子，是我输给你了。"

"是我输给你了，斯明。你比我勇敢。"姚晨东郑重其事地说道，"我们都爱简西，但是你比我爱得更加勇敢。就连分开，你也要比我洒脱无数倍。你赢了。"

"晨东……"简西不由得唤出声，姚晨东比了一个噤声的手势，继续说道："现在，小西就在这儿，我们两个就应该在这里了断。我知道你选择退出不是因为你懦弱，而是为了成全小西的爱。所以，即使我在爱情的勇敢上输给你了，但是我会用今后的日子向你证明，我爱简西，跟你一样爱她。我给你一个承诺，也给小西一个承诺。我爱简西，一个人，一辈子。"

姚晨东直起身来，顺势扶起了简西。他用手紧紧地将简西拥住，对着卫斯明那个阳光的笑容，说道："斯明，你放心吧，我们会好好的，我们会连带着你的那份爱，一直好好地一路走下去的。"

简西也被姚晨东的话语所感动，她对着照片中的卫斯明说："斯明，我欠你一句对不起，也欠你一句谢谢。我会记住你的爱，你的付出，你的牺牲，你的勇敢，你的执着。你一切的一切，我都会记在心里。我会把我的歉意和谢意带进我对你的记忆，珍藏在心里，一辈子。"

阳光斜洒在简西和姚晨东的侧脸，他们不禁对视，看见彼此颈中的项链，直指着彼此的内心。

这是他们爱的方向，也是他们永恒的幸福。

**Chapter 14**

## 番外一
## 给你最后的疼爱，是放手

------------------------------------------

在他认为可能是最难挨的岁月里，认识了一个叫简西的女孩。
他从来不相信什么一见钟情，可那一刻，不由得他不相信。

想做一个英雄，是卫斯明从小的愿望，所以他选择去当兵。

刚入军营的时候，他其实有些后悔，枯燥乏味的生活，一成不变的年岁，让生活变得更加漫长。

可卫斯明从没想过，在他认为可能是最难挨的岁月里，认识了一个叫简西的女孩。

他从来不相信什么一见钟情，可那一刻，不由得他不相信。

简西和其他女孩不同，她身上有一种独特的气息，一种你无法形容的魅力，她吸引着你，让你不断地想要靠近。

卫斯明曾经以为他们是两个世界的人，人家能动不动就写一本《诗经》的读书笔记，而他就连看军营规章手册都能打瞌睡，用战友木亮的话来说：你们根本是两个世界的人。

可卫斯明从不相信区区一本《诗经》就能成为他和她之间无法跨越的鸿沟，也许简西不知道，卫斯明曾经为了能进入她的世界，偷偷托人从外面买了本《诗经》进来，夜夜躲在被窝里打着手电看。虽然很多都看不懂，可他却看得入了迷。

卫斯明曾经很迷恋"窈窕淑女，君子好逑"这句话，他以为对简西的感觉就是这样，可他从不知道，居然还会有"执子之手，与子偕老"的冲动。

卫斯明很喜欢和简西在军营独处的日子，简西喜欢安静，他便在旁一言不发地看着她。简西要是寂寞，他便能随时随地惹她欢笑。他极尽可能地展示着他自身的魅力和独有的才华。偶尔，他也会在她面前说上两句"之乎者也"的话。卫斯明喜欢她对他的刮目相看，也好想让她知道，他所有的改变都是为了她。

大家都说卫斯明是个自信甚至是有些狂妄的家伙，但是面对简西，他却也有胆小害怕的一面。说实话，卫斯明一直很担心姚晨东的存在。他总觉得姚晨东看简西的眼神很不一样。虽然他总是否认，但卫斯明一直知道他喜欢简西。因此，很多时候，他的担心来源于姚晨东。

卫斯明什么都要走在姚晨东的前面，就连部队演习都要申请主攻的位置。他要让简西看到他的优秀，要让他的光彩时时都压过姚晨东。

可他想不到的是，政委却阴差阳错地安排了简西在姚晨东的队伍里进行实地采访。他懊恼得差点当场就扔了枪杆子。瞧着简西看姚晨东的眼神，卫斯明心里泛起了阵阵醋意。

在演习的日子里，卫斯明心不在焉，脑里总是盘旋着简西和姚晨东在一起的场景。就在结束的那日晚上，他终于忍不住问了姚晨东。

"怎么样？和简西独处的时间还行吧？"卫斯明躺在床上语无伦次地问着。

"什么还行吧？"姚晨东躲避着卫斯明的话题。

"我总觉得简西喜欢你。"卫斯明故意说了一句。

卫斯明原本以为会听到姚晨东极力地辩解以及一如既往的不屑一顾，可是这一次，姚晨东却没有说话。他的沉默让卫斯明心底的恐惧又一次油然而生。

"你给个准话啊，要不我们公平竞争，出去干一架！"卫斯明从床上跳了起来。

可姚晨东却依旧是那个姚晨东，他若无其事地紧闭双目，像是隔绝起这世间所有的嘈杂与喧嚣，他独活在他平静的世界里，卫斯明看不清他，却又不得不佩服他。

那晚，彻夜难眠。

在此之后，卫斯明更加慌乱地想要在简西心里留下些蛛丝马迹，也不停地捕捉着简西望向姚晨东的目光。卫斯明害怕从她的眼底看到不舍，也害怕从她眼底看到她不曾给过他的眷恋。他决定做些什么，做一些姚晨东一定不会做的事情。

卫斯明故意赶在姚晨东之前去给简西送行，故意当着姚晨东的面和她表白，故意做出一副吊儿郎当玩世不恭的样子。这是一场他意料之中的失败表白。卫斯明看到了简西的惊讶，姚晨东的震惊，也看到自己内心深处的卑微与落寞。

卫斯明以为姚晨东会被他激将，以为他会和他来一场男人之间的争斗。可姚晨东依旧冷静沉着，他面无表情地走向简西，淡然地说了几句告别的话。更让卫斯明气愤的是，他看到了简西眼中顿时闪过的失落。

她为姚晨东的平静而感到的失落。

卫斯明回去就问了姚晨东："简西她喜欢你，你难道看不出来吗？"他话中带了一丝玩味，掩饰了内心的气愤和不安。

"那你还和她表白。"姚晨东居然这样回答。

"我喜欢她是我的事，她喜欢你是她的事，这并不矛盾。"

姚晨东转过身来，对着卫斯明说道："斯明，你更适合简西。"他说得无比诚恳，却也无比隐晦。他没有承认，也没有否认对简西的感情，却又顺理成章地将简西推给了卫斯明。

卫斯明开始对姚晨东重新审视，他到底是个怎么样的男人？

直到卫斯明看到他和他妹妹在军营里那场所谓的"耳鬓厮磨"。

军营里很多人都不认识姚晨东的妹妹，可卫斯明却无意中在姚晨东的行李里看见过他的全家福。起初他也不知道姚晨东为什么要这么做，可当他见到远处驶来的军车里简西失望的表情，卫斯明便明白了。

这是姚晨东给简西的送别礼，也是他对那句"斯明，你更适合简西"的践行。

卫斯明突然想明白了，也许对于他，对于姚晨东，简西就像是他们生命中的一个过客。转瞬即过的青春，谁没有留下过点点遗憾呢？

因此，卫斯明和简西的故事就像是彼此生命中的插曲，可他没想到，这首插曲的延续竟会成为他生命的主旋律。


退伍后，姚晨东和卫斯明决定要去上海。晚会上，他们两个都喝得酩酊大醉。

"你为什么要去上海？"酒醉半分醒，卫斯明故意问。

姚晨东即使喝得很醉，也保持住了他的风度翩翩，他只是笑笑，没有说出原因。

"是因为简西吗？"卫斯明继续问，"我知道，你一定是因为简西。"

"我想明白了一些事。"姚晨东突然说道。

"什么事？"

"一些我早就应该想通的事情。"

"所以呢？"

"所以我要去上海。"姚晨东突然走过来拍拍卫斯明的肩膀，说道，"兄弟，我要自由！"

之后的对话，卫斯明的印象已经很模糊，只记得那晚，他从没见过姚晨东笑得如此肆意和坦然，当然，他也从不知道他之前的人生是如此的压抑和不堪。

没几日，他们正式宣布退伍分配，但是姚晨东却不见了踪影。

卫斯明走进政委的办公室，想问一些姚晨东的情况。

"政委，晨东呢？怎么好久没见到他了。"

政委言辞闪烁，卫斯明知道姚晨东一定发生了什么事情。

直到卫斯明到了上海，安顿下来之后，姚晨东才联系上了他。原来他留在了军区，听从了家里人的安排。

其实在这三年里，卫斯明尽力地打听着简西的下落，可始终没有头绪。直到他无意中在报纸上看到了署名简西的记者，虽然他不懂文章，可能够感觉到，这个简西，就是他认识的那个。

　　卫斯明想了无数种方式重遇简西，可从没想过会在元旦夜与她不期而遇。

　　再次遇到简西，却依旧恍如初见般的美好。她还是那个她，卫斯明还是那个深爱她的卫斯明。他一直相信缘分，相信他们之间是注定的相遇。

　　卫斯明装得若无其事，像一个久违的好友。他也叫来了姚晨东，他不知道为什么要这么做，但是他的心告诉他，一定要找来姚晨东，他一定要这么做。

　　赢要赢得霸气，输也要输得潇洒。

　　人生就是这样，没有不需要努力的理所当然，就像没有不需要追求的女生一样。卫斯明想尽办法得到简西的心，想尽办法证明对她的爱，可他却忽视了那个他一直不敢忽视的姚晨东。

　　在简西的病房外，卫斯明听到了他们的对话。

　　卫斯明曾经很恨姚晨东，为什么这么好的简西他会舍得不要，为什么这么美好的爱情他能忍心说不。为什么要让简西所有的梦都真的变成梦境。

　　他是一个残忍的男人，可是他的残忍却给了卫斯明爱的机会。如果这算是乘虚而入，那卫斯明承认，可他的趁机只是想给简西一个更好的将来。

　　卫斯明会比姚晨东更加爱她，而他只希望从她身上得到哪怕千分之一的爱。

　　第一次牵手，第一次接吻，卫斯明用心记录下他们之间的每一个瞬间。他是个执拗的人，他坚信这种瞬间将会成为日后永恒的回忆，待他们老去的那一日，他可以很自豪地告诉自己的孩子，我爱了你妈妈一辈子。

　　对简西的爱，让卫斯明很快感受到了害怕。他开始变得恐惧，很怕一不留神就会失去她。卫斯明总觉得，即使和简西靠得很近，心也会有一种隐隐的疏离感。很多时候，他会觉得这是他的幻觉，可它却变得越来越真实。

但是恐惧还未来临，简西就出事了。

即使在惊慌失措中，他也看到了姚晨东眼底的慌张。他还是隐隐觉得不安，直到姚晨东打电话给他，告诉他接到了简西的电话。

即使简西的安危盖过了所有的醋意，但姚晨东却又一次横在了卫斯明和简西的中间。卫斯明尽量加快速度，想赶在姚晨东前面遇到简西，可就跟以前一样，他即使再怎么努力，却总是落后一步。

最终还是姚晨东救了简西，可他却把功劳推给了卫斯明。是的，卫斯明需要这份功劳，可他更害怕姚晨东给他的这份功劳。

卫斯明约他出来，可姚晨东的云淡风轻又让他陷入沉思，有一瞬间，他以为是他对简西的太过在乎才导致了对姚晨东的误解，可就当姚晨东转身离去的那一刻，卫斯明才明白，所有的一切，都是真实的。

男人与男人之间的对话，有时候不需要言语的说明。

既然姚晨东选择退出，那他就更应该学会珍惜。

就在这时，简西说要带卫斯明回家过年。他的兴奋之情溢于言表，他觉得他开始渐渐走进简西的内心，开始真正能做她心里的那个男人。

可那场即兴的求婚，又让卫斯明的心揪了起来，他能看到简西泪水中的感动，可他感受不到她眼中的爱。

她到底爱不爱他？这是卫斯明经常问自己的一个问题。卫斯明对简西的执念让他从来不去在意她到底爱不爱他，可当他爱得越深，陷得越深，他就越来越想要知道这个答案。他想知道他深爱的那个人是不是也同样深爱着他，也许不必深爱，哪怕只有一点点的爱意就好。

其实卫斯明有很多次问的机会，但是他害怕这问题会打碎这份他小心翼翼维护起来的爱情，所以他不敢问，他宁愿像个鸵鸟一样地相爱，也害怕得知真相后的伤痛。

但是，事与愿违，那个雨夜，那个电话亭，生生地将卫斯明的心撕碎，也痛痛快快地解开了他的心结。

姚晨东。他终究还是输给了姚晨东。

卫斯明特意避开简西，故意说自己在加班，他害怕她开口说分开，他以为这样就能暂时维持住这段感情，也许有一日，简西会想明白，他卫斯明真的不比姚晨东差。

没想到，却是姚晨东站了出来。

卫斯明其实能猜想到他为什么要找他，两个男人间的谈话，他其实并不喜欢这样的谈话，姚晨东的扭扭捏捏，顾左右而言他，还不如兄弟俩痛痛快快地出去干一架。但是卫斯明不能把简西当成是他们相互较量的彩头，她是个女人，是他们同时深爱的女人。

卫斯明说了他要向简西求婚，他了解姚晨东，他想要让他认清楚，他卫斯明才是简西的男人，现在是，将来也是。

姚晨东细微的表情变化让卫斯明知道，在这场战争里，他是占有先机的，只要他努力，谁胜谁负还不一定。

卫斯明赶回了警局，招呼了几个队里的好兄弟。"兄弟们，我要给大家宣布个事儿。"

大伙儿围了过来。

"兄弟我准备求婚了。"卫斯明说道，"如果是兄弟的话，就帮个忙，录点好话儿哄哄我的媳妇儿。"

他一直答应简西的一个完整浪漫的求婚，他要做到，即便是输，他也要输得光彩。

在大家的起哄声中，卫斯明感到了一种从未有过的落寞，他带着像是偷来的幸福喜悦，种出了最虚伪的爱情故事，他在自欺欺人中深爱着一个女人，也在不知不觉中迎接他们爱情的终点。

在给大家录完视频之后，卫斯明默默地走进了更衣室，对着手机录下了求婚的视频。他把他所有的爱一次性全部说完，也把心中所有的美好一次性全部宣泄。他知道简西永远不会看到这个视频，这是他爱她的最后一种表达方式。

他默默守着对爱情的眷恋，一步步地等着她同他说再见。

卫斯明放下手机，却突然接到了简西的短信：

斯明，对不起。

刚看了个开头，卫斯明就合上了手机，他知道简西要说什么，可他不想听，不想看，不想知道。至少现在不想，这一秒不想，好让他在这虚假的美好中再多沉沦一秒。

可事实终究还是事实，该来的总要来，无论是缘还是劫，谁都逃不开。

卫斯明又一次打开手机，重新读了那条短信：

斯明，对不起。

我不知道还能说什么才能弥补我此刻心中的愧疚，我也不知道我要说什么才能让你理解我此刻的心情。我相信分开是对你我最好的选择。我不奢望你的原谅，只希望你能好好地生活。

愧疚……

这是简西形容卫斯明和她之间爱情的唯一一个词，他终于想明白了，原来他的爱已经成为了她的负担，原来曾经以为的两情相悦到头来只是一个人愧疚和另一个的执着。

所以，卫斯明选择放手，这是他最后对她的疼爱。

他轻轻按下简西的那条短信，删除了。既然一切终究要结束，那他还是还她一个不用愧疚的未来吧。

卫斯明对着手机录下了这样的一段视频：

小西：你不用愧疚，你没有对不起我。其实，有件事情放在我心里很久了……

你和姚晨东的事，我知道。但是奇怪的是，我知道了之后并没有很生气。也许这人就是这样，一件事，转个弯就容易想通。我其实挺羡慕姚晨东这家伙的，有福气，能让你喜欢上。不过我也不差是不是？但是我们可说好了，对外可得说是我甩了你，不然我多没面子是不是？嘿嘿。小西，晨东，我祝福你们，真心实意地祝福你们。

他轻轻按下保存键，准备发送，队长便冲进了更衣室。

"斯明，有情况，要马上出发。"

卫斯明合上手机便冲了出去，他从没想过，这样的一去竟是永别。


卫斯明一直想做一个英雄，很多人都笑话他，说他不实在。可他总相信他会有做到的那一天。可遇到简西的那一刻，他才知道，他只想做她一个人的英雄。

他从不知道死亡是什么滋味，所以从来就没怕过。可是当你离死亡越来越近的时候，原来会这么的害怕。

卫斯明掏出口袋里的手机，颤颤地想要将这段视频发送给简西。可他的手像是突然没了力量，手机伴随着身体重重地倒在了地上。

他努力地想要握住手机，他听见周围的人在呼喊着他的名字，他细细分辨，想要听到一丝丝简西的声音，他不敢闭上双眼，他害怕再也见不到简西的样子。他伸手想要捉住曾经的那些美好，可手还停滞在半空，心已经随风而去。

小西，我好爱你。这是卫斯明的心最后的声音。


"斯明……"卫斯明突然听到了简西的声音。他转过身去，那是他第一次见到她的模样。

"小西，你怎么在这儿？"这不该是她来的地方。

她什么都没说便落起了泪。

卫斯明心急地看着她，问道："怎么了？是不是姚晨东欺负你了，我帮你去教训他。"

简西抱住了卫斯明，轻声地说道："斯明，对不起，对不起。"

"傻瓜，你没有对不起我啊。"

"我有，我有。对不起，对不起。"她不停地道着歉。

卫斯明将她的头托起，安慰道："简西，你听好了，你没有对不起我，我也没有怪你。"

简西不敢相信地望着卫斯明的眼睛，说道："真的吗？"

"真的。"卫斯明说，"还好你喜欢的是姚晨东，不然现在你可不得伤心成什么样子呢！"

卫斯明随口的一句话，又惹得她直掉眼泪。

"哎哎哎，我随口乱说的，你可别当真啊。"

"斯明，我是个坏女人吗？"

"当然不是，我们小西是全世界最完美的女人，不然我怎么会喜欢你？"

"可我辜负了你。"

"小西，你没有辜负我，你有权选择你自己的幸福，况且，你选的那个也不赖嘛！"卫斯明笑笑，继续说，"真的，小西，我不怪你，既然我爱你没有错，你爱姚晨东又能有什么错呢？别傻了。"

如果你爱一个人胜于爱你自己，这种爱终会感动所有人的。简西也没有错，她只是不爱他。

"小西，你要好好地活着，过了今日，不要再有什么顾虑，和晨东好好地相爱。如果他有什么对不起你的，你就和现在一样，来梦里找我，我帮你好好教训他。"

"斯明……"

卫斯明用手指轻抚过她的嘴唇："什么都别说，我都懂。去吧，姚晨东在等你，你们会有一个幸福的将来，所有人都会祝福你们，包括我。"

卫斯明轻轻地将她推开，她渐渐远离他的视线。

卫斯明的爱，很简单，不需要理由，不需要回应，不需要未来。

只是，无论过了多久，他还是那个深爱简西的卫斯明。

## 番外二
## 给你我全部的爱

------------------------------------

姚晨东彻底崩溃了，他站起身来，用手挥向墙壁，雪白的墙壁沾染着一个个血痕，
分不清是简西的血，还是姚晨东的。

姚晨东的人生，就像是一个早已设定好的航线，不允许有一丝一毫的偏差。

从小到大，他都竭尽所能地去做好姚晨东这个人，他不知道什么叫作自我，也从不想去追求所谓的自由。

那年，父亲让他去当兵，他便欣然前往。

也许，在他的内心深处还是厌恶着这样的人生，当兵的岁月可以让他暂时摆脱家族的束缚，让他可以享受短暂的轻松。即便这样的生活日复一日的枯燥乏味，他却始终乐在其中。

风平浪静的岁月夹杂着即将离去的焦躁，他渐渐开始害怕回到那个家里，回归那样的人生，他开始不安，开始矛盾，就这样的岁月里，他认识了一个叫简西的女孩。

她就像一颗石子般激荡起了姚晨东平静的岁月。

不知道从什么时候起，姚晨东开始关注她的一颦一笑，开始刻意在她面前伪装起一副无所谓的样子。

"喂，你觉得这两个丫头怎么样？"卫斯明有一次突然问道。

"……"姚晨东没有说话。

"我觉得那个叫简西的不错，对我的胃口，你呢？"卫斯明一副油头滑脑的样子。

"还对你胃口呢！你也不看看跟人家是不是一个道上的。"室友不经意的一句话戳中了卫斯明的软肋。

"怎么不是一个道上的？"卫斯明不服气。

"你看看，人家的《诗经》笔记，你能看得懂吗？"

卫斯明接过那本笔记，姚晨东的余光也瞄向了那里。卫斯明随意地翻了几页，像是毫无兴趣似的往边上一扔："怎么？谁说看不懂《诗经》就不能追女生了，你们小看我。"

姚晨东随手拿起那本笔记，翻开第一页。

"执子之手，与子偕老。"清秀的字迹，透着对青春的畅想和对未来的憧憬。姚晨东竟望着这几个字兀自发愣。

"简西……"姚晨东在心里默念着她的名字。

起初，姚晨东并不在意卫斯明对简西的那份感情，枯燥的军营生活，突然闪现出两个亭亭玉立的女生，谁都会为之着迷。姚晨东曾以为卫斯明对简西只是暂时的爱慕，久而久之会回归于平淡。

可当姚晨东看见卫斯明床上那本《诗经》的那一刻，他不得不重新审视他对简西的感情。

"喂，晨东，你喜欢简西吗？"卫斯明不止一次这样问姚晨东，姚晨东每次都选择沉默。

"你觉得她会喜欢我们中的谁？"姚晨东的心像是被轻轻敲打了一下，他轻压着内心的悸动。

她会喜欢我吗？姚晨东不禁回忆和她相处的每一个瞬间，她每一次回眸，每一次微笑，每一句话语。姚晨东不断地捕捉着她可能喜欢上他的蛛丝马迹，不断地整理着早已被她弄得凌乱的思绪。

简西，会喜欢我吗？

想了好久，姚晨东决定去问问简西。他故意趁着她和刘湘分开的时候，带她去农场看狐狸。

"我们无拘无束地相爱，自由潇洒地生活，这就是我心目中的爱情。"这是她对姚晨东说的话，姚晨东一直记得。

就是因为这句话，彻彻底底地改变了他的人生。

他愿意为简西去争取一个自由的人生，一个可以好好爱她的将来。他笑着看着那个在阳光下美得像幅画的简西。这是他发自内心的笑，只为她绽开的笑容。


姚晨东总觉得这阵子卫斯明怪怪的，对他的态度，对简西的态度。

演习前夕，姚晨东看见他偷偷去找了政委。后来本应该和姚晨东一个团队的卫斯明，却去了攻击位，姚晨东渐渐明白了他的那点小心思。

姚晨东从来就不怕和卫斯明所谓的公平竞争。只是他有着太多的顾虑，他要先有一个公平竞争的资格才行。

政委带着简西的到来，让姚晨东对演习有了更多复杂的情绪。那一夜，在山洞里，他们的情不自禁，让他有了更多面对未来的勇气。

至少，她是和他站在一起的。

他们之间的感觉，朦胧而美好，可姚晨东现在还不敢给她一个承诺，但他相信，总有一天，他可以好好地和她在一起。


"退伍后想去哪儿？"卫斯明问姚晨东。

"上海。"斩钉截铁地回答他。

"是为了简西吧？"

"是为了我自己。"

姚晨东知道卫斯明不会相信他说的话，因为就连他自己都不会相信。可他已经想好了所有的计划，所有为了简西才会出现的将来。


可一切的一切，却被姚晨东妈妈的一个电话给打破。

"晨东，你没几个月就要退伍了吧。"

"嗯。"

"到时候有什么打算吗？"

"我想……"话还没说完就被硬生生地打断。

"你不用想太多，我和你爸都已经帮你安排好了。退伍后你先回来和你路伯伯的女儿把婚事办了。"

"我不同意。"不知道从哪里来的勇气，姚晨东第一次和家里人说了不。

"你说什么？"电话那头母亲黎素萍的声音变得尖锐刺耳。

"我说我不想和路璐结婚。"

"混账。"

"妈，这是我的终身大事，你就不能让我自己做主吗？"

"什么你自己做主，我现在是命令你，不是和你商量。"说完母亲强势地挂了电话。

姚晨东紧紧地握住话筒，用尽了全身的力量。还没有争取，便已经被堵上了所有的退路，这就是他姚晨东的人生。


姚晨东看见了卫斯明对简西的表白，也看见了卫斯明像是挑衅又像是激将的神情。

他走近简西，很想告诉她，他也要去上海，去你在的那个城市，建造一份只属于你我的未来，但是他注定没有卫斯明勇敢，也没有他可以肆无忌惮追求爱情的资本。

姚晨东告诉卫斯明，他比他更适合简西。

卫斯明可以毫无顾忌地爱她，可以给她所想要的自由和潇洒。而他姚晨东就像是一只被囚禁在牢笼中的小鸟，妄想着有一日可以展翅飞翔。


简西走了，在看见姚晨东和采采之后走了。姚晨东背对着她，背对着他们的爱情，那段还没有开始就被写下句号的爱情。

因为家里人的要求，姚晨东比卫斯明他们提前离开了军营，他又不得不回到那个大院里，回到那份被禁锢的人生里。

本来，姚晨东以为一切都可以结束。可当他面对着他的婚姻之时，才发现，他的心里根本放不下简西。

姚晨东和父母大吵，几乎将多年来的压抑全部宣泄了出来。可让他没想到的是，他的宣泄造成了父亲的猝然离世，他冲动的代价便是一世都逃不开那样的阴影。

姚晨东的心开始被内疚、自责、恐惧所胁迫，他不得不接受所有命运的安排。他留在军区，走着原本就该属于他的那条道路。他走得很累，走得很不容易。

三年后，姚晨东因为工作的关系终于来到上海。来到了这个有简西的城市。

卫斯明来接姚晨东的第一句话便是："你知道吗？简西还在上海呢！"

"是吗？"姚晨东故意淡淡地说道。

"嗯，在报社做记者。"

"哦。"

"怎么样？咱们兄弟又可以争一争了。"

姚晨东摇头笑笑，他能争什么呢？

原来世界上有些爱，是不会随着时间的流逝而变淡的。世界上有些人，也不会随着岁月蹉跎而淡忘的。

简西，就是姚晨东生命中的那个人。

再一次遇到简西，他内心的不安和悸动让他不得不承认，对她的感情，三年来从未变过。

她若无其事地和他聊天，是对他三年前软弱的最有力控诉。

她还给他介绍女朋友，执意地将他推给别人，却不想在心里给他留下一点点的位置。姚晨东开始觉得她残忍无情，可最后才发现，她也只是一个不愿意承认自己内心的傻女人而已。

姚晨东又一次沉沦在自我编织的梦境里，是不是三年的惩罚已经足够，是不是这次的重遇又是一次爱情的开始。

姚晨东又错了，他逃不开那个家庭，逃不开三年前的阴影，也逃不开他姚晨东既定的命运轨迹。

在病床前，简西问姚晨东还记不记得三年前的事情。他说他不记得了。

他伪装得很好，骗过了简西，也骗过了自己。

他躲在病房外，听见了卫斯明和简西的告白，听见了简西感动的哭声，隐隐看见了他们温情地相拥。

的确，卫斯明才是那个最适合简西的男人。他甘愿退出，换他们一个幸福自由的人生。

他原以为，卫斯明和简西的结合能让他渐渐放开对简西的爱意，直到简西出事的时候他才发现，他又一次低估了简西，高估了自己。

他发疯似的寻找着简西的下落，甚至忘记了卫斯明才是简西的男朋友这一事实。简西失踪的每一分、每一秒对他而言都是莫大的折磨

当他接到简西电话的那一瞬间，当他冲进屋里抱起她的那一瞬间，当简西轻轻唤他名字的那一瞬间，他才发现，对她的爱，远远超出了自己的预计。

姚晨东无奈，他没有任何资格去担当这一份功劳，为了简西和卫斯明，为了他曾独自承诺她的那个自由的将来，他甘愿让给卫斯明。

他告诉卫斯明，好好地爱简西，也告诉他自己，好好地放弃她。

可他忘记了，在这段感情里，有的不只是他姚晨东的付出，也有着简西的领悟。

看到电话亭里的那个简西，他恨不得将自己千刀万剐，为什么他的爱会给她造成这么大的伤害。

他不能再让这样的伤害围绕着简西而生，他要承担起一个男人应有的担子，哪怕是万劫不复。可他没想到的是，卫斯明居然就这么走了。

那一刻，他便知道，这会是他们之间永远无法跨越的那道坎，是他们铸就了卫斯明悲壮的爱情，也给了他一个永远无法愈合的致命伤口。

他们同时选择退出，却又同时割舍得不够干净。

他一直觉得，简西和他在一起的日子是一种偷来的幸福。他们的爱像一层一捅就破的窗户纸，脆弱不堪。他一直想尽办法来坚固他们的感情，他想要告诉简西，无论发生什么，他的心都会跟她在一起。

于是，姚晨东买了那一对项链，简单却富有深意。他第一次发现他和她的名字居然有"东""西"这两个字。也许是命运的安排，他们一个指向东，一个面向西，很巧的是，他们没有背对背地错过。

当他为简西戴上这条项链的时候，他的心也被牢牢地锁在了她的身体里。他们将所有对爱情的恐惧和不安牢牢地藏在了心底，尽可能地表达着对彼此的深情，他们以为这种忘乎所以的相爱就可以不顾一切地走到最后。

可他们又一次跌倒了，意料之中，理所当然。

卫斯明的视频又一次将他们推向了爱情的悬崖边，他们无路可走，所有的痛苦都是他们咎由自取，所有的难过都是他们爱的代价。这一次，他们告诉彼此，不用再挣扎，不用再犹疑，他们应该做的，也是唯一能做的事情便是一同抛弃这段令他们三个人都痛苦不堪的爱情。

他以为他们都会解脱，以为他们都会放手。可当他看到简西和别的男人坐在一起吃饭的时候，他内心压抑不住的醋意和疯狂不甘地又一次将他的冲动爆发。他居然想要质问简西，居然还奢望她坚守着他们之间的爱情。

简西生气地甩开了他的手，也让他认清了所有的事实。在这场爱情中，忍受痛苦的人，又何止是他姚晨东一个？

他无法容忍自己的懦弱，无法看着简西备受折磨。他曾经生气简西的逃离，更像是在气自己的无用。到底他该怎么样才能拯救他和简西。他觉得自己很自私，他一直纠结于他的痛苦，而总是忽略简西所承受的磨难。在这段爱情里，她伤得最深也最痛。

最后，当他们都遍体鳞伤的时候，简西又一次勇敢地奔向了他，她选择相信他，选择坚定地相信他们之间的爱情。可命运就是这么可怕，带给他们希望，又将他们推向另一种绝望。

姚晨东宁愿躺在手术室里的那个人是他，他开始变得害怕，这是一种真正的害怕。满手的鲜血还残留着简西的温度，满身的伤痛像是被人敲打过的折磨。脑海中泛出她的微笑，她的眼泪，她的一切一切。姚晨东曾经这样想，如果此刻她走了，那么他的人生到底还有没有存在的价值，他坚定地告诉自己，简西是他姚晨东生命的全部也是唯一的意义。

在等待简西苏醒的日子，他说了很多他平时都不敢对简西说的话。这样的告白让他的生活渐渐变灰，他的信心也在这样的折磨中被消耗殆尽。

他不止一晚梦见简西苏醒，她微笑地向他走来，他努力地想要抱住她，可每次一个用力就会从梦中惊醒。他害怕这样美好的梦，害怕醒来之后的空空如也，也害怕现实终究残酷地将一切停留在他的梦中。

他还是不敢睡觉，不敢闭眼，他每晚守在简西的身边，直愣愣地感受着她每一次呼吸，倾听她的每一次心跳，他安心地陪伴，每一秒都期待着她的醒来。

他安慰别人，也安慰自己。他绝望无助，却还要向他人表示对奇迹到来的信心。他很累，累得不能自已。他像是个海中溺水者，不停地拍打着身边的海水，挥舞着双手，等待着谁能从这冰冷的海水中把他救起。

没想到，这一次救起他的人，居然是卫斯明。

姚晨东一直觉得，是卫斯明指引他去看的那段视频，是卫斯明给了他和简西生存的希望和勇气。原来，冥冥之中，他们所有的爱情磨难都变得不再是徒然。

他疯狂地奔向医院，带着卫斯明的手机，带着他的原谅，带着他的祝福。

他告诉简西，他们所有的磨难，到此为止，他们的幸福生活，才刚刚开始。

他对简西的苏醒突然又有了信心。如果真如简西所说，他们的爱，是命中注定的劫数，那么他们的爱，迟早会有修成正果的那一日。

姚晨东很庆幸，最终他们得到了这样的幸福。他感谢上苍，感谢卫斯明，感谢简西，也感谢他们所经历过的一切一切。

他们的爱，终于可以带着所有人的祝福，走向彼此的心间。

如果他是真的比我还要爱你，
我才会逼自己离开。

爱 情 往 东

LOVE TO THE EAST

想回到过去，
试着让故事继续，
至少不再让你离我而去。

爱情
往东

请不要把分手当作你的请求，我知道坚持要走是你受伤的藉口。

最后才知道，你竟是我最后的梦想。

L—o—v—e
　　　愛情
　　t—o—t
　　　　　h
　　　e
　　性东
E—a
s—t